Cretino IRRESISTÍVEL

Universo dos Livros Editora Ltda.
Rua do Bosque, 1589 – Bloco 2 – Conj. 603/606
CEP 01136-001 – Barra Funda – São Paulo/SP
Telefone/Fax: (11) 3392-3336
www.universodoslivros.com.br
e-mail: editor@universodoslivros.com.br
Siga-nos no Twitter: @univdoslivros

CHRISTINA LAUREN

Cretino IRRESISTÍVEL

São Paulo
2013

UNIVERSO DOS LIVROS

Published by arrangement with the original publisher, Gallery Books, a Division of Simon & Schuster, Inc.

Diretor editorial: **Luis Matos**
Editora-chefe: **Marcia Batista**
Assistentes editoriais: **Raíça Augusto e Raquel Nakasone**
Tradução: **Felipe CF Vieira**
Preparação: **Bárbara Prince**
Revisão: **Bóris Fatigati e Louise Bonassi**
Arte e adaptação de capa: **Francine C. Silva e Valdinei Gomes**
Design original da capa: **Fine Design**
Foto: **Abel Mitja Varela/Getty Images**

Dados Internacionais de Catalogação na Publicação (CIP)
Angélica Ilacqua CRB-8/7057

L412c

Lauren, Christina
Cretino irresistível / Christina Lauren; tradução de Felipe CF Vieira. – São Paulo: Universo dos Livros, 2013. (Beautiful Bastard)
256 p.

ISBN: 978-85-7930-529-0
Título original: Beautiful Bastard

1. Literatura americana 2. Literatura erótica 3. Ficção I. Título
II. Vieira, Felipe CF

13-0578 CDD 813.6

Para SM, por ter nos juntado sem saber, para os fãs, por tornar isto oficial, e para nossos maridos, por aguentar tudo ao nosso lado.

Um

Meu pai sempre dizia que a melhor maneira para aprender uma profissão é passar cada segundo observando alguém a exercendo.

"Para conseguir chegar ao topo, você precisa começar lá embaixo", ele me disse. "Seja a pessoa sem a qual o CEO não pode viver. Seja seu braço direito. Aprenda tudo sobre seu mundo, e ele irá te contratar assim que você receber o diploma."

Eu me tornei indispensável. E definitivamente me tornei o braço direito. Acontece que, neste caso, o braço direito frequentemente queria estrangular o pescoço daquele maldito.

Meu chefe, o sr. Bennett Ryan. *Um cretino irresistível.*

Meu estômago se embrulha só de pensar nele: alto, bonitão e completamente cruel. Ele era o babaca mais egocêntrico e convencido que eu já tinha conhecido. Eu ouvia as outras mulheres do escritório fofocando sobre suas escapadinhas e ficava pensando se um rosto bonito era tudo que ele precisava. Mas meu pai também dizia: "você vai perceber cedo na vida que a beleza é apenas superficial, mas a feiura se estende até os ossos". Eu tive minha quota de homens desagradáveis nos últimos anos, namorei alguns no colegial e na faculdade. Mas esse foi o campeão.

– Olá, srta. Mills! – o sr. Ryan estava de pé ao lado da porta da minha sala, que servia de recepção para o escritório dele. Sua voz estava melosa, mas era uma doçura toda errada... como mel que foi congelado e que agora estava começando a rachar.

Depois de derramar água no meu celular, deixar cair meu par de brincos na lixeira, receber uma pancada na traseira do meu carro na via expressa e ter de esperar a polícia para ouvir aquilo que eu já sabia – que a culpa foi do outro motorista –, a última coisa que eu precisava naquela manhã era aguentar o mau humor do sr. Ryan.

Pena que ele não tem nenhum outro tipo de humor.

Eu respondi o "Bom dia, sr. Ryan" de sempre, esperando que ele respondesse com seu habitual aceno de cabeça.

Mas, quando eu tentei passar, ele murmurou:

– Bom dia? Será que você não quer dizer "boa tarde", srta. Mills? Que horas são nesse seu mundinho?

Eu parei e encarei de volta seu olhar gelado. Ele era uns bons vinte centímetros mais alto do que eu, e, antes de trabalhar para ele, eu nunca tinha me sentido tão pequena. Fazia seis anos que eu trabalhava para a Ryan Media Group, a RMG. Mas, desde o retorno do sr. Ryan para a empresa de sua família, há nove meses, eu começara a usar salto alto para poder encará-lo no mesmo nível. Mesmo assim, ainda precisava levantar o queixo para olhar em seus olhos, e ele claramente sentia satisfação com isso, deixando escapar um certo brilho naqueles olhos castanhos.

– Tive uma manhã meio desastrosa. Não vai acontecer de novo – eu disse, aliviada por minha voz sair sem tremer. Nunca me atrasei antes, nem uma vez, mas é claro que ele tinha de fazer uma cena na primeira vez que aconteceu. Passei por ele, guardei minha bolsa e o casaco no armário e liguei o computador. Tentei fingir que ele não estava ali de pé na frente da porta, assistindo a cada movimento meu.

– Uma "manhã desastrosa" é uma descrição muito apropriada para o que eu tive de passar com a sua ausência. Tive de pedir desculpas a Alex Schaffer por ele não ter recebido os contratos assinados quando prometido: às nove da manhã, no horário da costa leste. Tive de ligar para Madeline Beaumont pessoalmente para confirmar que iríamos sim prosseguir com o trabalho como descrito. Em outras palavras, fiz o seu trabalho e o meu nesta manhã. Tenho certeza de que, mesmo com uma "manhã desastrosa", você conseguiria chegar às oito. Tem gente que começa a trabalhar antes mesmo do café da manhã.

Levantei a cabeça para encará-lo enquanto ele me julgava com os braços cruzados acima do peito grandioso – e tudo por eu estar apenas uma hora atrasada. Então desviei os olhos, para não ficar encarando a maneira como o terno escuro e bem cortado envolvia seus ombros largos. No primeiro mês em que trabalhamos juntos, houve uma convenção e fiz a besteira de visitar a academia do hotel – dei de cara com ele sem camisa e todo suado ao lado de uma esteira. Ele tinha o rosto que qualquer modelo gostaria de ter e o cabelo mais incrível que eu já vi em um homem. Cabelo de quem acabou de transar. Era assim que as garotas do andar de baixo chamavam aquele cabelo e, de acordo com elas, o título era bem merecido. A imagem dele passando a camiseta no peito ficou para sempre marcada na minha memória.

Mas, é claro, ele teve de estragar o momento abrindo a boca: "É bom ver que você finalmente está tomando interesse em cuidar do seu corpo, srta. Mills".

Filho da puta.

– Desculpe, sr. Ryan – eu disse, deixando escapar um pouco de veneno na voz. – Eu entendo o sacrifício que foi para o senhor usar um fax e atender ao telefone. Como já disse, não vai acontecer de novo.

– Exatamente, não vai mesmo – ele respondeu, com o sorriso pretensioso firme no lugar.

Se pelo menos ficasse de boca fechada, ele poderia ser perfeito. Um pedaço de fita adesiva resolveria o problema. Eu tinha um rolo no meu armário que às vezes eu pegava e acariciava, pensando que um dia eu poderia fazer bom uso dele.

– E, só para que você não se esqueça desse incidente, eu gostaria de ver a situação completa dos projetos da Schaffer, da Colton e da Beaumont na minha mesa até as cinco. E então você vai compensar a hora perdida desta manhã simulando uma apresentação da conta da Papadakis na sala de conferência às seis. Afinal, se você vai cuidar dessa conta, terá de provar para mim que sabe o que está fazendo.

Meus olhos se arregalaram enquanto eu assistia ele ir embora e bater a porta do escritório. Ele sabia muito bem que eu estava apenas começando esse projeto, que também seria minha tese no MBA. Ainda teria meses para terminar os slides depois que os contratos fossem assinados... o que ainda não havia acontecido. Ainda não tinham nem sido rascunhados. Agora, com tudo o mais jogado no meu colo, ele queria que eu arrumasse uma apresentação em... olhei para o relógio. Ótimo, sete horas e meia, se eu pulasse o almoço. Então abri o arquivo da Papadakis e comecei a trabalhar.

Enquanto as pessoas começavam a sair para o almoço, eu fiquei colada na minha mesa com meu café e um pacote de salgadinho que peguei na máquina. Normalmente, eu trazia comida de casa ou saía junto com os outros estagiários para almoçar, mas naquele dia o tempo não era meu amigo. Ouvi a porta abrir e olhei com um sorriso no rosto enquanto Sara Dillon entrava. Sara e eu fazíamos parte do mesmo programa de estágio para MBA da Ryan Media Group, mas ela trabalhava no setor financeiro.

– Pronta para almoçar? – ela perguntou.

– Vou ter de pular o almoço. Hoje está sendo um dia infernal – eu disse, como quem pede desculpas, e o sorriso dela mostrou um pouco de malícia.

– Dia infernal ou *chefe* infernal? – ela sentou na beira da minha mesa. – Ouvi dizer que ele estava meio bravo hoje de manhã.

Respondi com um olhar de cumplicidade. Sara não trabalhava para ele, mas sabia tudo sobre Bennett Ryan, afinal, com seu conhecido pavio curto, ele era uma lenda viva no escritório.

– Mesmo se existissem duas de mim, não seria possível terminar tudo isso a tempo.

– Não quer mesmo que eu traga alguma coisa? – seus olhos se moveram em direção à sala dele. – Tipo, um assassino de aluguel? Ou um pouco de água benta?

Tive de rir.

– Não, tudo bem.

Sara sorriu e saiu. Eu tinha acabado de terminar meu café quando me inclinei e percebi que minha meia tinha rasgado.

– E ainda por cima – comecei a falar quando ouvi Sara voltando –, consegui rasgar a meia. Na verdade, se tiver chocolate no restaurante, você pode me trazer uns vinte quilos para eu poder aliviar minha tensão?

Olhei para cima e vi que não era Sara parada ali na minha frente. Meu rosto ficou vermelho e abaixei a saia de volta no lugar.

– Desculpa, sr. Ryan, eu...

– Srta. Mills, já que você e as outras secretárias têm tanto tempo para discutir suas lingeries problemáticas, além de preparar a apresentação da Papadakis, preciso que você também vá até a sala do Willis e me traga a análise de mercado e segmentação da Beaumont – ele ajeitou a gravata, olhando para seu reflexo na minha janela. – Você acha que consegue fazer isso?

Será que eu estava ouvindo direito? Ele tinha acabado de me chamar de "secretária"? É verdade que parte do meu estágio era fazer um pouco do trabalho básico de um auxiliar, mas ele sabia muito bem que eu tinha trabalhado para essa empresa por vários anos antes de conseguir minha bolsa da JT Miller na Northwestern University. Agora, faltavam apenas quatro meses para eu conseguir meu diploma em administração.

Quatro meses para pegar meu diploma e dar o fora daqui, pensei. Olhei para cima para encontrar seus olhos.

– Pode deixar, vou pedir para a Sam trazer...

– Isso não foi uma sugestão – ele me interrompeu. – Quero que *você* vá pegar os documentos – ele olhou para mim por um instante com o queixo apertado antes de se virar e voltar para sua sala, batendo a porta atrás de si.

Qual é a merda do problema dele? Era realmente necessário bater a porta como uma adolescente temperamental? Peguei meu casaco e comecei a andar até o escritório adjunto, que ficava em outro prédio.

Quando voltei, bati à porta dele, mas ninguém respondeu. Tentei girar a maçaneta. Estava trancada. Ele estava provavelmente dando uma rapidinha com alguma princesa da diretoria enquanto eu corria por Chicago que nem uma louca. Enfiei o envelope pardo na abertura do correio, esperando que os papéis se espalhassem por toda a parte e ele tivesse de se abaixar para arrumar tudo. Seria merecido. Até gostei dessa imagem dele de quatro no chão, juntando os documentos. Por outro lado, conhecendo a pessoa, ele provavelmente iria me chamar naquele buraco estéril para limpar a bagunça enquanto ele assistia.

Quatro horas mais tarde, eu tinha terminado a atualização das contas, meus slides estavam praticamente em ordem e eu estava quase rindo histericamente pensando no quão terrível o dia tinha sido. Mas tive de passar um tempo planejando o assassinato sangrento do garoto do xerox. Um trabalho simples, foi tudo que pedi. Faça umas cópias, encaderne umas folhas. Era para ter sido uma coisa fácil. Entrar e sair. Mas não. Levou *duas horas*. E agora eu estava atrasada!

Corri através dos corredores escuros do prédio, que já estava vazio, com o material da apresentação quase caindo debaixo do braço, e olhei para o relógio. Seis e vinte. O sr. Ryan ia me comer viva. Eu estava vinte minutos atrasada e, como aprendera naquela manhã, ele odiava atrasos. "Atraso" era uma palavra que não existia no *Dicionário para cretinos de Bennett Ryan*. Também não havia "coração", "bondade", "compaixão", "pausa para almoço" ou "obrigado".

Então, lá estava eu, apressada pelos corredores vazios, correndo com meus saltos gigantescos para encontrar o carrasco.

Respire, Chloe. Ele pode sentir o cheiro do medo.

Quando me aproximei da sala de conferências, tentei acalmar minha respiração e diminuí o passo até voltar a andar. Um rastro de luz brilhava debaixo da porta. Ele definitivamente estava lá, esperando. Com cuidado, tentei arrumar o cabelo e as roupas enquanto alinhava o maço de documentos nos meus braços. Respirando fundo, bati na porta.

– Entre.

Entrei no espaço bem iluminado. A sala de conferência era enorme. Ficava no 18º andar e uma das paredes era coberta por janelas que iam do chão ao teto, oferecendo uma visão espetacular de Chicago. O anoitecer escurecia o céu lá fora, e arranha-céus pontuavam o horizonte com suas janelas iluminadas. No centro da sala ficava uma grande e pesada mesa de madeira e, na ponta mais distante, encarando na minha direção, estava o sr. Ryan.

Estava sentado lá, com o casaco do terno pendurado no encosto da cadeira, a gravata solta, as mangas branquíssimas da camisa enroladas até o cotovelo, o queixo apoiado nas pontas dos dedos. Seus olhos pareciam penetrar os meus, mas ele permaneceu calado.

– Eu peço desculpas, sr. Ryan – eu disse, minha voz ainda ondulando por causa da respiração entrecortada. – A impressão levou... – parei. Desculpas não iriam ajudar nessa situação. Além disso, eu não deixaria ele me culpar por algo que estava fora do meu controle. Ele podia ir para o inferno. Com minha coragem recém-descoberta, ergui o queixo e caminhei até onde ele estava.

Sem olhar em seus olhos, eu arrumei meus papéis e coloquei uma cópia da apresentação diante dele na mesa.

– Posso começar?

Ele não respondeu, apenas ficou encarando minha postura, que tentava mostrar coragem. O que seria bem mais fácil se ele não fosse tão lindo. Em vez de dizer alguma coisa, ele fez um gesto em direção aos papéis, pedindo que eu continuasse.

Limpei a garganta e comecei a apresentação. Enquanto eu passava pelos diferentes aspectos da proposta, ele se manteve em silêncio, olhando fixamente para sua cópia do texto. Por que estava tão calmo? Eu sabia lidar com seu mau humor, mas aquele silêncio ensurdecedor? Aquilo estava me deixando nervosa.

Eu estava inclinada sobre a mesa, explicando um grupo de gráficos, quando aconteceu.

– O cronograma deles para o primeiro resultado é um pouco ambici... – parei no meio da frase, com meu ar preso na garganta. A mão dele pressionou gentilmente a parte de baixo das minhas costas e então começou a descer até parar na curva da minha bunda. Nos nove meses em que trabalhávamos juntos, ele nunca havia me tocado intencionalmente.

E naquele momento fora definitivamente intencional.

O calor de sua mão queimou através da minha saia e chegou até a pele. Cada músculo do meu corpo ficou tenso, e senti como se minhas entranhas estivessem virando água. Que diabos ele estava fazendo? Meu cérebro gritou para eu tirar aquela mão dali e dizer para ele nunca mais me tocar de novo. Mas meu corpo tinha outras ideias. Meus mamilos endureceram, e apertei o queixo em resposta. *Mamilos traidores.*

Enquanto meu coração batia forte no peito, pelo menos meio minuto se passou, e nenhum de nós disse nada quando a mão dele se moveu para minha coxa e começou a acariciar. Nossas respirações e o barulho abafado da cidade lá embaixo eram os únicos sons que pairavam no ar da sala de conferência.

– Vire-se, srta. Mills – sua voz calma quebrou o silêncio e eu ajeitei minhas costas, com os olhos grudados à frente. Vagarosamente, eu me virei, enquanto ele passava a mão pelo meu corpo. Eu podia sentir a maneira como ele esticou a mão, tocando com a ponta dos dedos toda a extensão das minhas costas até pressionar seu polegar contra a pele macia dos meus quadris. Abaixei a cabeça para encontrar seus olhos, que me observavam de volta atentamente.

Podia ver seu peito subindo e descendo, cada respiração mais profunda do que a última. Um músculo tremeu em seu queixo quadrado quando seu polegar começou a se mover, acariciando lentamente de um lado para outro, os olhos ainda grudados nos meus. Ele estava esperando que eu o interrompesse. Tive muito tempo para afastá-lo ou simplesmente para me virar e ir embora. Mas havia muitas sensações dentro de mim que eu precisava digerir antes de poder reagir. Nunca tinha me sentido assim, e nunca imaginara que um dia me sentiria dessa maneira em relação a ele. Eu queria dar um tapa no rosto dele, e depois puxá-lo pela gola da camisa e lamber seu pescoço.

– No que está pensando? – ele sussurrou, com os olhos ao mesmo tempo zombando e mostrando ansiedade.

– Ainda estou tentando descobrir.

Com aqueles olhos ainda presos aos meus, ele começou a deslizar a mão mais para baixo. Seus dedos percorreram minha coxa até a barra da saia. Então começou a subir a ponta do dedo, tracejando a alça da minha cinta-liga, esbarrando na renda que sustentava a meia. Um longo dedo deslizou por baixo do tecido fino e o puxou levemente para baixo. Eu soltei um suspiro entrecortado, de repente me sentindo como se estivesse derretendo por dentro.

Como eu poderia deixar meu corpo reagir daquela maneira? Ainda queria lhe dar um tapa, mas agora, mais do que isso, eu queria que ele continuasse. Um desejo angustiado estava se concentrando entre as minhas pernas. Ele alcançou o topo da minha calcinha e deslizou os dedos debaixo do tecido. Senti sua carícia contra minha pele e o resvalar em meu clitóris antes de ele enfiar o dedo lá dentro, e então mordi os lábios, tentando, sem sucesso, abafar meu gemido. Quando olhei para baixo, gotas de suor estavam se formando em suas sobrancelhas.

– Merda – ele grunhiu silenciosamente. – Você está molhada – seus olhos se fecharam e ele parecia lutar a mesma batalha interna que eu enfrentava. Olhei para seu colo e pude ver o quanto ele pressionava contra o tecido macio da calça. Sem abrir os olhos, ele tirou o dedo e agarrou a renda fina da minha calcinha. Ele estava tremendo quando olhou para mim com uma expressão furiosa. Com um movimento rápido, rasgou a calcinha, e o som do tecido sendo partido ecoou pelo silêncio da sala vazia.

Ele puxou minhas coxas com força, colocando meu corpo em cima da mesa fria e abrindo minhas pernas na sua frente. Soltei um gemido involuntário quando os dedos dele voltaram, escorregando por entre minhas pernas e me penetrando novamente. Eu desprezava aquele homem com todas as minhas forças, mas meu corpo me traía – eu desejava que ele continuasse. Eu odiava admitir, mas ele era muito bom naquilo. Seu toque não era aquela coisa gentil e amorosa a que eu estava acostumada. Ali estava um homem habituado a conseguir o que queria, e acontece que, naquele momento, o que ele queria era eu. Minha cabeça pendeu para o lado quando me apoiei nos cotovelos, sentindo um orgasmo iminente se aproximando a todo vapor.

Para meu completo horror, soltei um sussurro implorando:

– Oh, por favor.

Ele parou de mexer, puxou os dedos de volta e manteve o punho fechado na frente do rosto. Eu me sentei, agarrando sua gravata de seda e puxando sua boca com força contra a minha. Seus lábios eram tão perfeitos quanto pareciam, firmes e suaves. Eu nunca tinha sido beijada por alguém que claramente conhecia cada ângulo e movimento provocante capaz de me deixar quase completamente louca.

Mordi seu lábio inferior enquanto minhas mãos rapidamente baixavam até o cós de sua calça, onde abri a fivela e tirei o cinto por inteiro.

– É melhor você estar pronto para terminar o que começou.

Ele soltou um grunhido raivoso do fundo da garganta e tomou minha blusa com as mãos, rasgando-a até abrir, fazendo os botões prateados se esparramarem pela mesa.

Então, deslizou as mãos pelas minhas costelas e sobre meus seios, apertando com os polegares em meus mamilos endurecidos, com seu olhar sombrio fixado na minha expressão durante todo o tempo. Suas mãos eram grandes e tão ásperas que quase me machucavam, mas, em vez de reclamar ou me afastar, eu pressionei o corpo contra suas palmas, querendo ainda mais, e mais forte.

Ele rosnou e apertou ainda mais com os dedos. Passou pela minha mente que eu poderia ficar toda machucada e, por um instante de insensatez, eu desejei que ficasse. Eu queria uma lembrança dessa sensação, de estar completamente certa do que meu corpo queria, inteiramente liberada.

Ele se inclinou o bastante para morder meu ombro e então sussurrou:

– Você é uma putinha que gosta de provocar, não é?

Sem conseguir me aproximar mais, eu me apressei com seu zíper, tirando e jogando suas calças e cueca no chão. Então apertei forte seu pau, sentindo-o pulsar em minha mão.

A maneira como ele sussurrou meu *sobrenome* naquele momento – "*Mills*" – deveria enviar uma onda de fúria para dentro de mim, mas eu sentia apenas uma coisa: uma pura e embriagante luxúria. Ele forçou minha saia acima das coxas e me empurrou para trás sobre a mesa de conferência. Antes que eu pudesse dizer alguma coisa, ele segurou meus calcanhares, agarrou seu pau e deu um passo para frente, penetrando fundo dentro de mim.

Eu nem pude ficar horrorizada pelo gemido alto que soltei – aquilo era melhor do que qualquer coisa.

– O que foi? – ele sussurrou entre os dentes cerrados enquanto seus quadris batiam contra minhas coxas, colocando-o fundo e mais fundo. – Nunca foi fodida dessa maneira antes, não é? Você não ficaria provocando tanto se estivesse sendo fodida direito.

Quem ele pensava que era? E por que diabos o fato de ele estar certo me excitava tanto? Eu nunca tinha transado em nenhum outro lugar além da cama, e nunca tinha me sentido daquela maneira.

– Já tive melhores – provoquei.

Ele riu, uma risada quieta e debochada.

– Olhe para mim.

– Não.

Ele tirou bem quando eu estava prestes a gozar. Por um instante, achei que iria me deixar ali daquele jeito, mas então ele agarrou meus braços e me puxou para fora da mesa, pressionando lábios e língua contra minha boca.

– *Olhe para mim* – repetiu. E, finalmente, como ele já não estava mais dentro de mim, eu consegui olhar. O sr. Ryan piscou uma vez, vagarosamente, com os longos e escuros cílios fechando e abrindo, e então disse: – Peça para eu te fazer gozar.

Seu tom de voz não parecia certo. Parecia quase uma pergunta. Mas suas palavras eram iguais a ele: todas distorcidas. Eu queria sim que ele me fizesse gozar. Mais do que qualquer coisa. Mas ele estava sonhando se achava que eu lhe pediria.

Baixei a voz e olhei em seus olhos.

– Você é um filho da puta, sr. Ryan.

O sorriso dele mostrou que, seja lá o que ele queria de mim, conseguiu. Eu quis dar uma joelhada no meio das suas pernas, mas, se fizesse isso, não teria mais daquilo que eu realmente desejava.

– Peça por favor, srta. Mills.

– *Por favor*, vá se foder.

A próxima coisa que senti foi o frio da janela contra meu peito, e gemi por causa do contraste de temperatura entre o vidro e a pele. Eu estava ardendo, cada parte de mim queria sentir o toque rude dele.

– Pelo menos você é consistente – ele disse em meu ouvido antes de morder meu ombro. Então, chutou meus pés. – Abra as pernas.

Separei as pernas e, sem hesitação, ele puxou meus quadris para trás e se aproximou mais, antes de enfiar tudo dentro de mim novamente.

– Você gosta do frio?

– Sim.

– Sua garota safada. Você gosta de se exibir, não é? – ele murmurou, tomando minha orelha com os dentes – Você adora saber que toda Chicago pode olhar para cima e assistir você sendo fodida, e você está adorando cada minuto disso com seus peitinhos pressionados contra o vidro.

– Pare de falar, você está estragando o clima – eu respondi, embora ele não estivesse. Nem um pouco. Sua voz grave estava me levando à loucura.

Ele apenas riu no meu ouvido, provavelmente percebendo como eu me arrepiava com suas palavras.

– Você quer que eles assistam você gozar?

Eu gemi em resposta, incapaz de formar palavras com cada estocada me pressionando cada vez mais contra a janela.

– Diga. Você quer gozar, srta. Mills? Responda ou vou parar e fazer você me chupar – ele disse, penetrando ainda mais fundo com cada estocada.

A parte de mim que o odiava estava se dissolvendo como açúcar na língua, e a parte que o desejava estava crescendo, fogosa e exigente.

– Apenas diga – ele se inclinou para frente, chupou minha orelha e depois mordeu com força. – E eu prometo que vou fazer você gozar.

– Por favor – eu disse, fechando os olhos para apagar todo o resto e apenas senti-lo. – Por favor. Sim, eu quero.

Ele esticou o braço e moveu as pontas dos dedos por cima do meu clitóris, exercendo a pressão perfeita, no ritmo perfeito. Eu podia sentir seu sorriso pressionado contra minha nuca e, quando ele abriu a boca e mordeu minha pele, eu gozei. Um calor se espalhou por minhas costas, ao redor dos quadris e entre as pernas, me jogando de volta contra ele. Minhas mãos bateram no vidro e meu corpo inteiro tremeu com o orgasmo que se espalhou em mim, me deixando sem ar. Quando finalmente acabou, ele saiu de dentro e me virou, mergulhando a cabeça para chupar meu pescoço, meu queixo, meus lábios.

– Diga obrigado – ele sussurrou.

Afundei minhas mãos em seu cabelo e puxei com força, esperando tirar alguma reação dele, querendo saber se ainda estava consciente ou se tinha perdido a cabeça. *O que é que nós estamos fazendo?*

Ele grunhiu, inclinando-se em minhas mãos e beijando meu pescoço de cima a baixo enquanto pressionava a ereção em minha barriga.

– Agora é a sua vez de me fazer sentir bem.

Soltei uma mão, alcancei seu pau e comecei a mexer. Ele era pesado e longo, e perfeito em minha mão. Eu queria dizer isso, mas nem em mil anos eu o deixaria saber o quão incrível ele era. Em vez disso, eu me afastei de seus lábios e lancei-lhe um olhar provocante.

– Vou fazer você gozar tão forte que vai até se esquecer que é o maior filho da puta do planeta – grunhi, abaixando pelo vidro. Lentamente, coloquei seu pau inteiro na minha boca até encostar na garganta. Ele apertou os músculos e soltou um gemido profundo. Olhei para cima: ele estava com a testa e as palmas pressionadas contra o vidro, os olhos fechados com força. Ele parecia vulnerável, e ficou lindo naquele abandono.

Mas *não* estava vulnerável. Ele *era* o maior cretino do planeta e eu estava de joelhos na frente dele. Isso não poderia ficar assim.

Então, em vez de dar o que ele queria, eu me levantei, puxei minha saia de volta no lugar e o encarei. Foi mais fácil dessa vez, sem as mãos dele me tocando e me fazendo sentir coisas que não eram assunto dele.

Os segundos passaram sem que nenhum dos dois desviasse o olhar.

– Que merda você acha que está fazendo? – ele disse. – Ajoelhe-se e abra a boca.

– Sem chance.

Ajeitei minha blusa e saí da sala, rezando para que minhas pernas trêmulas não me traíssem.

De volta à minha sala, peguei minha bolsa e joguei o casaco nos ombros, tentando desesperadamente abotoá-lo com meus dedos que também tremiam. O sr. Ryan ainda não tinha saído, e torci para que o elevador chegasse antes que eu tivesse de vê-lo novamente.

Eu não me permiti sequer pensar no que havia acontecido, não até sair de lá. Eu tinha deixado ele me foder, me proporcionar o orgasmo mais incrível da minha vida, e então o deixara com as calças abaixadas na sala de conferências da empresa, com o pior caso de saco roxo que um cara poderia ter. Se fosse a vida de outra pessoa, eu estaria comemorando e rindo muito. Pena que não era.

Merda.

As portas do elevador se abriram e eu entrei, rapidamente apertando o botão e assistindo enquanto cada andar passava diante dos meus olhos. Assim que cheguei ao térreo, corri, atravessando a recepção. Ouvi o segurança dizer alguma coisa sobre trabalhar até tarde, mas apenas acenei e passei por ele com pressa.

A cada passo, a dor no meio das minhas pernas me lembrava dos eventos da última hora. Quando cheguei no meu carro, destranquei-o com o controle, abri a porta e me joguei na segurança do banco de couro. Olhei para cima e enxerguei a mim mesma no espelho retrovisor.

Mas que merda foi aquela?

Dois

Droga. Estou fodido.

Eu estava encarando o teto desde que acordara, meia hora antes. Cabeça: uma bagunça. Pau: duro.

Bom, duro *de novo*.

Fiz uma careta para o teto. Não importava quantas vezes eu batesse uma. Depois que ela me deixara na noite anterior, parecia que a ereção nunca terminava. E, embora eu não achasse que fosse possível, estava pior do que as centenas de outras vezes que eu tinha acordado nesse estado. Pois desta vez eu sabia o que estava perdendo. E ela nem tinha me deixado gozar.

Nove meses. Nove meses de ereção matinal, masturbação e infinitas fantasias sobre uma pessoa que eu nem queria. Bom, isso não é completamente verdade. Eu a queria. Eu a queria mais do que qualquer outra mulher. O grande problema era que eu também a odiava.

E ela me odiava de volta. Quer dizer, ela *realmente* me odiava. Em todos os meus 31 anos, nunca conhecera alguém que me irritasse tanto quanto a srta. Mills.

Apenas seu nome já era suficiente para fazer meu pau acordar. *Maldito traidor*. Olhei para baixo onde o lençol formava uma verdadeira barraca. Esse membro estúpido era o culpado por me colocar naquela confusão. Esfreguei o rosto e sentei.

Por que eu simplesmente não consigo manter minhas calças no lugar? Fizera isso por quase um ano inteiro. Tudo estava funcionando. Mantive distância, dei ordens a torto e a direito... inferno, até *eu* devo admitir que fui um cretino. Mas então, simplesmente joguei tudo para o alto. Foi preciso apenas um instante, sentado naquela sala quieta, com seu perfume me envolvendo, aquela maldita saia e seu traseiro na minha cara. Eu enlouqueci.

Antes eu tinha certeza que, se a possuísse pelo menos uma vez, seria algo decepcionante e meu desejo acabaria. Finalmente teria um pouco de paz. Mas aqui estava eu, na minha cama, duro, como se meu último orgasmo tivesse sido há semanas. Olhei para o relógio: fora há apenas quatro horas.

Tomei um banho rápido, esfregando com força como se pudesse remover qualquer traço dela que permanecera em mim desde a noite anterior. Isso iria parar, isso *tinha* de parar. Bennett Ryan não age como um adolescente excitado qualquer, e certamente não brinca com trabalho. A última coisa que precisava era de uma mulher carente para estragar tudo. Eu não podia permitir que a srta. Mills tivesse esse tipo de controle sobre mim.

Mas tudo estava tão melhor antes de saber o que eu estava perdendo. Por mais desagradável que as coisas estivessem, agora estavam milhões de vezes piores.

—

Eu estava caminhando para o meu escritório quando ela entrou. Por causa da maneira como ela tinha ido embora na noite passada – praticamente correndo para a porta –, eu imaginei que havia dois cenários possíveis à minha espera. Ou ela ficaria jogando olhares para mim, pensando que a noite passada significava alguma coisa, que *nós juntos* significávamos alguma coisa. Ou ela iria me foder completamente.

Se as pessoas soubessem o que nós tínhamos feito, eu não apenas perderia meu emprego, mas perderia tudo o que conquistara. Mas, por mais que a odiasse, eu não conseguia imaginar ela fazendo algo desse tipo. Se tinha uma coisa que aprendera sobre ela, era que a srta. Mills era confiável e leal. Ela podia ser uma megera odiosa, mas eu não achava que ela poderia me jogar aos leões. Ela trabalhava para a Ryan Media Group desde a faculdade e havia motivos para a empresa valorizá-la. Agora, faltavam poucos meses para ela tirar seu MBA, e depois poderia ter o emprego que quisesse. Ela não iria arriscar tudo isso de jeito nenhum.

Mas não é que ela me ignorou completamente? Entrou vestindo um casaco que ia até os joelhos – a coisa cobria tudo o que estava por baixo, mas fazia um ótimo trabalho mostrando aquelas pernas incríveis.

Ah, merda... se ela estava usando aqueles sapatos, então havia uma boa chance de... *Não, não aquele vestido. Por favor, pelo amor de Deus, não aquele vestido.* Eu sabia muito bem que não teria força de vontade para resistir a isso naquele dia.

Olhei para seu rosto enquanto ela pendurava o casaco no armário e sentava em sua mesa.

Bom, agora fodeu de vez, aquela menina realmente sabia como provocar.

Era o vestido branco. Com um decote que descia para acentuar a pele macia do pescoço e um tecido delicado que envolvia perfeitamente aqueles seios maravilhosos, o vestido era a perdição da minha existência, meu céu e inferno embrulhados num pacote delicioso.

A barra ficava um pouco abaixo dos joelhos e isso era a coisa mais sexy que eu já tinha visto. Não era provocante em si, mas havia algo sobre o corte e aquela maldita brancura virginal que me deixava duro praticamente pelo dia inteiro. E ela sempre deixava o cabelo solto quando o vestia. Uma das minhas fantasias recorrentes era tirar todas aquelas presilhas que ela costumava usar, agarrar um tufo do cabelo e depois fodê-la com vontade.

Deus, ela me irritava.

Antes que ela me cumprimentasse, eu virei, entrei na minha sala e bati a porta. Por que ela ainda me afetava desse jeito? Eu nunca tinha deixado que nada nem ninguém me distraísse no trabalho, e eu a odiava por ser a primeira.

Mas parte de mim gostava da lembrança de sua expressão vitoriosa quando saiu e me deixou sem voz, praticamente implorando para ela me chupar. A garota tinha uma coragem de ferro.

Sorri um pouco e então voltei a me concentrar em odiá-la.

Trabalho. Eu iria me focar apenas no trabalho e parar de pensar nela. Andei até minha mesa e sentei, tentando direcionar minha atenção para qualquer coisa que não a maravilha que fora sentir aqueles lábios fantásticos me envolvendo.

Isso não está ajudando, Bennet.

Abri o laptop para checar minha agenda para o dia. Minha agenda... merda. A maldita tinha a versão mais atualizada no computador *dela*. Eu esperava não perder nenhuma reunião, pois não chamaria a Rainha do Gelo ali, a não ser que fosse realmente indispensável.

—

Enquanto eu analisava uma planilha, alguém bateu à porta.

– Entre – eu disse. Um envelope branco foi jogado na minha mesa. Ergui os olhos e vi a srta. Mills me encarando com uma sobrancelha erguida em desafio. Sem explicação, ela se virou e saiu da minha sala.

Olhei para o envelope e entrei em pânico. Provavelmente era uma carta formal detalhando minha conduta e indicando sua intenção de entrar com um processo por assédio no trabalho. Esperei encontrar um papel timbrado e sua assinatura embaixo.

O que eu não esperava era o recibo de uma loja de roupas on-line... pago com o cartão de crédito da empresa! Levantei rapidamente da cadeira e corri atrás dela. A srta. Mills estava se dirigindo para a escada. Bom. Estávamos no 18º andar e ninguém, além de nós dois, usava a escada. Portanto, eu poderia gritar com ela o quanto quisesse e ninguém atrapalharia.

A porta fechou com um som alto e os saltos dela ecoaram pelos degraus abaixo.

– Srta. Mills, aonde você acha que está indo?

Ela continuou andando, sem se virar ou olhar para mim.

– Estamos sem café – ela disse, secamente. – Então, como sua *secretária*, vou descer até a cafeteria do 14º andar e trazer mais. Não podemos deixar o senhor ficar sem sua preciosa cafeína.

Como alguém tão gostosa podia ser tão metida? Alcancei-a no pavimento entre os andares e agarrei seu braço, empurrando-a contra a parede. Seus olhos se estreitaram de raiva e seus dentes se apertaram. Agitei o recibo na frente de seu rosto, encarando-a de volta.

– O que é isto?

Ela balançou a cabeça.

- Olha, para um sabe-tudo egocêntrico, você às vezes realmente é um filho da puta burro. O que isso parece? É um recibo.

- Disso eu sei - grunhi, enquanto amassava a coisa no punho fechado. Então pressionei uma ponta do papel em sua pele delicada um pouco acima dos seios e senti meu pau se contrair quando ela perdeu o fôlego e seus olhos dilataram. - Por que você está comprando roupas com o cartão da empresa?

- Porque um cretino rasgou minha blusa - ela deu de ombros, inclinou o rosto para mais perto e sussurrou: - *E* a minha calcinha.

Bom, que merda.

Inspirei fundo pelo nariz e joguei o papel no chão. Então me inclinei para frente e pressionei meus lábios contra os dela, agarrando seus cabelos e apertando-a contra a parede. Meu pau pulsou contra a barriga dela quando senti sua mão agarrar meu cabelo também, puxando-o com força.

Subi o vestido dela pelas coxas e rosnei em sua boca quando meus dedos encontraram mais uma vez o topo de sua meia. Ela fazia isso para me atormentar, *tinha* de ser isso. Senti sua língua percorrer meus lábios enquanto a ponta dos meus dedos massageava a parte molhada de sua calcinha. Agarrei o tecido e puxei com força.

- Então anote na sua agenda para comprar outra - eu disse, depois pressionei minha língua entre seus lábios e para dentro de sua boca.

Ela gemeu profundamente quando enfiei dois dedos e ela parecia ainda mais molhada do que na noite passada, se é que isso era possível. Estávamos criando uma situação realmente difícil. Ela se livrou dos meus lábios enquanto eu a fodia com os dedos, meu polegar esfregando seu clítoris vigorosamente.

- Tire o pau para fora - ela disse. - Preciso sentir você dentro de mim. Agora.

Apertei os olhos em sua direção, tentando esconder o efeito que as palavras dela tiveram sobre mim.

- Diga por favor, srta. Mills.

- *Agora* - ela disse, com ainda mais urgência.

– Então você quer ser a mandona agora?

Ela me lançou um olhar que encolheria o pau de qualquer homem menos cheio de si, e eu ri da situação. A srta. Mills realmente tinha muita coragem.

– Ainda bem que estou me sentindo generoso hoje.

Tirei rapidamente o cinto e abaixei a calça, então ergui seu corpo e enfiei com força. Deus, ela era incrível. Melhor que qualquer coisa. Isso ajudava a explicar por que eu não conseguia tirá-la da minha cabeça, e uma pequena voz disse que eu provavelmente nunca me cansaria disso.

– Caralho – murmurei.

A srta. Mills perdeu o fôlego e senti seus músculos se apertarem enquanto me envolviam. Ela mordeu o ombro do meu casaco e passou uma perna ao redor do meu corpo quando comecei a estocar mais rápido e mais forte, apertando-a contra a parede. Alguém poderia entrar na escada e me flagrar comendo ela, mas eu não estava nem aí. Eu precisava tirá-la do meu sistema.

Ela levantou a cabeça do meu ombro e foi me mordendo pelo pescoço até chegar ao meu lábio inferior.

– Quase – ela gemeu enquanto apertava a perna no meu quadril pedindo para enfiar mais fundo. – Estou quase gozando.

Perfeito.

Enterrei meu rosto em seu pescoço e cabelos para abafar meu gemido quando gozei forte e repentinamente dentro dela, apertando sua bunda com as mãos. Antes que ela pudesse continuar se esfregando em mim, eu tirei e a coloquei de pé em suas pernas bambas.

Ela me encarou com um olhar raivoso. A escadaria se encheu com um silêncio pesado.

– *Você está brincando?* – ela disse, arfando alto. Sua cabeça pendeu para trás e encostou na parede com um som abafado.

– Obrigado, isso foi fantástico – puxei minhas calças, que estavam abaixadas até os joelhos.

– Você é um filho da puta.

– Você já disse isso antes – murmurei, olhando para baixo enquanto puxava o zíper.

Quando olhei de novo para cima, ela tinha ajeitado o vestido, mas ainda parecia lindamente desarrumada, e parte de mim desejou esticar o braço para acariciá-la até fazê-la gozar. Mas uma parte maior se satisfazia ainda mais com a frustração raivosa em seu olhar.

– Faça para os outros aquilo que você quer que façam para você.

– Pena que você é uma transa tão ruim – ela respondeu calmamente. A srta. Mills se virou para continuar descendo as escadas, mas parou abruptamente e girou de volta. – E ainda bem que estou tomando pílula. Obrigada por perguntar, filho da puta.

Assisti enquanto ela desaparecia escada abaixo, e então voltei para minha sala. Joguei meu corpo na cadeira, passei as mãos no cabelo e tirei sua calcinha rasgada do bolso do meu casaco. Por um momento encarei o tecido de seda branco, segurando-o entre os dedos, então abri a gaveta e guardei a peça ao lado da calcinha da noite passada.

Três

Como eu consegui descer aquelas escadas sem me matar é algo que nunca vou entender. Corri de lá como se estivesse pegando fogo, deixando o sr. Ryan sozinho na escadaria com o queixo caído, as roupas desalinhadas e o cabelo para trás, como se ele tivesse sofrido um ataque.

Passando direto pela cafeteria do 14º andar e pulando o último pavimento com um só movimento – tarefa nada fácil com esses sapatos –, abri a porta de metal e me encostei na parede, arfando.

O que foi que acabou de acontecer? Eu transei com meu chefe na escada? Tomei fôlego e coloquei as mãos na frente da boca. Eu tinha mandado ele fazer isso? *Oh, Deus. O que há de errado comigo?*

Atordoada, arrastei meu corpo pela parede e subi alguns lances de escada até o banheiro mais próximo. Olhei rapidamente para ter certeza que não havia ninguém ali, então fechei o trinco na porta principal. Ao me aproximar do espelho, estremeci. Parecia que eu tinha passado por uma centrífuga e depois sido posta para secar.

Meu cabelo estava um pesadelo. Todas as minhas ondas, que penteei com tanto cuidado, estavam agora completamente embaraçadas. Aparentemente, o Sr. Ryan gostava do meu cabelo solto. Eu precisava me lembrar disso.

Espere. O quê?! De onde eu tinha tirado isso? Eu certamente não precisava me lembrar disso. Soquei a pia e me aproximei para medir o estrago.

Meus lábios estavam inchados, minha maquiagem estava borrada. Meu vestido estava esticado, praticamente pendurado no meu corpo, e mais uma vez eu estava sem calcinha.

Filho. Da. Puta. Era a segunda calcinha. O que ele fazia com elas, afinal de contas?

– Oh, Deus – eu disse, entrando em pânico. Será que a primeira calcinha ficou jogada na sala de conferência? Será que ele lembrou de jogar fora? Eu deveria perguntar, só para ter certeza. Mas não. Eu não lhe daria a satisfação de sequer reconhecer essa... essa... o que era isso?

Balancei a cabeça, esfregando o rosto com as mãos. Deus, eu armara uma imensa confusão. Quando cheguei ao trabalho naquela manhã, eu tinha um plano. Iria entrar lá, jogar o recibo naquele rostinho bonito e mandar ele enfiar no cu. Mas acontece que ele estava tão sexy naquele terno Prada cinza, e o cabelo todo arrumado como se estivesse gritando "Transe comigo", que eu simplesmente perdi qualquer pensamento coerente. Patético. O que esse cara tinha que transformava meu cérebro em geleia e molhava minha calcinha inteira?

Isso não era bom. Como eu conseguiria encará-lo sem ficar imaginando ele pelado? Certo, bom, não *pelado* em si. Tecnicamente, eu ainda não o vira completamente nu, mas o que vira já era o suficiente para causar um arrepio por todo o meu corpo.

Oh, não. Eu acabei de usar a palavra "ainda"?

Eu poderia pedir demissão. Pensei nisso por um instante, mas não gostei da maneira como me senti. Eu amava meu trabalho, e o sr. Ryan podia ser o maior babaca do mundo, mas eu conseguira lidar com isso por nove meses e – com exceção das últimas 24 horas – sabia controlá-lo como ninguém. E, por mais que odiasse admitir, eu adorava assisti-lo trabalhando. Ele era um cretino porque era intensamente impaciente e ao mesmo tempo obcecado pela perfeição; ele esperava de todos o mesmo padrão que mantinha para si mesmo e não aceitava nada menos do que o melhor de cada um. Mesmo que nem sempre gostasse de seus métodos, eu tinha de admitir que sempre gostei de sua expectativa de que eu trabalharia mais duro, melhor e de que eu faria qualquer coisa para conseguir resultados. Ele realmente era um gênio do mundo do marketing, sua família inteira era.

E isso era a outra coisa a se considerar. Sua família. Meu pai morava em Dakota do Norte e, quando eu começara como recepcionista ainda na faculdade, Elliott Ryan fora muito bondoso comigo. Todos eles foram. O irmão de Bennett, Henry, era outro executivo sênior e o cara mais legal que eu já conhecera. Eu amava todos ali, então pedir demissão simplesmente não era uma opção.

O problema maior era minha bolsa de estágio. Eu precisava apresentar minha experiência no mundo real para a banca da JT Miller antes de completar meu MBA, e queria que minha tese fosse espetacular. Foi por isso que fiquei na RMG: Bennett Ryan me ofereceu a conta da Papadakis – o plano de marketing da empreiteira multibilionária –, o que era maior do que o projeto de qualquer colega meu. Se eu saísse agora, quatro meses não seriam suficientes para começar em outro lugar e arrumar algo decente para apresentar... ou seriam?

Não. Definitivamente eu não poderia deixar a Ryan Media.

Com isso decidido, eu sabia que precisava de um plano de ação. Precisava manter minha postura profissional e me certificar de que o sr. Ryan e eu nunca, jamais, cairíamos em tentação, mesmo que fosse de longe a transa mais quente e intensa de toda a minha vida... eu teria de ser forte, mesmo com ele me impedindo de gozar.

Maldito.

Eu era uma mulher forte e independente. Tinha uma carreira para construir e trabalhara ridiculamente duro para chegar onde estava. Minha mente e meu corpo não se guiam pela luxúria. Eu precisava apenas lembrar do quão estúpido ele era. Ele era um sedutor barato, arrogante, chauvinista, que pensava que todo mundo ao seu redor era idiota.

Sorri para mim mesma no espelho e percorri minha coleção de memórias recentes de Bennett Ryan.

"Eu agradeço que você tenha preparado café para mim ao fazer o seu próprio, srta. Mills, mas, se eu quisesse lama para beber, eu teria enterrado minha xícara no jardim hoje de manhã."

"Se você for insistir em castigar o teclado como se estivesse caçando ratos na sua cidadezinha, srta. Mills, eu peço que mantenha a porta entre as nossas salas fechada."

"Você tem alguma boa razão para demorar tanto com o rascunho dos contratos? Seu hábito de ficar sonhando acordada com os garotos da fazenda está tomando todo seu tempo?"

Inferno, na verdade, isso seria mais fácil do que eu pensava.

Sentindo uma nova brisa de determinação, ajeitei meu vestido, arrumei o cabelo e marchei, sem calcinha e confiante, para fora do banheiro. Rapidamente peguei o café que tinha ido buscar e me dirigi para minha sala, evitando as escadas.

Abri a sala e entrei. A porta para o escritório do sr. Ryan estava fechada e não havia barulho nenhum lá dentro. Talvez ele tivesse saído. *Só se eu estivesse com sorte.* Sentei em minha cadeira, peguei minha nécessaire na gaveta e arrumei a maquiagem antes de voltar a trabalhar. A última coisa que eu queria era dar de cara com ele, mas, como eu não pretendia me demitir, em algum momento teria de enfrentar a situação.

Quando olhei para o calendário, lembrei que na segunda-feira o sr. Ryan teria uma apresentação para os outros executivos. Estremeci quando percebi que isso significava que eu teria de falar com ele ainda naquele dia para preparar o material. Ele também tinha uma convenção em San Diego no mês seguinte, o que significava que eu não só teria de ficar no mesmo hotel que ele, mas também no avião, no carro da empresa e em qualquer reunião que surgisse. Não, imagina, não haveria constrangimento algum.

Durante a hora seguinte, fiquei olhando de tempos em tempos para sua porta. E, cada vez que fazia isso, meu estômago começava a embrulhar. Isso era ridículo! O que havia de errado comigo? Fechei o arquivo que, sem sucesso, estava tentando ler e baixei a cabeça nas minhas mãos no mesmo instante em que ouvi a porta se abrindo.

O sr. Ryan saiu de lá, sem olhar nos meus olhos. Ele tinha arrumado as roupas, estava com o casaco pendurado no braço e tinha uma maleta na mão, mas o cabelo ainda estava bagunçado.

– Estou encerrando por hoje – ele disse, estranhamente calmo. – Cancele meus compromissos e faça os ajustes necessários.

– Sr. Ryan – eu disse, fazendo-o parar com a mão na maçaneta –, por favor, não se esqueça que o senhor tem uma apresentação para o comitê executivo na segunda-feira às dez – falei, com ele de costas para mim. Ele ficou parado como uma estátua, os músculos tensos. – Se o senhor preferir, eu posso preparar as planilhas, os portfólios e os slides na sala de conferência às nove e meia.

Certo, eu até que estava gostando disso. Não havia nada na postura dele que dissesse "estou confortável". Ele assentiu brevemente e começou a sair, quando eu o impedi novamente.

– E, sr. Ryan? – acrescentei suavemente. – Preciso da sua assinatura nesses relatórios de despesas antes que o senhor vá embora.

Seus ombros caíram e ele expirou com força. Girou nos calcanhares para se dirigir até minha mesa e, ainda sem encontrar meus olhos, se abaixou e percorreu os papéis com o olhar, procurando o lugar das assinaturas.

Coloquei uma caneta na mesa.

– Por favor, assine na linha indicada, senhor.

Ele odiava ouvir uma ordem para fazer algo que já estava fazendo, e eu tive de conter uma risada. Pegando a caneta com raiva, ele vagarosamente levantou o queixo, trazendo seus olhos castanhos ao mesmo nível dos meus. Nós nos encaramos por uma eternidade, sem que nenhum dos dois desviasse o olhar. Por um breve momento, eu senti uma vontade irresistível de me inclinar, chupar seu lábio inferior e implorar que ele me tocasse.

– Não repasse minhas ligações – ele disse, ríspido, assinando rapidamente a última página e jogando a caneta na minha mesa. – Se acontecer uma emergência, ligue para o Henry.

– Cretino – murmurei para mim mesma enquanto ele desaparecia.

Dizer que meu fim de semana foi um lixo seria um eufemismo. Eu mal comi, mal dormi, e o pouco sono que tive foi interrompido por fantasias do meu chefe nu em cima, em baixo, atrás de mim. Eu quase desejei a volta às aulas apenas para ter algo com que me distrair.

Acordei no sábado de manhã frustrada e mal-humorada, mas consegui me concentrar e cuidar da casa e das compras. Porém, no domingo de manhã, eu não tive tanta sorte. Acordei com um sobressalto, arfando e tremendo, meu corpo todo suado e contorcido em meio aos lençóis de algodão. Tivera um sonho tão intenso que até cheguei a um orgasmo: o sr. Ryan e eu estávamos na sala de conferência novamente, mas desta vez completamente nus. Ele estava deitado de costas e eu o cavalgava, meu corpo deslizando para frente e para trás, subindo e descendo em seu pau. Ele me tocava por inteiro: ao lado do rosto, no pescoço, entre os seios, até chegar nos quadris, onde guiava meus movimentos. Eu me despedacei quando nossos olhos se encontraram.

– Merda – grunhi quando pulei da cama. Isso estava indo rapidamente de mal a pior. Quem diria que trabalhar para um idiota resultaria em ser fodida contra uma janela fria no trabalho e ainda por cima gostar?

Liguei o chuveiro e, enquanto esperava a água esquentar, meus pensamentos começaram a divagar novamente. Eu queria vê-lo olhando para cima no meio das minhas pernas, queria ver sua expressão enquanto subia em mim, enfiava lá dentro e sentia o quanto eu o desejava. Eu ansiava por ouvir sua voz dizendo meu nome quando ele gozasse.

Meu coração afundou no peito. Fantasiar sobre ele era um viagem sem volta para a terra dos problemas. Eu estava prestes a conseguir meu diploma. Ele era um executivo. Ele não tinha nada a perder, enquanto eu tinha tudo.

Tomei banho e me arrumei rapidamente para meu almoço com Sara e Julia. Sara e eu nos víamos todos os dias no trabalho, mas Julia, minha melhor amiga desde o colégio, era mais difícil de encontrar. Ela era uma compradora na Gucci e enchia meu armário com amostras e sobras de liquidação. Graças a ela e a seus descontos, eu possuía algumas das roupas mais lindas que o dinheiro podia comprar. Eu ainda pagava caro por elas, mas valia a pena. Tinha um bom salário na Ryan Media, e minha bolsa cobria todos os custos com educação, mas ainda assim eu não poderia gastar 1 900 dólares em um vestido sem depois querer cometer suicídio.

Às vezes eu me pergunto se o Elliott me paga tão bem porque sabe que sou a única que consegue lidar com seu filho. Ah, se ele soubesse de certas coisas...

Decidi que seria uma péssima ideia conversar com as garotas sobre o que estava acontecendo. Quer dizer, a Sara trabalha para Henry Ryan e cruza com Bennett a toda hora. De jeito nenhum eu poderia pedir que ela mantivesse esse tipo de segredo. Julia, por outro lado, chutaria o meu traseiro. Por quase um ano ela escutou minhas reclamações sobre o quão idiota ele era, e com certeza não ficaria feliz em saber que estávamos transando.

Duas horas depois, eu estava sentada com minhas duas melhores amigas, bebendo uma batida de champanhe e frutas no pátio de nosso restaurante favorito, conversando sobre homens, roupas e trabalho. Julia me surpreendeu com um vestido feito com o tecido mais suntuoso que eu já tinha visto. Estava dentro de uma sacola pendurada na cadeira ao meu lado.

– Então, como vai o trabalho? – Julia perguntou, entre uma mordida e outra em seu melão. – Aquele imbecil do seu chefe ainda está te enchendo o saco, Chloe?

– Ai, aquele cretino irresistível – Sara suspirou, e eu fiquei olhando para minha batida de champanhe. Ela colocou uma uva na boca e começou a falar: – Deus, você precisa ver ele, Julia. Esse é o apelido mais perfeito que já ouvi. Ele é um deus. É sério. Não tem nada de errado com ele, fisicamente. O rosto perfeito, corpo, roupas, cabelo... Oh, Deus, o cabelo. Ele tem aquele tipo de cabelo que parece cuidadosamente desarrumado – ela disse, fazendo um gesto em sua própria cabeça. – Como se tivesse acabado de transar com alguém.

Eu revirei os olhos. Não precisava que me lembrassem daquele cabelo.

– Mas... e não sei o que a Chloe te contou... ele é terrível – continuou Sara, ficando cada vez mais séria. – Quer dizer, depois de quinze minutos de conversa, eu quis furar todos os pneus do carro dele. É o maior idiota que já conheci.

Quase engasguei com um pedaço de abacaxi. Se a Sara soubesse... Realmente, o cara era abençoado em se tratando de anatomia. Era injusto condená-lo por isso.

– Mas por que ele é tão idiota assim?

– Vai saber... – Sara disse, e então piscou como se estivesse tentando entender os motivos. – Talvez a infância tenha sido difícil.

– Você já *viu* a família dele? – eu perguntei, com ceticismo. – Eles até parecem ter saído de uma daquelas pinturas do Norman Rockwell de tão perfeitos que são.

– É verdade – ela reconheceu. – Talvez seja algum tipo de mecanismo de defesa. Tipo, ele pode ser cruel assim porque sente que precisa trabalhar mais duro do que qualquer um para provar que não é só um rostinho bonito que conseguiu um cargo de chefia.

Eu ri.

– Não existe uma razão por trás disso. Ele pensa que todo mundo deveria se importar e trabalhar tanto quanto ele, mas a maioria das pessoas não pensa assim. E isso irrita ele.

– Você está *defendendo* ele, Chloe? – Sara perguntou com um sorriso de surpresa no rosto.

– Definitivamente *não.*

Percebi que os olhos azuis de Julia estavam me encarando e se apertaram num silêncio acusador. Eu tinha reclamado bastante do meu chefe para ela nos últimos meses, mas talvez eu tivesse "esquecido" de mencionar o fato de que ele era lindo.

– Chloe, o seu chefe é um gostosão? Você estava escondendo isso de mim? – ela perguntou.

– Ele é bonitão, mas sua personalidade é muito difícil de aguentar – tentei parecer o mais indiferente possível. Julia sabia como ler todos os meus pensamentos.

– Bom – ela disse, levantando os ombros e tomando um longo gole de sua batida –, talvez ele viva irritado porque tem um pau pequeno.

Bebi o resto do meu champanhe enquanto minhas duas amigas riam sem parar.

Na segunda-feira de manhã, eu estava uma pilha de nervos enquanto entrava no prédio da empresa. Tinha tomado uma decisão: não iria sacrificar meu emprego por causa da nossa falta de juízo. Eu queria encerrar essa posição com uma apresentação perfeita para a banca examinadora do MBA, e então sair e seguir com a minha carreira. Chega de sexo, chega de fantasias. Eu poderia tranquilamente trabalhar – *apenas profissionalmente* – com o sr. Ryan por mais alguns meses.

Sentindo necessidade de incrementar minha confiança, usei o vestido novo que a Julia me deu. Ele acentuava minhas curvas sem ser muito provocativo. Mas minha arma secreta era minha calcinha. Sempre gostei de lingeries caras, e desde cedo aprendi onde encontrar os melhores preços. Vestir algo sexy debaixo das minhas roupas faz eu me sentir poderosa, e a calcinha que eu estava usando com certeza cumpria essa função. Na frente, era de seda preta enfeitada com bordados, e a parte de trás era formada por uma série de fitas de tule que se entrecruzavam no centro, onde havia um gracioso laço preto. Com cada passo, o tecido do vestido acariciava minha pele. Hoje eu poderia aguentar qualquer coisa que o sr. Ryan dissesse, e poderia dizer tudo de volta se fosse preciso.

Cheguei cedo para ter tempo de preparar a apresentação. Não fazia exatamente parte do meu trabalho, mas o sr. Ryan se recusava a ter uma assistente exclusiva para isso, e quando ele fazia as coisas sozinho as apresentações acabavam sendo um desastre no campo das amenidades: nada de café ou comida, apenas uma sala cheia de gente, slides e folhetos perfeitos e, como sempre, trabalho sem fim.

O saguão do prédio – um vasto espaço com a altura de três andares, que reluzia com granito polido no chão e mármore nas paredes – estava vazio. Quando as portas do elevador se fecharam atrás de mim, comecei a me preparar mentalmente, lembrando de todas as discussões que tivemos e dos comentários maldosos que ele fazia.

"Digite, não escreva nada à mão. Sua caligrafia parece a de uma criança da terceira série, srta. Mills."

"Se eu quisesse ouvir toda a sua conversa com sua conselheira de graduação, eu deixaria minha porta aberta e pegaria um balde de pipoca. Por favor, fale mais baixo."

Eu conseguiria fazer isso. Aquele cretino escolhera a mulher errada para maltratar, e eu não iria deixar ele me intimidar. Passei a mão pelas curvas da minha bunda e sorri determinada. *Calcinha do poder.*

Como eu já esperava, o escritório ainda estava vazio quando cheguei. Juntei tudo o que seria necessário para a apresentação e me dirigi à sala de conferência. Tentei ignorar as imagens que surgiram em minha mente ao rever as grandes janelas e a enorme mesa.

Pare com isso, corpo. Cérebro, faça alguma coisa.

Olhando ao redor da sala ensolarada, preparei os arquivos e o laptop na mesa e ajudei os funcionários que serviam a comida a arrumar o café da manhã junto à parede do fundo.

Vinte minutos depois, as propostas estavam engatilhadas, o projetor estava preparado e as bebidas também. Com tempo sobrando, acabei me aproximando das janelas. Estiquei o braço e toquei o vidro liso, arrebatada pela lembrança das sensações: o calor de seu corpo contra minhas costas, o frio do vidro contra meus seios e o som animalesco de sua voz no meu ouvido.

"Apenas diga. E eu prometo que vou fazer você gozar."

Fechei os olhos e me inclinei, pressionando as palmas das mãos e a testa contra a janela, e permiti que o poder das memórias tomasse conta de mim.

Fui arrancada de minhas fantasias pelo som de alguém limpando a garganta.

– Sonhando acordada no trabalho?

– Sr. Ryan – engoli em seco, minha mente começando a girar. Nossos olhos se encontraram e mais uma vez fui atingida por sua beleza. Ele quebrou o contato visual para examinar a sala.

– Srta. Mills – ele disse, cada palavra soando ríspida e cortante –, vou fazer a apresentação no quarto andar.

– Como é? – perguntei, com a irritação invadindo meu corpo. – Por quê? Sempre usamos esta sala. E por que você esperou até o último minuto para me dizer isso?

– Porque eu sou o chefe – ele rugiu, apoiando-se em seus punhos fechados sobre a mesa. – Sou eu quem faz as regras, e sou eu quem decide onde e quando as coisas acontecem. Talvez se você não estivesse tão compenetrada olhando pelas janelas, poderia ter confirmado comigo os detalhes hoje de manhã.

Minha mente foi inundada por imagens das minhas mãos agarrando a garganta dele. Tive de exercer todo o autocontrole que possuía para não pular sobre a mesa e estrangulá-lo. Um sorriso de satisfação surgiu em seu rosto.

– Que seja – eu disse, engolindo minha irritação. – Nenhuma boa decisão parece ser tomada nesta sala, de qualquer maneira.

Quando entrei na outra sala de conferência, meus olhos imediatamente se encontraram com os do sr. Ryan. Sentado em sua cadeira, ele juntou as mãos à sua frente como sempre fazia. Era o retrato perfeito da impaciência. *Típico.*

Então, notei a pessoa ao meu lado: Elliott Ryan.

– Deixe-me ajudá-la com isso, Chloe – ele disse, tomando uma pilha de pastas dos meus braços para que eu pudesse manobrar com mais facilidade o carrinho cheio de comida.

– Obrigada, sr. Ryan – lancei um olhar frio ao seu filho e meu chefe.

– Chloe – disse o velho sr. Ryan, rindo. Ele pegou alguns folhetos e começou a distribuir para as pessoas ao redor da mesa –, quantas vezes preciso dizer para você me chamar de Elliott?

Ele era tão bonito quanto seus dois filhos. Os três Ryans eram altos e musculosos, e compartilhavam os mesmos traços esculpidos. Desde que eu o conhecera, os cabelos grisalhos de Elliott tinham embranquecido de vez, mas ele ainda era um dos homens mais bonitos que eu já vira.

Sorri agradecida para ele, sentei e disse:

– Como vai a Susan?

– Ela está bem. Continua me perguntando quando você vai jantar com a gente – ele acrescentou, jogando uma piscadela. Eu não deixei de perceber o jovem Ryan bufando de irritação ao meu lado.

– Por favor, mande um "olá" para ela.

Ouvi passos atrás de mim e uma mão puxou gentilmente minha orelha.

– Oi, criança! – disse Henry Ryan, sorrindo para mim. Então se virou para falar com o resto da sala. – Desculpem pelo atraso. Achei que iríamos nos encontrar no andar de vocês.

Joguei um olhar malicioso com o canto do olho para meu chefe. A pilha de folhetos voltou para mim e entreguei uma cópia para ele.

– Aqui está, sr. Ryan.

Sem nem mesmo olhar para mim, ele agarrou os folhetos e começou a folheá-los.

Estúpido.

Quando fui me sentar, a voz grave de Henry disse:

– Ah, Chloe, enquanto fiquei lá em cima esperando, encontrei isto no chão – andei até onde ele estava e vi dois botões prateados antigos em sua mão. – Você poderia tentar descobrir se alguém perdeu? Eles parecem caros.

Senti meu rosto derreter. Tinha esquecido completamente da minha blusa rasgada.

– Hum... claro.

– Henry, posso dar uma olhada nesses botões? – disse o cretino de repente, tomando-os das mãos de seu irmão. Ele se virou para mim com um sorriso. – Você não tem uma blusa com botões iguais?

Olhei rapidamente ao redor da sala; Henry e Elliott já estavam absorvidos em outra conversa, sem perceber o que acontecia entre nós.

– Não – eu disse, tentando soar o mais desinteressada possível. – Não tenho.

– Você tem certeza? – tomando meu pulso, ele percorreu com o dedo desde meu braço até a palma da minha minha mão, onde colocou os botões e a fechou. Minha respiração ficou presa na garganta e meu coração batia ferozmente contra o peito.

Tirei a mão rapidamente, como se tivesse sofrido uma queimadura.

– Tenho certeza.

– Eu podia jurar que a blusa que você vestiu no outro dia tinha botões prateados. Aquela blusa rosa, sabe? Eu lembro porque notei que um deles estava meio solto quando você foi me procurar no escritório.

Senti meu rosto queimar ainda mais, se é que isso era possível. O que ele estava fazendo? Por acaso ele queria insinuar que eu tinha armado para que ficássemos sozinhos na sala de conferência?

Inclinando e chegando mais perto, com sua respiração quente no meu ouvido, ele sussurrou:

– Você realmente deveria ser mais cuidadosa.

Tentei manter a calma ao afastar minha mão.

– Seu cretino – respondi com os dentes cerrados antes que ele se afastasse, parecendo surpreso.

Mas por que estava surpreso, como se fosse eu quem tivesse quebrado as regras? Uma coisa era ser um babaca comigo, mas colocar em risco minha reputação na frente de outros executivos? Ele iria ouvir umas verdades mais tarde!

Durante a reunião, trocamos olhares, meus olhos cheios de raiva e os dele, de incerteza. Encarei as planilhas na minha frente sempre que possível para evitá-lo.

Assim que tudo acabou, juntei minhas coisas e saí correndo de lá. Mas, como esperado, ele veio logo atrás de mim para o elevador. Ficamos em silêncio enquanto subíamos para o nosso andar.

Por que o elevador era tão devagar, e por que alguém em cada andar tinha de decidir chamá-lo *justo naquele momento*? As pessoas ao nosso redor falavam ao telefone, folheavam papéis, discutiam planos para o almoço. O som das vozes aumentou até se tornar um burburinho alto, praticamente cobrindo os palavrões que eu dizia em minha mente para o sr. Ryan. Ao passarmos pelo 11º andar, o elevador estava quase lotado. Quando a porta abriu e mais três pessoas decidiram entrar, eu acabei sendo empurrada para ainda mais perto dele, com minhas costas encostando em seu peito e minha bunda em seu... *oh*.

Senti o resto de seu corpo enrijecer sutilmente e ouvi sua boca respirando fundo. Em vez de me pressionar contra ele, me afastei o máximo que podia. Mas ele esticou o braço e agarrou minha cintura, puxando meu corpo de volta.

– Eu gosto de me apertar contra essa bunda – ele murmurou, com a voz macia e quente no meu ouvido. – Onde você...

– Estou a dois segundos de te castrar com meu calcanhar.

Ele me puxou ainda mais perto.

– Por que você de repente ficou mais bravinha do que o normal?

Virei a cabeça e disse, quase sussurrando:

– Porque é típico de você fazer eu parecer, na frente do seu pai, uma puta querendo subir na carreira.

Ele deixou a mão cair e ficou boquiaberto.

– Não – piscou. Piscou de novo. – *O quê?!* – o sr. Ryan confuso até que ficava atraente. *Cretino!* – Eu estava só brincando.

– E se eles escutaram você falando aquilo?

– Eles não escutaram.

– Mas poderiam.

Ele genuinamente parecia não ter pensado nisso, e provavelmente não pensou mesmo. Para ele era fácil ficar brincando, já que era o chefe. Ele era o executivo obcecado com o trabalho. Mas eu era a garota que ainda estava na metade do caminho.

Uma pessoa ao lado olhou em nossa direção e nós imediatamente nos ajeitamos. Eu bati com o cotovelo nas suas costelas, e ele beliscou minha bunda com tanta força que me fez perder o ar.

– Não vou pedir desculpas – ele disse disfarçadamente.

É claro que não. Babaca.

Ele se apertou contra mim novamente, e senti o tamanho de sua ereção, que tinha crescido ainda mais, e um calor traidor se espalhou no meio das minhas pernas.

Chegamos ao 15º andar e algumas pessoas saíram. Estiquei o braço atrás de mim, deslizei a mão entre nós dois e a coloquei sobre seu pau. Ele exalou um suspiro quente em meu pescoço e sussurrou:

– Oh, sim.

E então, eu apertei.

– Merda. *Desculpa!* – ele disse rispidamente em meu ouvido. Soltei e deixei a mão cair, sorrindo para mim mesma. – Deus, eu estava apenas brincando com você.

Décimo sexto andar. As últimas pessoas saíram apressadas, todas aparentemente se dirigindo para uma mesma reunião.

Assim que as portas se fecharam e o elevador começou a se mexer, ouvi um grunhido vindo de trás e vi o sr. Ryan jogar rapidamente sua mão no botão de parar o elevador. Seus olhos se voltaram para mim e estavam mais escuros do que eu jamais tinha visto. Em um único movimento, ele me pressionou contra a parede com seu corpo. Ele se afastou apenas tempo suficiente para me jogar um olhar raivoso e dizer:

– Não se mexa.

E, mesmo eu querendo mandar ele se foder, meu corpo implorava que eu obedecesse a qualquer coisa que ele dissesse.

No meio dos arquivos que eu levava, ele pegou um papel adesivo e o colou na lente da câmera que ficava no teto.

Seu rosto estava apenas a alguns centímetros do meu, sua respiração jogava lufadas de ar quente no meu pescoço.

– Eu nunca iria insinuar que você está tentando transar para subir na vida – ele exalou, se inclinando para cima de mim. – Você está pensando demais.

Afastei meu corpo o máximo que conseguia, tentando manter distância.

– E você não está pensando o *suficiente*. Estamos falando da minha carreira. Você tem todo o poder por aqui. Você não tem nada a perder.

– Eu tenho o poder? Você é quem veio se encostando no meu pau no elevador. É você quem está *fazendo* isso comigo.

Senti minha expressão suavizar; não estava acostumada a vê-lo mostrando vulnerabilidade, nem mesmo um pouco.

– Então, não me assuste.

Após uma longa pausa, ele assentiu.

O som do prédio ao nosso redor preencheu o espaço vazio do elevador enquanto continuávamos a nos encarar. Um desejo por contato começou a aumentar em mim, primeiro no umbigo, depois descendo até o meio das pernas.

Ele se inclinou para frente e lambeu meu queixo antes de cobrir meus lábios com os dele, e um gemido involuntário vibrou na minha garganta quando seu pau duro pressionou minha barriga. Meu corpo começou a agir por instinto e minha perna envolveu seu quadril, me apertando contra sua ereção, enquanto minhas mãos agarravam seus cabelos. Ele se afastou apenas o suficiente para seus dedos encontrarem o fecho atrás do meu quadril. Meu vestido se abriu segundo sua vontade.

– Uma gatinha tão bravinha... – ele sussurrou. Colocando as mãos no meu ombro, olhou em meus olhos e deslizou o tecido até o chão. Minha pele se arrepiou quando ele tomou minha mão, girou meu corpo e pressionou minhas palmas contra a parede.

Tirou a presilha prateada que prendia meu cabelo, deixando-o cair pelas minhas costas nuas. Tomando os fios com as mãos, ele puxou minha cabeça com força para o lado, expondo meu pescoço. Beijos quentes e molhados percorreram minhas costas e ombros. Seu toque deixava uma centelha de eletricidade em cada centímetro de pele que tocava. Ele se ajoelhou atrás de mim, agarrou minha bunda e mordeu com vontade, provocando um suspiro agudo em mim antes de se levantar novamente.

Caramba, como ele consegue provocar essas coisas em mim?

– Você gosta disso? – seus dedos apertaram e puxaram meus seios. – De levar uma mordida na bunda?

– Talvez.

– Você é uma garota muito safada.

Soltei um gritinho de surpresa quando senti sua mão dar um forte tapa no lugar onde ele havia mordido, e, em seguida, gemi de prazer.

Puxei o ar em mais um suspiro agudo quando suas mãos agarraram as fitas delicadas da minha calcinha e puxaram com força.

– Espere outra cobrança no cartão, cretino.

Ele riu de um jeito sombrio e me pressionou novamente contra a parede. Os painéis gelados de aço enviaram calafrios através do meu corpo, acordando memórias da janela naquela primeira vez. Tinha esquecido como era bom sentir o contraste – frio e calor, resistência e *ele*.

– Vale cada centavo – ele respondeu. Sua mão deslizou ao redor da minha cintura e pela barriga, descendo até que seu dedo pousou sobre meu clitóris. – Sabe, eu acho que você usa essas calcinhas apenas para me provocar.

Será que ele estava certo? Será que eu estava delirando ao pensar que eram apenas para mim?

A pressão de seu toque causava aflição, seus dedos pressionavam e liberavam me fazendo querer mais. Movendo-se mais para baixo, ele parou bem na minha entrada.

– Você está tão molhada. Deus, você deve ter ficado pensando nisso a manhã toda.

– Vá se foder – eu disse, perdendo o fôlego e jogando meu corpo para trás quando seus dedos finalmente entraram.

– Diga. Diga e eu te darei o que você quer – um segundo dedo se juntou ao primeiro, e a sensação me fez soltar um grito.

Balancei a cabeça, mas meu corpo me traía novamente. Ele soava tão carente; suas palavras eram provocantes e controladoras, mas eu sentia como se ele também estivesse implorando. Fechei os olhos, tentando limpar meus pensamentos, mas aquilo tudo era demais. Seu corpo vestido contra minha pele nua, o som de sua voz áspera e a sensação de seus longos dedos entrando e saindo deixaram-me à beira do abismo. Sua outra mão se esticou, beliscando firmemente meu mamilo por cima do sutiã, e gemi alto. Eu estava quase lá.

– *Diga* – ele rugiu no meu ouvido quando seu polegar esfregou meu clitóris. – Não quero te ver toda bravinha comigo pelo resto do dia.

Eu cedi e finalmente sussurrei:

– Eu quero você dentro de mim – ele soltou um grave e lento gemido, e sua testa pousou no meu ombro quando começou a mexer mais rápido, enfiando e circulando. Seus quadris sustentavam minha bunda, sua ereção se esfregava contra mim. – Oh, Deus – gemi, enquanto meu orgasmo se pronunciava e cada pensamento se concentrava no prazer que implorava para ser liberado.

E então o som rítmico de nossa respiração e gemidos foi interrompido pelo toque agudo do interfone.

Ficamos paralisados quando a percepção de onde estávamos nos acertou como um soco. O sr. Ryan praguejou ao se afastar de mim e atender a chamada.

Virando, agarrei meu vestido, joguei-o sobre os ombros e comecei a me ajeitar com mãos trêmulas.

– Sim – ele parecia tão calmo, não mostrava nem um pouco de falta de fôlego. Nossos olhos se encontraram. – Entendo... Não, nós estamos bem... – ele se abaixou e pegou minha calcinha rasgada do chão. – Não, simplesmente parou – ele ouviu a pessoa do outro lado da linha, enquanto esfregava o tecido de seda entre os dedos. – Tudo bem – terminou a conversa e desligou.

O elevador tremeu e voltou a subir. O sr. Ryan olhou para a calcinha em sua mão e depois para mim. Então, sorriu, saindo de perto da parede e se aproximando de mim. Colocando uma mão ao lado da minha cabeça, ele se inclinou, passando o nariz ao longo do meu pescoço, e sussurrou:

– Cheirar você é tão bom quanto te foder.

Um pequeno suspiro escapou da minha garganta.

– E isto – ele disse, girando a calcinha em sua mão – agora é meu.

O elevador finalmente chegou ao nosso andar. As portas se abriram e, sem nem mesmo uma rápida olhada para mim, ele guardou a calcinha no bolso do casaco e saiu.

Quatro

Pânico. O sentimento que tomava conta de mim enquanto eu praticamente corria para minha sala só poderia ser descrito como puro pânico. Eu não podia acreditar no que estava acontecendo. Sozinho com ela naquela pequena prisão de aço – seu cheiro, seus sons, sua pele – fizeram meu autocontrole evaporar. Eu estava me desintegrando. Essa mulher tinha um poder sobre mim diferente de qualquer coisa que eu já tivesse experimentado.

Finalmente, na relativa segurança da minha sala, eu desabei no sofá. Afaguei meus cabelos, tentando me acalmar e reduzir minha ereção.

As coisas estavam indo de mal a pior.

Desde o segundo em que ela me lembrou da reunião daquela manhã, eu sabia que de jeito nenhum eu conseguiria formar qualquer pensamento coerente, muito menos realizar uma apresentação inteira, não naquela maldita sala de conferência. Não poderia nem sentar naquela mesa. Encontrá-la inclinada contra a janela, mergulhada em pensamentos, fora suficiente para me deixar duro novamente.

Inventei uma desculpa qualquer para a reunião ser transferida para outro andar, e é claro que ela me repreendeu. Por que ela tinha de brigar comigo sempre? Fiz questão de lembrá-la quem era o chefe. Mas, assim como em todas as nossas discussões, ela jogou tudo de volta na minha cara.

Tive um sobressalto quando ouvi uma batida alta do lado de fora do escritório. Seguida de outra. E mais uma. Que diabos estava acontecendo? Levantei e fui até a porta, abri e encontrei a srta. Mills jogando suas pastas em diferentes pilhas. Cruzei os braços e encostei na parede, apenas assistindo por um instante. A visão dela tão brava não estava melhorando nem um pouco a situação dentro das minhas calças.

– Você se importa em me dizer qual é o seu problema?

Ela olhou para mim com se eu fosse o diabo em pessoa.

– Você está louco?

– Nem um pouco.

– Desculpe se estou um pouco nervosa – ela disse rispidamente, pegando uma pilha de pastas e jogando em uma gaveta.

– Eu não estou exatamente contente com...

– Bennett! – disse meu pai, entrando de repente em meu escritório. – Bom trabalho na reunião. Henry e eu acabamos de conversar com a Dorothy e o Troy e eles estavam... – ele parou e ficou olhando para a srta. Mills, que estava toda tensa apertando os punhos até os nós dos dedos ficarem brancos. – Chloe, querida, você está bem?

Ela se ajeitou e esticou os dedos, assentindo. Seu rosto estava lindamente corado, seus cabelos, graciosamente desarrumados. Por minha causa. Engoli em seco e me virei para olhar pela janela.

– Você não parece bem – meu pai disse, andando até ela e colocando a mão em sua testa. – Você está quente.

Apertei a mandíbula enquanto via o reflexo dos dois pelo vidro – uma estranha sensação subia pelas minhas costas. *De onde isso está vindo?*

– Na verdade – ela disse –, estou mesmo me sentindo um pouco estranha.

– Bom, você deveria ir para casa. Com uma agenda de trabalho como a sua, e tendo acabado de terminar o semestre na faculdade, sem dúvida você...

– Temos um dia cheio hoje – eu disse, virando para encará-los. – Pensei em terminar a Beaumont, srta. Mills – eu disse entre meus dentes cerrados.

Meu pai virou seu olhar profundo para mim.

– Tenho certeza que você pode se virar sozinho, Bennett – então, virou-se para ela. – Você pode ir para casa.

– Obrigada, Elliott – a srta. Mills olhou para mim, levantando uma sobrancelha perfeitamente esculpida. – Vejo você amanhã de manhã, sr. Ryan.

Assisti enquanto ela saía e meu pai fechava a porta. Ele se virou e olhou para mim com fogo nos olhos.

- O que foi? - perguntei.

- Você podia ser mais gentil com ela, Bennett - ele se aproximou e sentou na ponta da mesa. - Você tem sorte de tê-la, sabia?

Revirei os olhos e balancei a cabeça.

- Se a personalidade dela fosse tão boa quanto sua habilidade com o Power Point, nós não teríamos nenhum problema.

Ele me cortou com um olhar pesado.

- Sua mãe ligou e pediu para lembrar do jantar hoje à noite. Henry e Mina vão aparecer com o bebê.

- Estarei lá.

Ele se aproximou da porta, parou e olhou para mim novamente.

- Não se atrase.

- Não vou. Deus! - ele sabia muito bem que não me atraso para nada, nem mesmo algo tão simples quanto um jantar em família. Henry, por outro lado, vai chegar atrasado até para o próprio funeral.

Finalmente sozinho, entrei na minha sala e desabei na cadeira. Certo, talvez eu estivesse um pouco nervoso.

Coloquei a mão dentro do bolso e puxei o que restou da calcinha, pronto para jogar na gaveta junto às outras, quando notei a etiqueta. Era da marca Agent Provocateur. Ela tinha gastado um bom dinheiro. E isso despertou minha curiosidade. Abri a gaveta para examinar as outras. La Perla. Bom, essa mulher levava sua lingerie a sério. Talvez eu devesse parar em uma loja da La Perla e pelo menos checar o quanto minha coleção estava custando para ela. Passei a mão no cabelo e joguei as calcinhas de volta, fechando a gaveta com força.

Eu estava oficialmente ficando maluco.

—

Por mais que me esforçasse, não consegui me concentrar em nada durante o dia todo. Mesmo após um almoço vigoroso, ainda não conseguia tirar minha mente dos eventos da manhã. Às três da tarde, eu sabia que tinha de sair dali. Andei até o elevador e resmunguei ao lembrar dos detalhes. Então optei pelas escadas - só para depois perceber que aquele era um erro ainda pior. Desci correndo os dezoito andares.

Mais tarde, ao chegar à casa dos meus pais, senti um pouco da tensão ir embora. Entrei na cozinha e fui imediatamente envolvido com o cheiro familiar da comida da minha mãe e com o som da conversa animada dos meus pais na sala de jantar.

- Bennett! - disse minha mãe quando entrei na sala. Abaixei e beijei seu rosto, parando por um breve instante para deixá-la tentar arrumar meu cabelo. Quando ela finalmente deu sossego, peguei uma grande vasilha que ela carregava e a coloquei na mesa, roubando uma cenoura como pagamento. - Onde está Henry? - perguntei, olhando em direção à sala de estar.

- Eles ainda não chegaram - meu pai respondeu enquanto entrava. Henry já era conhecido por seus atrasos, mas, com sua esposa e filha, teriam sorte se algum dia conseguissem sair de casa. Caminhei até o bar da sala para preparar um *dry martini* para minha mãe.

Vinte minutos depois, um som caótico surgiu no saguão principal e eu me dirigi até lá para cumprimentar meu irmão e a família. Um corpinho pequeno e instável com um sorriso cheio de dentes se atirou em meus joelhos.

- Benny! - gritou a pequena garota.

Levantei Sofia no ar e enchi seu rosto de beijos.

- Deus, você é patético - resmungou Henry ao passar do meu lado.

- E você não?

- Vocês dois deveriam calar a boca, se querem minha opinião - acrescentou Mina, seguindo seu marido até a sala de jantar.

Sofia era a primeira neta e a princesinha da família. Como de costume, ela preferia passar o jantar sentada no meu colo e eu tentava comer fazendo meu melhor para evitar sua "ajuda". Eu definitivamente era louco por ela.

- Bennet, eu queria te pedir uma coisa - disse minha mãe, me passando a garrafa de vinho. - Você poderia convidar a Chloe para jantar na semana que vem e fazer seu melhor para convencê-la a aceitar?

Grunhi em resposta e recebi de meu pai um rápido chute na canela.

– Deus. Por que todo mundo quer tanto que ela venha aqui? – perguntei.

Minha mãe se ajeitou, mostrando sua melhor expressão de firmeza maternal.

– Ela está sozinha numa cidade estranha e...

– Mãe – interrompi –, ela mora aqui desde a faculdade. Ela tem 26 anos. Já não é uma cidade estranha para ela.

– Você está certo, Bennett – ela respondeu com uma rara irritação na voz. – Ela veio para estudar na faculdade, se formou com honras, trabalhou com seu pai por alguns anos e se mudou para o seu departamento, e é a melhor funcionária que você já teve. E tudo isso enquanto frequenta a escola à noite para o MBA. Eu acho que a Chloe é fantástica e gostaria de apresentar uma pessoa para ela.

Meu garfo congelou no meio do caminho para minha boca enquanto eu digeria aquelas palavras. Minha mãe queria arrumar um namorado para a srta. Mills? Tentei lembrar de todos os homens solteiros que conhecíamos e tive de descartar todos imediatamente. *Brad: baixinho demais. Damian: trepa com qualquer coisa que se mova. Kyle: gay. Scott: burro.* Bom, isso era estranho. Senti um aperto no peito, mas não tinha certeza do que era. Se pudesse nomear isso, seria... raiva?

Por que eu sentiria raiva por minha mãe querer arrumar alguém para ela? *Provavelmente porque você está dormindo com ela, seu burro.* Bom, na verdade, "dormir" não era exatamente o que fazíamos. "Transar" era uma palavra mais apropriada. Certo, eu tinha transado com ela... duas vezes. Mas dizer que eu "estava transando" insinuaria uma intenção de continuar fazendo isso.

Ah, e também passei a mão nela no elevador e tinha uma coleção de suas calcinhas na minha gaveta.

Pervertido.

Passei as mãos no rosto.

– Certo. Vou conversar com ela. Mas não fique muito animada. Ela é tão charmosa quanto uma porta, portanto não vai ser fácil vender o seu peixe.

– Sabe – meu irmão acrescentou –, acho que todos aqui concordam que você é literalmente o único que tem dificuldade para se dar bem com ela.

Olhei ao redor da mesa, franzindo a testa ao vê-los concordando com meu irmão idiota.

O resto da noite consistiu em mais conversa sobre como eu deveria tentar ser mais gentil com a srta. Mills, e sobre o quanto todos adoravam ela, e sobre o quanto ela iria gostar do Joel, que era filho do melhor amigo da minha mãe. Eu tinha esquecido completamente do Joel. Certo, ele até que era razoável. Fora o fato de que até os quatorze ele brincava de Barbie com sua irmã e que chorava como uma menina quando levava uma bolada na oitava série.

A srta. Mills iria comer ele vivo.

Ri para mim mesmo ao pensar nisso.

Também conversamos sobre as reuniões que teríamos naquela semana. Uma das grandes, na qual eu acompanharia meu pai e meu irmão, estava marcada para quinta-feira à tarde. Eu sabia que a srta. Mills já tinha preparado tudo com antecedência. Por mais que odiasse admitir, ela sempre estava dois passos adiante e tinha tudo que eu precisava pronto para quando eu chegasse.

Fui embora prometendo que faria meu melhor para convencê-la a aceitar o jantar, embora, para ser honesto, eu nem sabia quando iria vê-la de novo. Eu tinha reuniões por toda a cidade e duvidava que, nos breves momentos que passaria no escritório, eu teria algo de bom para falar.

—

Na tarde seguinte, enquanto cruzávamos a avenida South Michigan, eu encarava a janela, imaginando se meu dia poderia piorar. Eu odeio ficar parado no trânsito. O escritório ficava a apenas dois quarteirões e eu estava seriamente considerando sair do carro e andar a pé. Já passava das quatro da tarde e tínhamos percorrido apenas três quarteirões nos últimos vinte minutos. Perfeito. Fechando os olhos, encostei a cabeça no banco e relembrei a reunião que acabara de ter.

Nada em particular deu errado, muito pelo contrário. Os clientes ficaram entusiasmados com nossa proposta e tudo ocorreu sem maiores complicações. Mas acontece que eu não conseguia escapar do meu mau humor.

Henry ficou me lembrando a cada quinze minutos que eu estava me comportando como um adolescente temperamental e, quando chegou o momento de assinar os contratos, eu queria dar uma surra nele. A toda hora ele ficava me perguntando qual era o meu problema e, francamente, não posso culpá-lo. Até mesmo eu tinha de admitir que vinha sendo um cretino nos últimos dois dias. E, vindo de mim, admitir isso é uma grande coisa. E, claro, Henry tinha de dizer, no final da reunião, que meu problema era falta de sexo.

Se ele soubesse...

Fazia apenas um dia. Apenas um dia desde o incidente no elevador que me deixara duro como pedra e com um desejo de tocar cada centímetro da pele dela. Se você visse o jeito como eu estava agindo, realmente iria pensar que fazia meses que eu não transava. Mas não, um dia sem tocá-la já era suficiente para me transformar em um lunático.

O carro parou novamente e eu pensei que iria gritar. O motorista baixou o vidro que separava a cabine e o banco de trás e sorriu pedindo desculpas.

– Desculpe, sr. Ryan. Sei que o senhor deve estar indo à loucura aí atrás. Faltam apenas quatro quarteirões, será que não prefere ir andando? – olhando pela janela escurecida, notei que paramos bem em frente a uma loja da La Perla. – Posso estacionar bem ali...

Saí do carro antes que ele pudesse terminar de falar.

De pé na calçada esperando para atravessar a rua, percebi de repente que não fazia ideia de por que eu entraria naquela loja. O que pensava que iria fazer? Iria comprar alguma coisa ou estava apenas me torturando?

Entrei na loja. O assoalho era feito de madeira cor de mel, o teto estava preenchido por luminárias redondas agrupadas ao longo do grande saguão. A iluminação fraca banhava todo o interior com um brilho suave, iluminando as mesas e prateleiras cheias de lingeries caras. Algo naquelas delicadas rendas e sedas despertava um desejo muito familiar em mim.

Passando os dedos por uma mesa que ficava perto da porta, percebi que já tinha chamado a atenção da equipe de vendas. Uma loira alta se aproximou.

– Bem-vindo à La Perla – ela disse, olhando-me de cima a baixo como uma leoa admirando um filé suculento. Lembrei que uma mulher nesse ramo saberia quanto meu terno custara e saberia que minhas abotoaduras eram feitas de diamante puro. Seus olhos praticamente se transformaram em cifrões. – Posso ajudar a encontrar alguma coisa? Talvez um presente para a esposa? Ou namorada? – ela acrescentou, deixando escapar um flerte insinuado na voz.

– Não, obrigado – respondi, de repente me sentindo ridículo por estar ali. – Estou apenas olhando.

– Bom, se mudar de ideia é só me chamar – ela disse, piscando o olho antes de se virar e voltar para trás do balcão. Observei enquanto ela se afastava e me arrependi imediatamente por não ter nem tentado conseguir seu telefone. Merda. Eu não era um total cafajeste, mas uma linda mulher numa loja de lingerie tinha acabado de flertar comigo e nem me ocorreu flertar de volta. Deus. O que havia de errado comigo?

Eu estava prestes a ir embora quando algo chamou minha atenção. Passei os dedos por uma cinta-liga de renda preta pendurada numa prateleira. Nunca tinha percebido que as mulheres realmente usam essas coisas, até começar a trabalhar com *ela*. Lembrei de uma reunião em nosso primeiro mês trabalhando juntos. Ela cruzou as pernas debaixo da mesa e sua saia levantou um pouco, revelando a delicada alça que prendia a meia. Foi a primeira vez que percebi seu gosto por lingerie, mas não foi a primeira vez que precisei passar o almoço trancado na minha sala, batendo uma e pensando nela.

– Encontrou algo que gostou?

Eu me virei com um sobressalto por ouvir uma voz atrás de mim.

Merda.

Era a srta. Mills.

Mas eu nunca a tinha visto dessa maneira antes. Ela estava bem--vestida como sempre, mas completamente casual. Usava uma calça jeans preta bem justa e uma camiseta regata vermelha. Seu cabelo estava preso num rabo de cavalo muito sexy e, sem a maquiagem e os óculos que às vezes usava no escritório, ela não parecia ter mais de vinte anos.

– O que você está fazendo aqui? – ela perguntou, enquanto seu sorriso falso desaparecia.

– Isso não é da sua conta.

– Estou apenas curiosa. As calcinhas que você roubou de mim não são suficientes? Você precisa começar uma coleção própria? – ela me encarou e fez um gesto com a cabeça em direção à cinta-liga que estava em minhas mãos.

Rapidamente larguei a peça.

– Não, não, eu...

– O que você faz com elas, exatamente? Guarda em algum lugar como lembrança das suas conquistas? – ela cruzou os braços sobre o peito, fazendo os seios se apertarem um no outro. Meus olhos caíram diretamente em seu decote e meu pau acordou dentro da calça.

– Deus – eu disse, balançando a cabeça –, por que você tem de ser uma megera o tempo todo? – podia sentir a adrenalina percorrendo minhas veias e meus músculos ficando tensos enquanto eu literalmente tremia de desejo e raiva.

– Acho que você desperta o melhor de mim – ela disse. A srta. Mills se inclinou para frente e seu peito quase encostou no meu. Olhando ao redor, percebi que estávamos chamando atenção das outras pessoas na loja.

– Olha – eu disse, tentando me recompor –, que tal se você se acalmar e abaixar o tom de voz? – eu sabia que tinha de sair dali logo, antes que algo acontecesse. Por alguma razão doentia, brigas com essa mulher sempre acabavam com sua calcinha indo parar no meu bolso. – O que você está fazendo aqui, afinal? Por que não está no trabalho?

Ela revirou os olhos.

– Eu trabalho com você já faz quase um ano, então você deveria se lembrar que eu me encontro com meu conselheiro do MBA a cada duas semanas. Acabei de sair de lá e pensei em fazer umas compras. Talvez você queira colocar uma pulseira de rastreamento no meu tornozelo para poder me seguir o tempo todo. Ou talvez nem seja preciso, já que conseguiu me encontrar mesmo sem isso.

Encarei-a de volta, lutando para encontrar algo para dizer.

– Você está sempre bravinha comigo.

Ótimo, Ben. Muito esperto.

– Venha comigo – ela disse, agarrando meu braço e me puxando para os fundos da loja. Viramos num canto e entramos em uma cabine de prova de roupas. Ela obviamente estivera ali por algum tempo: havia pilhas de lingerie nas cadeiras e montes de rendas emaranhadas nos cabides. Havia música tocando nos alto-falantes acima, e fiquei aliviado por saber que não precisaria manter a voz baixa quando a estrangulasse.

Ela fechou a grande porta espelhada em frente a uma poltrona de veludo e ficou me encarando com um olhar feroz.

– Você me seguiu até aqui?

– Por que eu faria isso?

– Então você estava simplesmente passeando por uma loja de roupas femininas? Por acaso isso é mais um dos seus passatempos pervertidos?

– Vai se foder, srta. Mills.

– Sabe, ainda bem que você tem esse pau grande para compensar essa boca suja.

Comecei a me inclinar para frente e sussurrei:

– Tenho certeza que você adoraria minha boca também.

De repente, uma intensidade tomou conta de tudo. O peito dela subia e descia rapidamente e seu olhar focou minha boca enquanto ela mordia os próprios lábios. Agarrando lentamente minha gravata, ela me puxou para perto. Abri a boca e senti sua língua macia.

Agora já não dava mais para me afastar, então passei uma mão em seu queixo e a outra em seus cabelos. Tirei a presilha que segurava o rabo de cavalo e suas madeixas macias caíram ao redor da minha mão. Agarrei os fios com força e puxei sua cabeça para melhor acomodar meu beijo. Eu precisava de mais. Precisava dela por inteiro. Ela gemeu e eu puxei com mais força.

– Você gosta disso.

– Deus, sim.

Ao ouvir aquelas palavras, eu não me importei com mais nada: onde estávamos, quem éramos ou o que sentíamos um pelo outro. Nunca em minha vida eu sentira uma química tão forte com alguém. Quando estávamos juntos daquela maneira, nada mais importava.

Minhas mãos deslizaram por sua lateral e eu agarrei a bainha da sua camiseta, levantando-a e tirando-a por cima da cabeça, interrompendo nosso beijo por apenas um segundo. Sem ficar para trás, ela puxou meu casaco dos meus ombros e o deixou cair no chão.

Meus polegares faziam círculos em sua pele enquanto eu movia as mãos até a cintura de sua calça jeans. Após um rápido movimento, a calça também caiu no chão e a srta. Mills a chutou para longe, com suas sandálias. Beijei-a, descendo por seu pescoço até chegar aos ombros.

– Deus... – gemi. Olhando para cima, pude ver seu corpo perfeito refletido no espelho que ia do chão ao teto. Já tinha fantasiado sobre a srta. Mills nua mais vezes que gostaria de admitir, mas a realidade, em plena luz do dia, era ainda melhor. Muito melhor. Ela vestia um sutiã preto e uma calcinha preta de renda que cobria apenas metade de sua bunda. O cabelo escorria por suas costas. Os músculos das longas e tonificadas pernas se flexionaram quando ela ficou na ponta dos pés para poder alcançar meu pescoço. Aquele visual, junto à sensação de seus lábios molhados em mim, fizeram meu pau pressionar firmemente contra o confinamento das minhas calças.

Ela mordeu minha orelha com força e suas mãos pousaram nos botões da minha camisa.

– Eu acho que você gosta de um pouco de força também.

Abri minhas calças e cinto, jogando-os para o chão perto da minha cueca, e então puxei a srta. Mills para a poltrona de veludo.

Um tremor percorreu meu corpo quando minhas mãos se moveram ao redor de suas costelas até o fecho do sutiã. Seus seios se apertaram contra mim e a beijei ao longo do pescoço enquanto meus dedos desabotoavam e puxavam as alças para trás. Afastei o corpo levemente para permitir que o sutiã caísse entre nós e, pela primeira vez, eu tive uma visão completa de seus seios completamente nus. *Perfeitos*. Nas minhas fantasias, eu já fizera de tudo com eles: tinha tocado, beijado, chupado, fodido, mas nada se comparava à realidade de apenas olhar para eles.

Seus quadris avançaram sobre mim, e nada além de sua pequena calcinha nos separava. Enterrei meu rosto em seu peito e suas mãos agarraram meus cabelos, puxando-me para mais perto.

– Você quer me saborear? – ela sussurrou, olhando para mim com olhos gelados. Então puxou meus cabelos com força suficiente para afastar minha cabeça de sua pele.

Eu não consegui pensar em nenhuma resposta espertinha, nenhum comentário que a fizesse parar de falar e simplesmente me foder. Eu queria sim experimentar sua pele. Queria mais do que qualquer outra coisa que já desejara na vida.

– Sim.

– Então peça com educação.

– Foda-se a educação. Me solte.

Ela gemeu, inclinando-se e permitindo que eu chupasse um mamilo perfeito, o que a fez puxar meu cabelo novamente. Deus, aquilo era bom.

Muitos pensamentos voaram em minha cabeça. Não havia nada neste mundo que eu quisesse mais do que me enterrar dentro dela, mas sabia que, quando tudo terminasse, eu odiaria a nós dois. Ela, por me enfraquecer, e eu, por permitir que a luxúria tomasse conta do meu bom senso. Mas também sabia que não seria possível parar. Eu me transformara em um viciado, vivendo apenas para a próxima dose. Minha vida perfeitamente construída estava desmoronando ao meu redor, e tudo que eu queria era senti-la por dentro.

Deslizando minhas mãos por seu corpo, deixei meus dedos percorrerem o cós de sua calcinha. Um arrepio surgiu em sua pele e eu fechei os olhos ao segurar o tecido, tentando me convencer a parar.

– Vá em frente e rasgue... você sabe que quer fazer isso – ela murmurou em meu ouvido e então mordeu minha orelha. Meio segundo depois, o cós não era nada além de um tecido rasgado no canto do provador. Agarrando seus quadris, eu a levantei e segurei a base do meu pau com a outra mão, então a puxei para baixo.

A sensação foi tão intensa que eu precisei segurar seus quadris no lugar para não gozar imediatamente. Se eu me perdesse agora, ela iria jogar isso na minha cara mais tarde. E eu não permitiria essa satisfação a ela.

Quando senti que tinha o controle de volta, comecei a mover seu corpo para cima e para baixo. Nós ainda não tínhamos estado nessa posição – ela por cima, cara a cara – e, mesmo odiando admitir, nossos corpos se encaixavam com perfeição. Abaixando as mãos até suas pernas, agarrei uma em cada mão e envolvi meu quadril com elas. A mudança de posição me colocou ainda mais fundo dentro dela, e precisei enterrar meu rosto em seu pescoço para não soltar um gemido alto demais.

Eu estava ciente dos sons e vozes ao nosso redor enquanto as pessoas entravam e saíam dos outros provadores. Mas pensar que poderíamos ser pegos a qualquer momento apenas deixava o sexo ainda melhor.

Ela soltou um gemido, arqueando as costas, e sua cabeça pendeu para trás. A maneira como ela mordia os lábios insinuava uma falsa inocência que estava me deixando maluco. Mais uma vez, observei por cima de seu ombro a imagem de nós dois no espelho. Nunca tinha visto algo tão erótico em toda a minha vida.

Ela puxou meu cabelo mais uma vez, guiando minha boca de volta para a dela, nossas línguas se enfrentando, igualando o movimento de nossos quadris.

– Você fica linda em cima de mim – sussurrei em seus lábios. – Vire-se, você precisa ver uma coisa – eu a levantei e a virei para que pudesse enxergar o espelho. Com suas costas contra meu peito, ela se inclinou para trás em mim.

– Oh, Deus – ela disse. Sua respiração ficou pesada quando encostou a cabeça no meu ombro, e eu não estava certo se era por causa do meu pau entrando nela ou por causa da imagem no espelho. Ou as duas coisas.

Agarrei seus cabelos e forcei sua cabeça a levantar.

– Não desvie os olhos, quero que você veja tudo – rugi em seu ouvido ao encontrar seu olhar através do espelho. – Quero que você assista. E amanhã, quando estiver toda dolorida, quero que se lembre de quem fez isso.

– Pare de falar – ela disse, mas eu podia sentir seus arrepios e sabia que ela adorava cada palavra. Suas mãos subiram e se esticaram para trás procurando meus cabelos.

Toquei cada centímetro de seu corpo e beijei toda a parte de trás de seus ombros. No espelho, podia ver a mim mesmo entrando e saindo de dentro dela e, por mais que não quisesse essas lembranças na minha mente, eu sabia que nunca me esqueceria daquela visão. Então, movi uma mão até seu clitóris.

– Oh, merda – ela sussurrou. – Por favor.

– Desse jeito? – perguntei, pressionando e circulando.

– Sim, por favor, mais, por favor, por favor.

Nossos corpos estavam agora cobertos por uma fina camada de suor, que fazia seu cabelo grudar levemente na testa. Seu olhar não se afastou mais enquanto continuávamos a nos mover um contra o outro, e eu sabia que estávamos muito perto do clímax. Eu queria encontrar seus olhos no espelho, mas então imediatamente entendi que isso mostraria mais do que eu pretendia. Eu não queria que ela visse tão claramente o que estava fazendo comigo.

As vozes ao nosso redor continuavam, completamente alheias ao que estava acontecendo naquela pequena cabine. Se eu não fizesse alguma coisa, nosso segredo não duraria por muito tempo. Os movimentos dela se intensificaram e suas mãos apertaram ainda mais meus cabelos, então eu pressionei minha mão contra sua boca, abafando seus gritos quando ela gozou vigorosamente em cima de mim.

Abafei meus próprios gemidos em seu ombro e, com mais algumas estocadas, explodi num orgasmo intenso dentro dela. Seu corpo caiu sobre mim e eu me recostei contra a parede.

Eu precisava me levantar. Precisava me levantar e me vestir, mas não achava que minhas pernas bambas conseguiriam me sustentar. Eu estava perdendo qualquer esperança de que o sexo se tornasse menos intenso, e de que assim eu pudesse superar minha obsessão.

A razão começou a voltar devagar para minha mente, junto à frustração de ter mais uma vez sucumbido à fraqueza. Eu a tirei do meu colo antes de me abaixar para alcançar minha cueca.

Quando ela se virou e olhou para mim, eu esperava ver raiva ou indiferença, mas havia uma vulnerabilidade em seus olhos. Então ela desviou o olhar. Vestimos nossas roupas em silêncio. A cabine do provador de repente parecia quieta demais e pequena demais, e eu podia ouvir cada respiração dela.

Ajeitando minha gravata, apanhei a calcinha rasgada do chão, guardando-a em meu bolso. Fui abrir a maçaneta, mas parei. Estiquei o braço e passei a mão ao longo da renda que estava pendurada em um dos ganchos na parede.

Olhei a srta. Mills nos olhos e disse:

– Compre a cinta-liga também – e, sem olhar para trás, saí do provador.

Cinco

Havia 83 aberturas, 29 parafusos, 5 lâminas e 4 lâmpadas no ventilador pendurado no teto acima da minha cama. Rolei para o lado, com certos músculos zombando de mim e oferecendo uma prova inegável da razão por que eu não conseguia dormir.

"Quero que você assista. E amanhã, quando estiver toda dolorida, quero que se lembre de quem fez isso."

Ele não estava brincando.

Sem perceber, minha mão encontrou meu seio, distraidamente apertando meu mamilo debaixo da regata. Fechei os olhos e o toque das minhas próprias mãos se transformou no toque dele em minha memória. Seus longos e graciosos dedos pairando como fantasmas ao redor dos meus seios, os polegares raspando os mamilos, as palmas tomando os seios por inteiro... *oh, Deus.* Soltei um suspiro alto e chutei um travesseiro para fora da cama. Eu sabia exatamente onde esse pensamento me levaria. Fizera a mesma coisa por três noites seguidas, isso tinha de acabar. Praguejando, deitei com a barriga virada para baixo e fechei os olhos tentando dormir. Não que isso funcionasse.

Ainda me lembro com perfeita clareza o dia, há quase um ano, quando Elliott me chamou em seu escritório para uma conversa. Eu começara a trabalhar na RMG como sua assistente júnior quando ainda estava na faculdade. Quando minha mãe morreu, Elliott passou a cuidar de mim, não como uma figura paterna, mas como um mentor atencioso e acolhedor que me convidava para jantar em sua casa a fim de monitorar meu estado de espírito. Ele dizia que sua porta estaria sempre aberta para mim. Mas, naquela manhã em particular, quando ligou para minha sala, ele parecia estranhamente formal e, para ser franca, fiquei branca de medo.

Em seu escritório, ele explicou que seu filho mais jovem tinha passado os últimos seis anos em Paris, trabalhando como um executivo de marketing para a L'Oréal. Esse filho, Bennett, estava finalmente voltando para casa, e, em seis meses, assumiria a posição de chefe de operações na Ryan Media. Elliott sabia que eu fazia meu MBA há um ano e que estava procurando opções de estágio que dessem a experiência prática que eu tanto precisava. Ele insistiu que eu completasse meu estágio na RMG e disse que o jovem sr. Ryan ficaria mais que feliz em contar comigo.

Elliott me entregou um memorando que circularia para toda a empresa na semana seguinte anunciando a chegada de Bennett Ryan.

Uau. Esse foi meu único pensamento enquanto voltava para minha mesa, observando o papel. Vice-presidente executivo de marketing de produtos da L'Oréal em Paris. O mais jovem executivo a aparecer na lista "Quarenta com menos de quarenta" da *Crain*, publicada várias vezes no *Wall Street Journal*. Com um MBA duplo da NYU-Stern School of Business e da HEC Paris, onde se especializou em finanças corporativas e negócios globais, formado com todas as honras. Tudo isso aos trinta anos. Meu Deus...

O que foi que Elliott tinha dito? *Extremamente focado?* Isso era um eufemismo.

Henry já tinha insinuado que seu irmão não compartilhava exatamente sua postura relaxada, mas, quando eu mostrei preocupação, ele rapidamente me acalmou. "Ele tende a ser um pouco duro e completamente tenso às vezes, mas não se preocupe com isso, Chloe. Você vai saber lidar com ele; vocês dois vão formar um belo time. Quer dizer, vamos lá", ele disse, pousando seu grande braço ao meu redor. "Como ele poderia não te amar?"

Odeio admitir agora, mas, quando ele estava prestes a chegar, eu já tinha desenvolvido uma paixonite por Bennett Ryan. Eu estava extremamente ansiosa para trabalhar com ele, mas também estava impressionada com tudo o que ele conquistara em sua relativamente curta vida. Olhar para suas fotos na internet também não era nada mal: o cara era um verdadeiro achado. Nós nos comunicamos por e-mail até a sua chegada e, embora parecesse educado o bastante, ele nunca foi amigável demais.

Quando o grande dia chegou, Bennett não apareceu até depois da reunião da diretoria à tarde, quando seria oficialmente apresentado. Passei o dia inteiro me sentindo uma pilha de nervos. Sendo a boa amiga que é, Sara subiu até meu andar para me distrair. Ela sentou na minha cadeira e nós ficamos discutindo os filmes do Kevin Smith por uma hora inteira.

Logo, eu estava rindo tão forte que lágrimas escorriam pelo meu rosto. Não percebi quando Sara se endireitou e a porta do escritório se abriu, e não percebi que agora uma pessoa estava em pé atrás de mim. E, apesar de Sara ter tentado me alertar com um gesto na garganta – o sinal universal de "cala a boca, sua idiota" – eu a ignorei.

Pois, aparentemente, eu sou uma idiota.

– E então – eu disse, rindo e segurando minha barriga –, ela falou, "merda, eu tive de atender um cara que eu chupei uma vez no colegial". Daí ele respondeu, "é, eu já servi o seu irmão também"!

Soltei outra explosão de risadas e dei um passo para trás, colidindo com algo duro e quente.

Girei o corpo e fiquei horrorizada ao ver que tinha acabado de esfregar minha bunda na cintura do meu novo chefe.

– Sr. Ryan! – eu disse, reconhecendo-o pelas fotos. – Sinto muito!

Ele não parecia nada amigável.

Em uma tentativa de aliviar o clima, Sara se levantou e estendeu a mão.

– É um prazer finalmente conhecê-lo. Eu sou Sara Dillon, assistente do Henry.

Meu novo chefe simplesmente ficou olhando para a mão dela, sem retribuir o gesto, e então levantou uma de suas sobrancelhas perfeitas.

– Você quer dizer o sr. Ryan?

A mão da Sara se abaixou lentamente e ela apenas o encarou, obviamente desconcertada. Algo em sua presença física era tão intimidador que ela ficou sem palavras. Quando se recuperou, ela murmurou:

– Bom... nós não costumamos ser muito formais por aqui. Usamos o primeiro nome mesmo. Esta é Chloe, a sua assistente.

Ele fez um gesto com a cabeça na minha direção.

– Srta. Mills. Você irá me chamar de sr. Ryan. E espero você na minha sala em cinco minutos para discutirmos a conduta apropriada para o escritório – havia seriedade em sua voz. Então, assentiu ligeiramente para Sara. – Srta. Dillon.

Depois de voltar o olhar para mim por um instante, ele se virou e caminhou para sua sala, e eu observei com horror a primeira de suas famosas batidas da porta.

– Que *cretino*! – Sara murmurou entre os lábios.

– Um cretino irresistível – respondi.

Esperando melhorar as coisas, desci e busquei uma xícara de café para ele. Até mesmo perguntei para Henry como seu irmão gostava do café – puro. Quando voltei, minha batida ansiosa na porta foi seguida por um abrupto "entre", e tive de esperar um segundo para minhas mãos pararem de tremer. Curvei os lábios em um sorriso amigável, tentando passar uma impressão melhor desta vez. Abri a porta e o encontrei falando ao telefone e escrevendo furiosamente em um bloco de notas. Quase perdi a respiração quando ouvi sua voz profunda e suave falando um francês impecável.

– Ces sera parfait. Non. Non, ce n'est pas nécessaire. Seulement quatre. Oui. Quatre. Merci, Ivan.

Desligou o telefone, mas não levantou o olhar para me cumprimentar. Assim que fiquei em frente à sua mesa, ele falou comigo no mesmo tom severo de antes.

– No futuro, srta. Mills, você deve deixar fora do escritório qualquer conversa que não seja relacionada ao trabalho. Nós pagamos para você trabalhar, não ficar de conversinha. Estou sendo claro?

Fiquei sem palavras por um momento até que ele levantou a cabeça, olhou nos meus olhos e ergueu uma sobrancelha. Balancei a cabeça para sair daquele transe e, de uma só vez, percebi a realidade sobre Bennett Ryan: embora fosse ainda mais lindo pessoalmente do que nas fotos, ele não era nada como imaginei. E não era nem um pouco parecido com seus pais e seu irmão.

– Muito claro, senhor – eu disse, enquanto caminhava ao redor de sua mesa para colocar o café na sua frente.

Mas, quando fui esticar o braço, o salto do meu sapato prendeu no tapete e fui jogada para frente. Ouvi um "merda" bem alto escapar da boca dele e o café se tornou nada mais do que uma mancha escaldante em seu terno caríssimo.

– Oh, meu Deus, sr. Ryan, eu sinto *muito*!

Corri para a pia em seu banheiro para pegar uma toalha e voltei correndo, caindo de joelhos na frente dele e tentando limpar a mancha. Na minha pressa, e no meio da humilhação que não pensei que poderia piorar, percebi de repente que eu estava esfregando a toalha com força em sua virilha. Afastei os olhos e as mãos, sentido um rubor se espalhar em meu rosto quando tive um vislumbre do crescente volume no meio de suas pernas.

– Você pode ir agora, srta. Mills.

Assenti e saí com pressa de sua sala, horrorizada por ter feito uma primeira impressão tão terrível.

Felizmente, provei rápido o meu valor depois disso. Houve momentos em que ele até pareceu impressionado comigo, embora sempre estivesse irritado e mal-humorado. Entendi que era simplesmente porque ele era um idiota, mas sempre me perguntei se havia algo específico sobre mim que o deixava ainda mais estressado – Além do incidente da toalha, é claro.

Quando cheguei ao trabalho, encontrei Sara no caminho para o elevador. Combinamos de almoçar na semana seguinte e me despedi quando ela chegou em seu andar. No 18º, a porta do sr. Ryan estava fechada como de costume, então eu não sabia se ele já tinha chegado. Liguei o computador e tentei me preparar mentalmente para o dia. Ultimamente, a ansiedade tomava conta de mim sempre que eu sentava naquela cadeira.

Eu sabia que iria vê-lo pela manhã. Todas as sextas-feiras nós revisávamos a agenda da semana. Mas eu nunca sabia com qual humor ele apareceria.

Apesar de seu temperamento ter piorado ultimamente, as últimas palavras que ele me dissera na véspera foram "Compre a cinta-liga também". E comprei. Na verdade, estava usando naquele exato momento. Por quê? Não tinha ideia. O que diabos ele quisera dizer com aquilo? Será que estava pensando que veria a cinta-liga em mim? Sem chance. Então, por que eu vesti? *Eu juro por Deus, se ele rasgar...* Interrompi o pensamento antes que pudesse terminar.

É claro que não iria rasgar. Eu nunca permitiria isso.

Continue pensando assim, Mills.

Responder alguns e-mails, editar o contrato da Papadakis e pesquisar alguns hotéis tiraram minha mente da situação por algum tempo. Cerca de uma hora depois, a porta de sua sala se abriu. Quando levantei a cabeça, encontrei um sr. Ryan com ares de profissional responsável. Seu terno preto de dois botões estava impecável, e a gravata de seda vermelha complementava perfeitamente o visual. Ele parecia calmo e relaxado. Não havia nenhum vestígio do homem selvagem que me fodera no provador da La Perla aproximadamente 18 horas e 36 minutos antes. Não que eu estivesse contando.

– Você está pronta para começar?

– Sim, senhor.

Ele assentiu uma vez e voltou para sua sala.

Certo, então era assim que seria. Ótimo. Eu não tinha certeza do que estava esperando, mas fiquei um pouco aliviada por as coisas não estarem diferentes. Nos últimos dias tudo vinha se tornando mais e mais intenso, o que causaria um estrago ainda maior quando tudo acabasse e eu tivesse de recolher os cacos da minha carreira. Tinha esperança de que pudéssemos deixar isso para trás e continuarmos a trabalhar sem outro desastre até eu concluir meu MBA.

Eu o segui até sua sala e sentei. Comecei a passar a lista de compromissos e reuniões que precisavam de sua atenção. Ele ouviu sem comentários, apenas fazendo anotações ou digitando no computador quando necessário.

– Tem uma reunião com a Red Hawk Publishing marcada para hoje às três. Seu pai e seu irmão disseram que também vão participar. Provavelmente vai tomar o resto do dia, então limpei sua agenda...

E assim continuei, até que eventualmente chegamos na parte que eu temia.

– Por último, temos a conferência da JT Miller em San Diego no mês que vem – eu disse, de repente tomando consciência de que estava rabiscando meu calendário. A pausa que se seguiu pareceu durar para sempre, então levantei a cabeça para ver o que estava acontecendo. Ele estava me encarando, batendo com uma caneta dourada na mesa, o rosto completamente sem expressão.

– Você vai me acompanhar? – ele perguntou.

– Sim – minha única palavra provocou um silêncio sufocante na sala. Eu não fazia ideia do que ele estava pensando enquanto nos encarávamos. – Faz parte da programação do meu estágio. Eu, ah, também acho que vai ser bom ter a minha presença lá para, ah, ajudar nos seus compromissos.

– Faça todas as preparações necessárias – ele falou, em tom de quem finaliza a conversa, e voltou a digitar em seu computador.

Pensando que tinha sido liberada, eu me levantei e comecei a andar até a porta.

– Srta. Mills?

Virei para olhar em seu rosto e, apesar de não me olhar de volta, ele parecia quase... nervoso. Bom, *isso* era diferente.

– Minha mãe te convidou para um jantar na semana que vem.

– Oh – senti um rubor surgir em meu rosto. – Por favor, diga que vou checar minha agenda – virei novamente para sair da sala.

– Ela me disse para... te encorajar *fortemente* a aceitar.

Lentamente dei a volta e vi que ele agora estava me encarando, e definitivamente parecia desconfortável.

– E por que exatamente você deveria fazer isso?

– Bom – ele disse, antes de limpar a garganta –, aparentemente ela quer apresentar uma pessoa para você.

Isso era novo. Conheço a família Ryan há anos e, embora Susan tenha mencionado algumas pessoas, ela nunca tinha ativamente tentado me apresentar alguém.

– Sua mãe está tentando arranjar um namorado para mim? – perguntei, andando de volta para sua mesa e cruzando os braços sobre meu peito.

– Aparentemente, sim – algo em sua expressão não combinava com sua resposta desinteressada.

– *Por quê*? – perguntei, levantando uma sobrancelha.

Ele franziu a testa, obviamente incomodado.

– Como diabos vou saber? Eu não fico conversando sobre você com ela – ele grunhiu. – Talvez ela esteja preocupada que, com essa sua personalidade magnética, você acabe se tornando uma velha sozinha em uma casa cheia de gatos.

Apoiando minhas mãos em sua mesa, eu o encarei.

– Bom, talvez ela devesse ficar mais preocupada que seu filho acabe se tornando um velho safado que passa o tempo acumulando calcinhas e seguindo garotas em lojas de lingerie.

Levantando-se da cadeira com um salto, ele se inclinou na minha direção com o rosto furioso.

– Sabe, você é a maior... – ele foi interrompido pelo telefone.

Encaramos um ao outro com ferocidade, os dois respirando pesadamente. Por um momento, pensei que ele iria me agarrar e me jogar em cima da mesa. No momento seguinte, eu desejei que ele fizesse isso. Ainda me encarando, ele esticou o braço e atendeu o telefone.

– Alô – ele disse com raiva, os olhos grudados nos meus. – George! Oi. Sim, eu tenho um minuto.

Ele sentou novamente e eu esperei um instante para saber se precisaria de mim enquanto falava com o sr. Papadakis. Então ele levantou o dedo sinalizando para eu esperar e começou a deslizar a caneta na mesa, enquanto apenas ouvia.

– Você precisa que eu fique? – perguntei.

Ele assentiu uma vez e falou no telefone:

– Eu não acho que você precisa ser tão específico nesse estágio, George – o tom grave de sua voz reverberou pelas minhas costas. – Apenas uma visão geral já está bom. Precisamos saber o alcance dessa proposta antes de começarmos um rascunho.

Mudei de posição enquanto esperava em pé. Ele era um grande egocêntrico, fazendo eu ficar parada ali enquanto ele falava com um colega, como se eu estivesse segurando uma bandeja com uvas e o abanando.

O sr. Ryan levantou o queixo e passou rapidamente os olhos em mim, abaixando o olhar até minha saia. Quando olhou para cima novamente, seus lábios estavam levemente abertos, como se quisesse perguntar alguma coisa para mim mas não fosse capaz. Ele se inclinou para frente com a caneta na ponta dos dedos, e então a usou para levantar minha saia até as coxas.

Seus olhos se arregalaram quando viu a cinta-liga.

– Entendo – murmurou ao telefone, deixando minha saia cair. – Acho que podemos concordar que isso é um avanço positivo.

Seus olhos tornaram-se sombrios à medida que subiam pelo meu corpo. Meu coração começou a bater mais forte. Quando me olhou daquela maneira, eu desejei pular em seu colo e o amarrar na cadeira com a gravata.

– Não, não. Nada tão abrangente nesse ponto. Como disse, isso é apenas uma visão geral preliminar.

Eu me aproximei da mesa e sentei na cadeira em frente a ele. O sr. Ryan levantou uma sobrancelha, interessado, colocou a caneta entre os dentes e mordeu.

Um calor surgiu no meio das minhas pernas. Segurei a barra da saia e subi o tecido até as coxas, expondo minha pele ao ar frio do escritório e aos olhos famintos do outro lado da mesa.

– Sim, concordo – ele disse, mas a voz parecia ainda mais grave, quase rouca.

Passei a ponta dos dedos pela alça da cinta-liga, percorrendo a pele até chegar ao cetim da minha calcinha. Nada – nem ninguém – conseguia fazer eu me sentir tão sexy quanto ele fazia. Era como se ele agarrasse todos os meus pensamentos sobre meu emprego, minha vida e meus objetivos e dissesse: "Isso tudo é muito bom, mas veja essa outra coisa que estou oferecendo. Será pervertido e muito perigoso, mas você vai implorar por isso. Você vai implorar por mim".

E, se dissesse isso em voz alta, ele estaria certo.

– Sim – ele disse novamente. – Acho que esse é o caminho ideal para seguirmos em frente.

É isso que você acha, não é mesmo? Sorri em sua direção, mordendo o lábio. Ele respondeu com um sorriso diabólico. Meus dedos subiram ainda mais e envolveram meu seio, apertando-o. Com a outra mão, puxei a calcinha para o lado e passei dois dedos sobre minha pele molhada.

O sr. Ryan quase engasgou e procurou um copo de água com mãos trêmulas.

– Está bem, George. Vamos cuidar disso quando chegar aqui. Podemos cumprir esse prazo.

Comecei a mover minha mão, pensando em seus longos dedos que brincavam com a caneta. Pensei naquelas mãos agarrando meus quadris, cintura e coxas quando ele me penetrara na loja de lingerie.

Aumentei a velocidade, meus olhos se fecharam e minha cabeça caiu para trás na cadeira. Tentei manter o silêncio, mordendo os lábios quando um pequeno gemido escapou pela garganta. Imaginei suas mãos e os braços fortes, os músculos enrijecendo enquanto seus dedos se moviam dentro de mim. Suas pernas na frente do meu rosto na sala de conferência, firmes e esculpidas, tentando resistir ao impulso para estocar.

Aqueles olhos, colados em mim, sombrios e suplicantes.

Olhei para cima e encontrei aqueles olhos exatamente como os imaginava, não observando minha mão, mas com sua expressão faminta mirando meu rosto enquanto eu caía no abismo, cada vez mais fundo e mais fundo. Meu clímax foi ao mesmo tempo arrebatador e frustrante: eu queria que fosse o toque dele, e não o meu.

Em algum ponto, o telefonema se encerrou, e minha respiração parecia alta demais no silêncio da sala. Ele ainda estava sentado na minha frente, com suor molhando suas sobrancelhas, as mãos agarrando a cadeira com força como se estivesse na frente de um furacão.

– O que você está fazendo comigo? – ele perguntou com a voz baixa.

Eu sorri maliciosamente, soprando as mechas de cabelo que cobriam meus olhos.

– Na verdade, acho que fiz isso apenas *comigo*.

Ele ergueu uma sobrancelha.

– Realmente.

Levantei e desci a saia de volta.

– Se não precisar mais de mim, sr. Ryan, vou voltar ao trabalho.

Quando voltei do banheiro, onde fora me retocar, percebi que o sr. Ryan tinha enviado uma mensagem de texto, informando que eu deveria encontrá-lo na garagem para podermos ir até o centro da cidade. Graças a Deus, outros executivos e seus assistentes também iriam para a reunião da Red Hawk. Eu sabia que, dado nosso histórico, se eu tivesse de sentar numa limusine sozinha com aquele homem por vinte minutos – principalmente depois do que tinha acabado de fazer –, haveria apenas duas possíveis consequências. E apenas uma delas mantinha suas bolas intactas.

A limusine estava esperando lá fora e, quando me aproximei, nosso motorista deu um largo sorriso e abriu a porta para mim.

– Oi, Chloe, como vai o trabalho?

– Cheio, divertido, interminável. Como vai a escola? – sorri de volta. Stuart era meu motorista preferido e, apesar de flertar um pouco demais, ele sempre me fazia sorrir.

– Se eu pudesse desistir da física e ainda conseguir meu diploma em biologia, eu faria isso. Pena que você não é uma cientista, ou então poderia me dar umas aulinhas – ele disse, mexendo as sobrancelhas.

– Se vocês dois já terminaram, nós temos um lugar importante para ir. Você pode ficar paquerando a srta. Mills nas suas horas livres – o Sr. Ryan já tinha entrado na limusine para me esperar, e ficou nos encarando quando voltou para dentro. Eu sorri e revirei os olhos para Stuart antes de entrar.

Com exceção do sr. Ryan, o carro estava vazio.

– Onde estão os outros? – perguntei, confusa, enquanto o carro começava a se mover.

– Eles vão participar de outra reunião mais tarde e decidiram usar outro carro – ele se ocupou folheando seus papéis. Não pude deixar de notar a maneira como ele nervosamente tamborilava os caros sapatos italianos.

Olhei com desconfiança. Ele não parecia diferente. Na verdade, estava sexy como sempre. O cabelo estava perfeitamente desarrumado como de costume. Quando ele distraidamente levou a caneta dourada até a boca, como tinha feito no escritório, eu precisei me ajeitar no assento para aliviar meu desconforto.

Quando ele levantou o olhar, o sorriso no canto dos lábios mostrava que tinha flagrado o meu olhar de desejo.

– Gostou do que viu? – ele perguntou.

– Não aqui no carro – respondi, também com um sorriso sugestivo. E, só porque eu sabia que iria provocá-lo, cruzei as pernas, fazendo minha saia subir um pouco mais do que seria apropriado. Talvez ele devesse se lembrar de quem realmente podia ganhar esse jogo. A irritação voltou ao seu rosto em um instante. Missão cumprida.

Os dezoito minutos e meio restantes de nossa viagem de vinte minutos foram gastos trocando olhares zangados um com o outro enquanto eu fingia que não estava fantasiando sobre seu lindo rostinho mergulhado no meio das minhas pernas.

E nem preciso mencionar que meu humor estava péssimo quando chegamos.

As três horas seguintes passaram a passos de tartaruga. Os outros executivos chegaram e todos se cumprimentaram. Uma mulher particularmente bonita chamada Lisa pareceu tomar um interesse imediato em meu chefe. Ela tinha trinta e poucos anos, cabelo ruivo, olhos negros luminosos e um corpo perfeito. É claro que o sorriso matador do sr. Ryan surgiu com toda a força, e ele flertou com a ruiva durante a tarde inteira.

Maldito.

Quando voltamos para o escritório no final do dia, depois de uma viagem ainda mais tensa na limusine, eu ainda sentia que o sr. Ryan queria dizer alguma coisa. E se ele não dissesse logo, eu acabaria explodindo. Quando eu queria que ficasse quieto, ele não parava de falar. Mas quando eu precisava que dissesse algo, ele ficava mudo.

Fui tomada por uma sensação de terror e déjà-vu quando entramos no prédio quase deserto e nos dirigimos para os elevadores. No instante em que aquelas portas douradas se fecharam, eu desejei estar em qualquer lugar que não fosse ao seu lado. *Por acaso o oxigênio está em falta por aqui?* Quando olhei para seu reflexo nas portas polidas, achei difícil dizer como estava seu humor. Ele havia afrouxado a gravata e o casaco estava pendurado no ombro. Durante a reunião, ele enrolou as mangas da camisa até os cotovelos, e eu tentei não ficar olhando demais para os músculos que se delineavam sob sua pele. Com exceção do queixo constantemente apertado e dos olhos abatidos, ele parecia completamente calmo.

Quando chegamos ao 18º andar, deixei escapar um grande suspiro. Devem ter sido os 42 segundos mais longos da minha vida. Segui o sr. Ryan pelo corredor, tentando manter meu olhar afastado enquanto ele entrava em sua sala. Para minha surpresa, ele não fechou a porta. Ele sempre fechava a porta.

Chequei rapidamente minhas mensagens e arrumei alguns detalhes de última hora antes de ir embora e fechar a semana. Acho que nunca estive com tanta pressa para sair dali. Bom, isso não é exatamente verdade. Na última vez em que tínhamos estado sozinhos naquele andar eu fugira rapidinho de lá. Droga, se havia um momento para não pensar nisso, aquele era o momento: no meio do escritório vazio. Apenas eu e ele.

O sr. Ryan saiu de sua sala bem quando eu estava juntando minhas coisas – ele colocou um envelope branco na minha mesa e continuou andando até a porta sem parar. *Que diabos era aquilo?* Abrindo rapidamente o envelope, vi meu nome em vários papéis brancos e elegantes. Eram papéis de uma conta privada na La Perla, com o sr. Bennett Ryan como titular.

Ele abriu uma conta de crédito para mim?

– O que é isso? – eu disse, fervilhando. Pulei da cadeira e perguntei: – Você abriu uma linha de crédito para mim?

Após parar no meio do caminho e hesitar por um instante, ele se virou e me encarou.

– Depois do seu showzinho de hoje, dei um telefonema e combinei que você poderia comprar qualquer coisa que... precise. É claro, a conta é sem limite – ele disse categoricamente, sem nenhum traço de desconforto em seu rosto. É por isso que ele era o mestre naquilo que fazia. Ele tinha uma habilidade incrível de retomar o controle de qualquer situação. Mas ele honestamente pensava que poderia me controlar?

– Então, só para deixar claro – eu disse, balançando a cabeça e tentando manter uma aparência calma –, você fez um acordo para comprar *lingerie* para mim.

– Bom, apenas para repor as coisas que eu... – ele parou, possivelmente repensando a resposta. – As coisas que foram danificadas Se você não quiser, *simplesmente não use* – ele disse rispidamente, antes de se virar novamente para ir embora.

– Seu filho da puta – corri para ficar na frente dele e, no caminho, amassei o papel no meu punho fechado. – Você acha que isso é engraçado? Você acha que eu sou só um brinquedo que você pode vestir apenas para sua diversão? – eu não sabia com quem estava mais brava: com ele, por pensar em mim daquele jeito, ou comigo, por permitir que chegasse a isso.

Ele zombou:

– Oh, sim. Eu acho isso absolutamente hilário.

– Pegue isso e enfie no cu – joguei o papel em seu peito e peguei minha bolsa, virando e literalmente correndo até o elevador. *Mas que maldito cafajeste egocêntrico.*

Logicamente, eu sabia que ele não tinha a intenção de me insultar, pelo menos eu esperava que não. Mas isso? Era exatamente por isso que você não deve foder com seu chefe e fazer um showzinho para ele em seu escritório.

Aparentemente, eu faltei nessa parte da orientação do emprego.

– Srta. Mills! – ele gritou, mas eu o ignorei e entrei no elevador. *Vai logo*, eu disse para mim mesma enquanto apertava repetidamente o botão da garagem. O rosto dele apareceu bem quando as portas estavam fechando. Eu sorri e mostrei o dedo do meio. *Muito maduro de sua parte, Chloe.*

– Merda, merda, merda! – gritei no elevador vazio, batendo o pé no chão. Aquele cretino tinha rasgado sua última calcinha.

O elevador chegou e eu andei até meu carro, resmungando por todo o caminho. A garagem estava pouco iluminada e meu carro era um dos últimos naquele andar, mas eu estava furiosa demais para pensar nisso. Eu teria pena de qualquer cretino azarado que cruzasse meu caminho naquele momento. Assim que esse pensamento me ocorreu, ouvi a porta da escada se abrir e o sr. Ryan saiu de lá me chamando.

– Deus! Você pode esperar um pouco? – ele gritou. Não deixei de perceber que ele estava absolutamente sem fôlego. Acho que descer dezoito andares correndo faz isso com as pessoas.

Destrancando meu carro, abri a porta e joguei minha bolsa no banco de trás.

– Que droga você quer, Ryan?

– Caramba, você pode parar de ficar irritada por dois segundos e apenas me ouvir?

Girei para encará-lo de frente.

– Você acha que eu sou algum tipo de *puta*?

Uma centena de emoções diferentes passaram por seu rosto – raiva, choque, confusão, ódio – e admito que achei aquilo delicioso. Ele abriu o colarinho da camisa, seu cabelo estava absolutamente bagunçado, e a gota de suor correndo ao lado de seu queixo não estava ajudando a situação. Mas eu estava determinada a permanecer brava.

Mantendo uma distância segura, ele balançou a cabeça.

– Por Deus! – ele disse, olhando ao redor na garagem. – Você acha que eu te vejo como uma *puta*? Não! Aquilo foi só para o caso de... – ele parou, tentando organizar seus pensamentos. Então, pareceu simplesmente desistir e apertou o queixo.

A raiva estava correndo tão forte dentro de mim que, antes que pudesse evitar, dei um passo para frente e estapeei seu rosto com força. O som ecoou pela garagem. Com um olhar chocado e furioso, ele subiu a mão e tocou no lugar onde eu acertara.

– Você pode ser meu chefe, mas *não* é você quem decide como isso funciona.

O silêncio se estendeu entre nós, minha mente mal registrava os sons do trânsito lá fora.

– Sabe – ele começou a falar com o olhar sombrio, dando um único passo em minha direção –, eu não ouvi você reclamar.

Ah, que cretino suave.

– Contra a janela – outro passo. – No elevador e na escada. No trocador, enquanto você assistia eu te foder – e outro. – Quando abriu as pernas na minha sala hoje, não ouvi uma única palavra de protesto dessa sua boquinha gostosa.

Eu respirava com dificuldade e podia sentir o metal frio do meu carro através do tecido leve do vestido. Ele era tão alto que, quando se inclinou para baixo, eu pude sentir sua respiração quente contra meus cabelos. Tudo que precisava fazer era olhar para cima, e nossas bocas se encontrariam.

– Bom, eu já superei isso – eu disse através dos dentes cerrados, com cada respiração trazendo um breve momento de alívio quando meu peito roçou no dele.

– É claro que superou – ele disse, balançando a cabeça e se aproximando ainda mais. Sua ereção pressionou minha barriga. Então, apoiou as mãos no carro, prendendo-me entre seus braços. – Superou completamente.

– Exceto... talvez... – eu disse, sem saber se realmente queria dizer aquilo em voz alta.

– Talvez apenas mais uma vez? – seus lábios estavam quase tocando os meus.

Aquilo parecia gentil demais, real demais.

Levantando meu rosto, sussurrei contra sua boca:

– Eu não quero querer isso. Isso não é bom para mim.

Ele respirou fundo uma vez e, justo quando achei que ficaria louca, tomou meu lábio inferior e me puxou para perto. Rugindo em minha boca, ele aprofundou o beijo e me empurrou com força contra o carro. Assim como da última vez, esticou o braço e retirou as presilhas dos meus cabelos.

Nossos beijos foram provocantes e depois rudes, puxando e afastando, mãos agarrando cabelos e línguas duelando. Perdi o fôlego quando ele dobrou os joelhos e esfregou seu pau em mim.

– Deus... – gemi, passando uma perna ao redor de seu corpo e apoiando meu salto em sua coxa.

– Eu sei – ele exalou pesadamente na minha boca. Olhando para baixo em minha perna e segurando minha bunda com as mãos, ele apertou fortemente e murmurou: – Já falei o quanto acho esses sapatos sensuais? O que você está tentando fazer comigo com esses lacinhos?

– Bom, há outros laços em outro lugar, mas você vai precisar contar com a sorte para encontrar.

Ele se afastou.

– Entre no maldito carro – ele disse, a voz soando grave em sua garganta quando abriu a porta de repente.

Eu o encarei, tentando fazer a razão penetrar em meu cérebro enevoado. O que eu deveria fazer? O que eu queria? Será que eu poderia simplesmente permitir que ele possuísse meu corpo daquele jeito novamente? Eu estava tão perturbada que até tremia. Os pensamentos racionais estavam rapidamente me abandonando quando senti suas mãos passando pelo meu pescoço e mergulhando em meus cabelos.

Agarrando com força, ele puxou minha cabeça em sua direção e encarou meus olhos.

– Agora.

A decisão foi tomada. Eu enrolei sua gravata em minha mão e o puxei para o banco de trás. A porta se fechou e ele não perdeu tempo com os fechos da frente do meu vestido. Soltei um gemido quando senti suas mãos rasgando o tecido e percorrendo minha pele nua. Ele deitou meu corpo no banco de couro frio, ajoelhando no meio das minhas pernas, pousou a palma da mão entre meus seios e desceu lentamente pela barriga até a renda da cinta-liga. Seus dedos tracejaram as delicadas fitas até a borda da meia e subiram novamente, movendo-se até o limiar da calcinha. Os músculos do meu abdômen tensionavam com cada movimento e eu tentava controlar minha respiração. Dedilhando os pequenos lacinhos brancos, ele olhou para cima e disse:

– Isso não tem nada a ver com sorte.

Eu o puxei para perto agarrando sua camisa e deslizei minha língua em sua boca, gemendo quando a palma de sua mão me pressionou. Nossos lábios se procuravam, nossos beijos eram longos e profundos, ganhando urgência com cada centímetro de pele revelada. Puxei sua camisa para fora da calça e explorei a pele macia de suas costelas, os músculos definidos de seus quadris e a suave trilha de pelos que imploravam que eu descesse para o umbigo e além.

Querendo provocá-lo de volta, corri meus dedos por cima de seu cinto e do volume duro que se anunciava debaixo da calça.

Ele rugiu em minha boca.

– Você não sabe o que está fazendo comigo.

– Diga o que é – sussurrei de volta. Eu estava usando suas próprias palavras contra ele, e fiquei excitada só de saber que os papéis tinham se invertido. – Diga e darei aquilo que você quer.

Ele gemeu e mordeu meus lábios, estremecendo, com a testa encostada na minha.

– Eu quero que você me foda.

Suas mãos estavam tremendo quando ele agarrou minha calcinha nova e, por mais maluco que possa parecer, eu queria que ele a rasgasse. A paixão selvagem entre nós era diferente de tudo o que eu já experimentara, eu não queria que ele se controlasse. Sem uma palavra, ele arrancou a calcinha, e a dor do tecido raspando em minha pele apenas aumentou o prazer.

Estiquei a perna e o empurrei para trás, tirando-o de cima de mim. Então levantei, o joguei contra o banco do carro e montei em seu colo. Agarrei sua camisa e abri com força, arrancando os botões, que caíram espalhados ao redor.

Eu não conseguia pensar em qualquer outra coisa que não fosse ele e aquilo. A sensação do ar em minha pele, os sons ásperos de nossa respiração, o calor dos beijos, o pensamento do que viria a seguir. Com mãos frenéticas, abri seu cinto e a calça, e com sua ajuda retirei a peça de roupa. A ponta de seu pau raspou em minha entrada e eu fechei os olhos, lentamente abaixando em cima dele.

– Oh, Deus... – eu gemi, a sensação dele dentro de mim intensificando aquela dor ansiosa. Levantando meus quadris, comecei a cavalgá-lo, fazendo cada movimento mais intenso do que o anterior. A dor de seus dedos ásperos apertando minha cintura apenas alimentou meu desejo. Seus olhos estavam fechados e seus gemidos abafados contra meu peito. Movendo os lábios por cima da renda do meu sutiã, ele puxou uma taça para baixo e tomou meu mamilo endurecido entre seus dentes. Apertei seus cabelos e provoquei um gemido nele, sua boca abrindo-se ao redor da minha pele.

– Morde meu peito – sussurrei.

Ele mordeu, com força, me fazendo gritar e puxar ainda mais seus cabelos.

Nossos corpos estavam tão sincronizados que eu reagia a cada olhar, cada toque e cada som dele. Eu ao mesmo tempo amava e odiava o que ele me fazia sentir. Eu nunca tinha sido alguém que perde o controle facilmente, mas quando ele me tocava daquele jeito eu simplesmente jogava tudo pela janela, tudo o que eu fora.

– Você gosta de sentir meus dentes? – ele perguntou, com a respiração curta e irregular. – Você fantasia sobre onde mais eu posso morder?

Eu empurrei seu peito e o encarei.

– Você simplesmente não sabe quando calar a boca, não é mesmo?

Ele me levantou e me jogou fortemente contra o banco. Abrindo minhas pernas, enfiou dentro de mim novamente. Meu carro era pequeno demais para aquilo, mas naquele momento nada poderia nos impedir. Mesmo com suas pernas dobradas de um jeito estranho e meus braços tentando impedir que minha cabeça batesse na porta, o espaço estava tornando aquilo quase impossível.

Ajoelhando-se numa posição mais confortável, ele segurou uma das minhas pernas e a colocou por cima de seu ombro, forçando seu pau ainda mais fundo em mim.

– Oh, Deus, sim.

– Gostou? – levantou a outra perna e a colocou sobre o outro ombro. Esticando o braço, ele agarrou a porta e a usou como apoio para aprofundar as estocadas. – É assim que você gosta? – a mudança no ângulo me fez ofegar, enquanto as mais deliciosas sensações se espalhavam pelo meu corpo.

– Não – empurrando a porta com as mãos, eu levantava meus quadris para igualar cada movimento dele. – Eu gosto com mais força.

– Merda! – ele murmurou, virando a cabeça levemente e deixando um rastro de beijos em minha perna. Nesse ponto, nossos corpos estavam brilhando de suor, as janelas estavam completamente embaçadas e nossos gemidos preenchiam o espaço silencioso do carro. O fraco brilho vindo das luzes da garagem enfatizava cada músculo delineado da obra de arte que pairava sobre mim. Eu observava com fascínio o seu corpo se contorcendo com o esforço, seus cabelos molhados grudando em sua testa, o pescoço completamente tenso.

Baixando a cabeça entre seus braços esticados, ele fechou os olhos com força e balançou a cabeça.

– Oh, Deus... – ele ofegou. – Eu simplesmente... não consigo parar.

Inclinei para ficar mais perto, querendo achar uma maneira de possuí-lo ainda mais fundo e completamente dentro de mim. Eu nunca quisera tão furiosamente consumir outro corpo. Ainda assim, parecia que eu nunca chegava perto o bastante para sentir as partes que eu realmente queria. Era nisso que eu estava pensando quando uma deliciosa e esmagadora tensão ao longo da minha pele e barriga se cristalizou em uma dor tão forte que me fez deslizar as pernas para fora de seus ombros, puxando todo seu peso em cima de mim e implorando "por favor, por favor, por favor", de novo e de novo.

Eu estava quase lá. *Quase lá.*

Meus quadris circulavam, e os seus respondiam com dificuldade, mas firmes, tão selvagem em cima de mim quanto eu estava sendo embaixo dele.

– Estou quase lá, *por favor.*

– Qualquer coisa – ele grunhiu em resposta, antes de se abaixar e morder meu lábio. – Você pode ter *qualquer coisa.*

Gritei quando gozei, minhas unhas cravaram em suas costas e senti o sabor de seu suor em minha boca.

Ele praguejou com sua voz grave e rouca e, com uma última e poderosa estocada, flexionou todos os músculos em cima de mim.

Exausto e trêmulo, ele desabou, com o rosto mergulhado em meu pescoço. Não resisti ao impulso de correr minhas mãos em seus cabelos molhados enquanto deitávamos ali ofegantes, com seu coração batendo contra meu peito. Milhões de pensamentos surgiram em minha mente enquanto os minutos passavam.

Vagarosamente, nossas respirações se acalmaram, e eu pensei que ele havia adormecido, quando moveu a cabeça para o lado.

Meu corpo suado esfriou instantaneamente quando ele começou a se vestir. Observei-o por um momento antes de me endireitar e colocar meu vestido, sentindo-me ambivalente. Mais do que simples satisfação física, transar com ele era a maior diversão que eu tivera em muito tempo.

Mas ele ainda era um grande cretino.

– Imagino que você vai ignorar a conta. Agora entendo que isso não pode se repetir – ele disse, arrancando-me com um sobressalto dos meus próprios pensamentos. Virei para encará-lo. Ele estava dando de ombros, olhos fixos à frente.

Momentos se passaram antes que ele se virasse para olhar em meus olhos.

– Diga algo para eu saber que você me escutou.

– Diga a Susan que eu aceito o convite para o jantar, sr. Ryan. E saia imediatamente do meu carro.

Seis

A queimação em meu peito era quase suficiente para me distrair da bagunça em minha mente. *Quase*.

Aumentei a inclinação da esteira e intensifiquei meus movimentos. Pés batendo com força no chão, músculos pegando fogo, isso sempre funcionou. Era assim que eu vivia minha vida. Não havia nada que não pudesse conquistar se eu me esforçasse ao máximo: escola, carreira, família, mulheres.

Merda. *Mulheres*.

Irritado, balancei a cabeça e aumentei o volume no iPod, esperando que isso me distraísse por tempo suficiente até conseguir alguma paz.

Eu deveria saber que não daria certo. Não importava o quanto eu me dedicasse, ela estaria sempre lá. Fechei os olhos e lembrei de tudo: meu corpo por cima dela, sentido suas pernas me envolvendo, suado, ansioso, querendo parar, mas sem conseguir. Estar dentro dela era a mais perfeita tortura. Saciava a fome que eu sentia no momento, mas, quando acabava, eu, como um viciado, era imediatamente consumido pela necessidade de ter mais. Era amedrontador, pois, naqueles momentos com ela, eu faria tudo que ela pedisse. E esse sentimento estava começando a aparecer em horas como agora, quando eu nem estava perto dela, mas desejava ser tudo o que ela precisava. Eu sei, é ridículo.

Alguém puxou meu fone de ouvido e eu virei em direção à fonte do aborrecimento.

– O que foi? – eu disse, encarando meu irmão.

– Se continuar correndo desse jeito você vai acabar jogado no chão, Ben – ele respondeu, – O que foi que ela fez dessa vez para te irritar tanto?

- Quem?

Ele revirou os olhos.

- A Chloe.

Senti meu estômago embrulhar com o som daquele nome e voltei minha atenção para a esteira.

- Por que você acha que isso tem alguma coisa a ver com ela?

- Porque eu não sou um maldito idiota.

- Nada está me incomodando. E mesmo se alguma coisa estivesse, por que diabos teria qualquer coisa a ver com ela?

Ele riu e balançou a cabeça.

- Nunca conheci alguém que provocasse esse tipo de reação em você. E sabe por que, não é? - ele desligou sua esteira e voltou toda a atenção para mim. Eu estaria mentindo se dissesse que aquilo não era um pouco irritante. Meu irmão era muito observador. Às vezes, observador demais. E, se tinha alguma coisa que eu não queria que ele observasse, era isso.

Mantive os olhos fixos à frente enquanto corria, tentando não encontrar seu olhar.

- Não, não sei, mas estou sentindo que você vai querer me explicar.

- Porque vocês dois são parecidos demais - ele disse, todo presunçoso.

- O *quê?!*

Várias pessoas olharam para nós ao ouvirem meu grito no meio da academia lotada. Bati no botão que parava a esteira e me virei para ele.

- Como você pode pensar isso? Nós não somos *nada* parecidos - eu estava suado, sem fôlego e exausto por correr mais de quinze quilômetros. Mas, naquela hora, o aumento na minha pressão sanguínea não tinha nada a ver com o exercício.

Henry tomou um longo gole de sua garrafa de água e continuou sorrindo.

- Quem você acha que está enganando? Nunca encontrei duas pessoas mais parecidas. Em primeiro lugar... - ele parou, limpando a garganta e levantando uma das mãos para contar dramaticamente seus argumentos - vocês dois são inteligentes, determinados, trabalham duro e são leais. *E...* - ele continuou, apontando para mim - ela é uma pessoa ousada e atrevida. Na verdade, ela é a primeira mulher em sua vida que consegue te encarar de frente e não fica te seguindo como uma cachorrinha perdida. Você odeia saber que precisa disso.

Será que todo mundo estava louco? Claro, ela até poderia ser alguma dessas coisas. Nem mesmo eu posso deixar de admitir que ela era incrivelmente inteligente. E trabalhava duro, eu várias vezes me surpreendi com o quanto ela estava inteirada com nosso trabalho. Era definitivamente determinada, embora eu talvez descrevesse isso mais como teimosia ou obsessão. E, realmente, ninguém podia questionar sua lealdade. Afinal, ela teve milhões de oportunidades para me denunciar desde que começamos nosso joguinho safado.

Fiquei parado olhando para ele enquanto tentava formular uma resposta.

- Bom, sim, mas ela também é uma megera desagradável.

Boa. Muito articulado, Bennett.

Descendo da esteira, rapidamente limpei a máquina e cruzei a academia tentando me livrar dele.

Ele riu atrás de mim.

- Está vendo? Eu sabia que ela estava tirando você do sério.

- Vá se ferrar, Henry.

Comecei a me preparar para outro exercício quando ele parou ao meu lado, sorrindo como um gato que tinha acabado de pegar um canário.

- Bom, meu trabalho terminou por aqui - ele disse, esfregando as mãos e parecendo muito satisfeito consigo mesmo. - Acho que vou voltar para casa.

- Ótimo. Suma daqui.

Rindo, ele se virou para ir embora.

- Ah, mas antes que eu esqueça, a Mina perguntou se você conseguiu convencer a Chloe a aceitar o convite para o jantar.

Assenti enquanto amarrava meu tênis.

– Ela disse que aceita.

– Será que eu sou a única pessoa que acha hilário que a mãe quer apresentar o Joel Cignoli para ela? – aquela sensação em meu peito surgiu novamente. Henry e eu crescemos com Joel. Ele era um cara decente, mas, só de pensar nos dois juntos, eu tinha vontade de socar alguma coisa. – Quer dizer, o Joel é muito legal – ele continuou –, mas a Chloe é areia demais para ele, você não acha? – pude sentir Henry me encarando mais do que deveria. – Mas, se ele acha que tem chance, boa sorte, não é?

Comecei a fazer abdominais um pouco mais rápido do que o necessário.

– Vejo você mais tarde, Benny.

– Suma logo daqui – murmurei.

—

No domingo à noite, deitado na cama, revisei o plano em minha mente. Eu estava pensando demais nela, e de uma forma diferente. Eu tinha de me esforçar e passar uma semana sem tocá-la. Seria como uma desintoxicação. Sete dias, eu consigo. Sete dias sem tocá-la e essa coisa seria expulsa do meu sistema. Poderia finalmente seguir com minha vida. Mas havia algumas precauções que eu teria de tomar.

Primeiro, eu não poderia mais cair na tentação de discutir com ela. Por alguma razão, nossas discussões eram como um tipo doentio de preliminar. Segundo: chega de fantasiar sobre ela, nunca mais. Isso significava parar de reviver nossos encontros sexuais e parar de criar fantasias sobre novos encontros – e também parar de pensar nela nua ou em qualquer parte do corpo dela tocando qualquer parte do meu corpo. Chega disso tudo.

E, em grande parte, as coisas pareciam estar indo de acordo com o plano. Eu estava em um constante estado de desconforto e a semana parecia se arrastar, mas, com exceção de algumas fantasias sem-vergonha, consegui manter o controle. Fiz o possível para me manter ocupado fora do escritório, mas, durante os momentos que fomos forçados a ficar juntos, eu mantive uma distância constante e, na maior parte do tempo, nós tratamos um ao outro com a mesma aversão educada de antes.

Mas juro que ela estava tentando me provocar. A srta. Mills parecia ficar mais sexy a cada dia. Algo sobre suas roupas, ou algo que fazia, ou como me olhava sempre jogava minha mente de volta para a sarjeta. Combinei comigo mesmo que não haveria mais "sessões" na hora do almoço. Eu tinha de por um fim nisso, e imaginá-la enquanto eu me masturbava – inferno, imaginar *ela* se masturbando – não iria ajudar em nada.

Na segunda-feira ela usou o cabelo solto. Ao vê-la sentada na minha frente em uma reunião, tudo que eu conseguia pensar era em agarrar aqueles cabelos enquanto ela me chupava.

Na terça-feira ela vestiu uma saia na altura dos joelhos e meias com a costura subindo pela parte de trás das pernas. Ela parecia algum tipo de secretária pin-up.

Na quarta-feira ela vestiu um terno. Isso foi inesperadamente pior, pois eu não conseguia parar de pensar como seria tirar aquelas calças de suas longas pernas.

Na quinta-feira, ela usou uma blusa com decote completamente normal, mas, por duas vezes, quando se abaixou para pegar minha caneta, eu tive uma bela visão de seus seios. Apenas uma dessas vezes foi de propósito.

Na sexta-feira, pensei que iria explodir. Não tinha batido uma na semana inteira, e, por causa disso, eu estava andando por aí com o pior caso de saco roxo que a humanidade já presenciou.

Enquanto me dirigia para o escritório na sexta-feira de manhã, eu rezava para que ela faltasse no trabalho, por motivos médicos ou algo assim. Mas, por alguma razão, não achava que teria tanta sorte. Eu estava excitado e com um humor particularmente ruim e, quando abri a porta do escritório, quase tive um ataque do coração. Ela estava abaixada regando as plantas, usando um vestido cinza e botas que subiam até o joelho. Cada curva de seu corpo estava à mostra. Alguém lá em cima realmente me odiava.

– Bom dia, sr. Ryan! – ela disse docemente, fazendo eu parar quando passei ao seu lado. Alguma coisa estava diferente. Ela nunca falava comigo com aquela doçura. Olhei com desconfiança.

– Bom dia, srta. Mills. Você parece estar com um humor excepcionalmente cordial hoje. Por acaso alguém morreu?

O canto de sua boca mostrou um sorrisinho diabólico.

– Ah, não. Estou apenas animada para o jantar de amanhã e para conhecer seu amigo Joel. Henry me contou tudo sobre ele. Acho que podemos ter muita coisa em comum.

Filho da puta.

– Ah, certo. O jantar. Tinha esquecido completamente. Sim, você e o Joel... Bom, já que ele é um filhinho de mamãe e você é uma megera insuportável, vocês dois podem encontrar uma conexão amorosa realmente espetacular. Mudando de assunto, eu adoraria uma xícara de café se você estiver indo para a cafeteria – virei e entrei na minha sala.

De repente pensei que talvez não fosse prudente pedir um café. Um dia desses ela poderia colocar alguma coisa nele. Arsênico, por exemplo.

Antes mesmo que eu pudesse sentar, ela bateu na porta.

– Entre.

Ela colocou o café com tanta força que até espirrou um pouco na mesa, que, como ela sabia perfeitamente, era caríssima. Então, me encarou.

– Vamos fazer a reunião da agenda da semana? – ela estava de pé na frente da minha mesa, debaixo de um raio de sol. Sombras caíam sobre seu vestido, acentuando a curva de seus seios. Merda, eu queria tomar seu mamilo endurecido com a minha boca. Estava frio ali? Como ela poderia estar com frio se eu estava suando tanto?

Eu tinha de sair dali.

– Não. Esqueci que tenho uma reunião no centro da cidade hoje à tarde. Então, vou sair daqui a dez minutos e não vou voltar. Envie os detalhes da agenda para mim por e-mail – respondi rapidamente, dirigindo-me para a segurança da minha cadeira.

- Não estou sabendo de nenhuma reunião fora da empresa hoje - ela disse com ceticismo.

- Não, claro que não - eu disse. - É uma coisa pessoal.

Quando ela não respondeu, eu dei uma olhada em seu rosto e vi uma expressão estranha. O que era aquilo? Ela obviamente parecia brava, mas havia algo mais. Será que estava... com *ciúme*?

- Ah - ela respondeu, mordendo o lábio inferior. - É com alguém que eu conheço? - ela nunca perguntava esse tipo de detalhe. - Quer dizer, apenas no caso de seu pai ou seu irmão precisarem te encontrar.

- Bom... - fiz uma pausa, tentando torturá-la por um instante. - Nos dias de hoje, se alguém precisar falar comigo, eles podem ligar no meu celular. Você deseja mais alguma coisa, srta. Mills?

Ela hesitou por um momento antes de levantar o queixo e endireitar os ombros.

- Já que você não vai estar aqui, eu gostaria de começar meu fim de semana mais cedo. Talvez fazer umas compras para amanhã à noite.

- Sem problema. Vejo você amanhã - nossos olhos se encontraram, e a eletricidade no ar era tão palpável que pude sentir meu coração acelerar.

- Tenha uma boa *reunião* - ela disse com os dentes cerrados, antes de sair e fechar a porta.

Fiquei aliviado quando ouvi a srta. Mills ir embora, quinze minutos mais tarde. Quando decidi que era seguro, juntei minhas coisas e saí. Fui interrompido por um homem carregando um grande arranjo de flores.

- Posso ajudar? - perguntei.

Olhando em seus papéis, ele olhou ao redor e disse:

- Eu tenho uma entrega para a srta. Chloe Mills.

Mas que...? Quem diabos mandaria flores para ela? Será que estava saindo com alguém enquanto nós...? Eu nem conseguia terminar esse pensamento.

– A srta. Mills saiu para almoçar. Ela voltará em cerca de uma hora – menti. Eu tinha de olhar o cartão – Pode deixar que eu assino o recebimento e entrego para ela – ele colocou as flores em cima da mesa.

Assinando rapidamente o recibo, dei uma gorjeta e ele foi embora. Por três longos minutos fiquei de pé observando as flores, tentando me convencer a deixar de ser uma mocinha e a definitivamente não olhar o cartão.

Rosas. Ela odiava rosas. Tive de rir, pois, seja lá quem enviou, não sabia nada sobre ela. Até eu sabia que ela não gostava de rosas. Uma vez a ouvi conversar com Sara sobre um ex-namorado que enviou um buquê de rosas. Ela imediatamente deu as flores para outra pessoa, pois não gostava do perfume forte. No fim, minha curiosidade venceu e eu tirei o cartão do arranjo.

Estou animado para o nosso jantar,
Joel Cignoli

Aquela sensação estranha voltou a se espalhar lentamente pelo meu peito enquanto eu amassava o cartão.

Tirando as flores de sua mesa, andei até a porta, tranquei a fechadura e me dirigi para o elevador.

Assim que as portas se abriram, passei ao lado de uma grande lata de lixo cromada e, sem pensar duas vezes, joguei fora o arranjo e tudo mais.

Eu não sabia que diabos estava acontecendo comigo. Mas sabia com toda certeza que aqueles dois não podiam sair juntos de jeito nenhum.

Sete

Passei a maior parte do sábado correndo perto do lago, tentando tomar um pouco de ar, manter uma distância e clarear meus pensamentos. Mesmo assim, a viagem de uma hora de carro até a casa dos meus pais proporcionou tempo suficiente para o emaranhado de frustração voltar a se instalar na minha mente: a srta. Mills, o quanto eu a odiava, o quanto eu a desejava, as flores que Joel enviou. Esticando-me no banco do carro, tentei deixar que o som do motor me acalmasse. Não estava funcionando.

Então, o fato era o seguinte: eu me sentia possessivo em relação a ela. Não de um jeito romântico, mas de um jeito troglodita do tipo "golpeie-a na cabeça, arraste-a pelo cabelo até a caverna e transe com ela". Como se ela fosse meu brinquedo e eu tivesse de manter os outros meninos do parquinho longe dela. Isso não é doentio? Se a srta. Mills me ouvisse admitir isso, ela cortaria meu saco e me daria para comer.

Agora, a questão era como proceder. Obviamente, Joel estava interessado. Como poderia não estar? Tudo que ele tinha eram as informações que a minha família passava, e eles obviamente gostavam dela e tenho certeza que mostraram pelo menos uma fotografia. Se eu só tivesse essas informações, também me interessaria. Mas não havia como ele conversar com ela de verdade sem perceber a megera que ela é.

A não ser que ele quisesse apenas trepar com ela...

O som do couro no volante do carro sendo apertado pela minha mão me disse que era melhor não pensar muito nisso.

Ele não teria concordado em encontrá-la na casa dos meus pais se tudo que quisesse fosse sexo, não é? Pensei sobre isso. Talvez ele realmente quisesse apenas conhecê-la melhor. Inferno, até eu tenho de admitir que fiquei um pouco intrigado antes de nos encontrarmos cara a cara. É claro, isso não durou muito, e ela acabou se revelando a pessoa mais irritante que eu já tinha conhecido. Infelizmente para mim, ela também era a melhor transa que eu já tivera.

Merda, era melhor que ele não fosse tão longe com ela. Eu não saberia como esconder um corpo nessas redondezas.

—

Ainda lembro da primeira vez em que a vi. Meus pais foram me visitar no Natal quando eu morava no exterior, e um dos meus presentes foi um porta-retratos digital. Enquanto olhava as fotos com minha mãe, parei a sequência em uma foto dos meus pais com uma linda garota de cabelos escuros.

- Quem é essa com você e o papai? - perguntei. Minha mãe contou que seu nome era Chloe Mills e que trabalhava como assistente do meu pai, e que era maravilhosa e tal. Ela devia ter apenas vinte anos na foto, mas sua beleza natural era arrebatadora.

Com o passar dos anos, seu rosto frequentemente aparecia nas fotos que minha mãe me enviava; em reuniões na empresa, festas de Natal e até festas na casa dos meus pais. Seu nome ocasionalmente surgia quando minha família relatava os acontecimentos do trabalho e da vida em geral.

Então, quando foi decidida a minha volta para a empresa, meu pai explicou que a srta. Mills estava cursando a Northwestern e que sua bolsa requeria experiência prática. Disse também que meu cargo seria um objeto de estudos perfeito para o MBA dela. Minha família a amava e confiava nela, e o fato de meu pai e irmão não terem qualquer reserva sobre sua habilidade de lidar com o trabalho ajudou a me convencer. Concordei imediatamente. Fiquei um pouco preocupado que minha apreciação por sua beleza pudesse interferir na habilidade de ser seu chefe, mas rapidamente me tranquilizei, pensando que o mundo está cheio de mulheres bonitas e que eu conseguiria separar as coisas com facilidade.

Como fui idiota.

E agora eu conseguia enxergar todos os erros que cometera nos últimos meses. Mesmo naquele primeiro dia, tudo estava se encaminhando para isto.

Para piorar as coisas, parecia que ultimamente eu não conseguia transar com mais ninguém sem pensar nela. Eu estremecia só de lembrar da última vez em que tinha tentado.

Aconteceu alguns dias antes do Incidente na Janela – era assim que eu chamava nossa primeira transa. Eu precisava participar de um evento de caridade. No escritório, fiquei admirado ao ver a srta. Mills num vestido azul incrivelmente sexy que eu nunca tinha visto antes. No instante em que a encontrei, desejei jogá-la na mesa e foder sem piedade.

Passei toda aquela noite com uma linda loira ao meu lado, mas estava totalmente distraído. Eu sentia que estava chegando ao meu limite e que eventualmente iria explodir. Mal sabia eu que aquilo não iria demorar.

Tentei provar a mim mesmo que a srta. Mills não estava influenciando minha mente e fui para casa com a loira. Entrando em seu apartamento, nós nos beijamos e tiramos rapidamente a roupa, mas tudo parecia estranho. Não é que ela não fosse gostosa e interessante, mas, quando a deitei na cama, o que visualizei foram cabelos morenos esparramados nos travesseiros. Quando beijei seu peito, eu queria sentir seios fartos e reais – e não siliconados como aqueles. E, mesmo quando coloquei a camisinha e me posicionei em cima dela, eu sabia que a loira era apenas um corpo sem rosto que eu estava usando para minhas necessidades egoístas.

Tentei manter a srta. Mills longe dos meus pensamentos, mas fui incapaz de evitar a imagem proibida de como seria tê-la debaixo de mim. Foi apenas por pensar nessa imagem que eu consegui gozar com força, rapidamente saindo de cima da loira, odiando a mim mesmo. Agora, relembrando o incidente, eu estava ainda mais enojado do que no momento em que aconteceu, pois percebia que, naquele momento, eu permitira que ela entrasse na minha mente e permanecesse lá.

Se eu conseguisse passar por esta noite, as coisas poderiam ficar mais fáceis. Estacionei o carro e comecei a dizer em minha mente: *Você consegue. Você consegue.*

– Mãe? – chamei, olhando em cada cômodo por que passava.

– Estou aqui, Bennett – ouvi sua resposta vindo do quintal dos fundos.

Abri as portas francesas e fui recebido com o sorriso da minha mãe enquanto ela colocava os toques finais na mesa que ficava lá fora.

Abaixei para que ela pudesse me dar um beijo.

– Por que vamos comer aqui fora?

– A noite está tão linda, pensei que poderia deixar as pessoas mais confortáveis aqui do que sentadas naquela sala de jantar. Você acha que alguém vai se importar?

– É claro que não – eu disse. – É lindo aqui fora. Não se preocupe.

E estava mesmo lindo. O jardim possuía uma grande pérgola branca cujas vigas estavam cobertas de vegetação. No centro havia uma grande mesa para oito pessoas, coberta por uma delicada toalha de renda branca, sobre a qual estava a louça favorita de minha mãe. Velas e flores azuis descansavam sobre pequenos suportes de prata, e um candelabro de aço brilhava acima de tudo.

– Você sabe que nem mesmo eu consigo evitar que a Sofia rasgue essas coisas da mesa, não é? – coloquei uma uva na boca.

– Ah, ela vai ficar com os pais da Mina hoje. Melhor assim – ela disse. – Se a Sofia viesse hoje, ela acabaria roubando toda a atenção.

Merda. Com a Sofia fazendo caretas na minha frente, eu teria algo para me distrair do Joel.

– Hoje a noite é toda para a Chloe. E estou realmente esperançosa que ela e Joel gostem um do outro – minha mãe continuou arrumando o jardim, acendendo velas e fazendo ajustes de última hora, completamente alheia à minha angústia.

Eu estava ferrado. Enquanto considerava sair correndo de lá, ouvi Henry chegar – com pontualidade, desta vez.

– Onde está todo mundo? – ele gritou, com sua voz grave ecoando pela casa vazia. Abri a porta para minha mãe, nós entramos e encontramos meu irmão na cozinha.

– Eeentão, Ben – ele começou, apoiando seu grande corpo no balcão –, está animado para o jantar?

Esperei até nossa mãe sair novamente para o jardim e o encarei com um olhar cético.

– Acho que sim – respondi, todo casual. – Acho que a mãe fez torta de limão. Minha favorita.

– Você é tão metido. Quero só ver quando o Joel começar a flertar com a Chloe na frente de todo mundo. Isso pode tornar a noite muito interessante, você não acha?

Ele estava arrancando um pedaço de pão de uma das grandes tigelas do balcão da cozinha, quando sua esposa, Mina, entrou e deu um tapa em sua mão.

– Você quer deixar sua mãe maluca estragando seu apetite para o jantar que ela planejou tanto? Comporte-se, Henry. E nada de provocar ou fazer piadinhas com a Chloe. Você sabe que ela deve estar uma pilha de nervos. Deus sabe que ela já tem de aguentar o bastante com esse aqui – ela disse, apontando para mim.

– Do que você está falando? – eu já estava cansando desse fã clube da Chloe Mills. – Eu nunca fiz nada para ela.

– Bennett – meu pai apareceu na porta, gesticulando para mim. Eu o segui para fora da cozinha e entramos em seu escritório. – Por favor, comporte-se no jantar. Eu sei que você e a Chloe não se dão bem, mas estamos em casa, não no seu trabalho, e eu espero que você a trate com respeito.

Apertei meu queixo com força e concordei balançando a cabeça, pensando em todas as maneiras como eu a desrespeitara nas últimas semanas.

Enquanto eu estava no lavabo, Joel chegou, trazendo uma garrafa de vinho e algumas variações de seus cumprimentos exagerados: um "Você está linda" para minha mãe, um "Como vai o bebê?" para Mina e uma sólida combinação de aperto-de-mão-e-abraço-másculo para Henry e o meu pai.

Esperei um tempo no corredor, mentalmente me preparando para o resto da noite.

Tínhamos uma boa amizade com Joel quando éramos crianças e durante a escola. Eu ainda não o tinha encontrado desde que voltara de Paris, mas ele não tinha mudado muito. Joel era um pouco mais baixo do que eu, com um corpo esguio, cabelo preto e olhos azuis. Acho que algumas mulheres o considerariam bonito.

– Bennett! – aperto de mão, abraço másculo. – Cara, há quanto tempo não nos vemos?

– É verdade, Joel. Acho que desde o colegial – respondi, apertando sua mão com firmeza – Como você está?

– Estou ótimo. As coisas estão indo muito bem. E você? Vi sua foto em várias revistas, então acho que também está indo muito bem, não é? – ele deu tapinhas em minhas costas.

Que babaca.

Assenti ligeiramente e forcei um sorriso. Decidi que precisava de mais um tempo para pensar, então pedi licença e subi as escadas até meu antigo quarto.

Simplesmente entrar pela porta já fez com que eu me sentisse mais calmo. O quarto pouco mudara desde os meus dezoito anos. Mesmo quando eu estava fora do país, meus pais o mantiveram praticamente do mesmo jeito que estava quando entrei na faculdade. Sentado na minha antiga cama, pensei em como me sentiria se a srta. Mills realmente se envolvesse com o Joel. Ele era sim um cara legal e, apesar de odiar admitir, definitivamente havia uma chance de eles se darem bem. Mas o pensamento de outro homem tocando a pele dela fazia cada músculo em meu corpo se contrair. Lembrei daquele momento no carro quando eu disse a ela que não conseguia parar. Mesmo agora, com toda minha pose de durão, não sei se conseguiria.

Ouvi uma nova rodada de cumprimentos e a voz de Joel no andar de baixo, então decidi que era hora de descer e encarar a realidade.

Quando pisei no último degrau, eu a vi. Estava de costas para mim... e o ar sumiu dos meus pulmões.

Seu vestido era branco.

Por que tinha de ser branco?

Era um vestido de verão bem feminino que descia até um pouco antes dos joelhos e mostrava suas longas pernas. A parte de cima era feita do mesmo material, com pequenos laços sustentando o conjunto em cada ombro. Tudo que eu podia pensar era no quanto eu adoraria puxar aqueles laços e observar o vestido cair ao redor de sua cintura. Ou talvez cair até o chão.

Nossos olhos se encontraram e ela sorriu de uma maneira tão genuína e feliz que, por um segundo, eu até acreditei.

– Olá, sr. Ryan.

Meus lábios tremeram com a diversão de vê-la fingir que não havia nada de peculiar naquele encontro com minha família.

– Olá, srta. Mills – respondi com um aceno de cabeça. Nossos olhares não se separaram, mesmo quando minha mãe chamou todos ao jardim para as bebidas antes do jantar.

Quando a srta. Mills passou por mim, virei a cabeça e falei numa voz baixa o bastante para que apenas ela ouvisse:

– Teve uma boa tarde de compras ontem?

Seus olhos encontraram os meus, com aquele mesmo sorriso angelical de antes.

– Você adoraria saber, não é? – ela passou por mim e eu senti meu corpo inteiro enrijecer. – E, por falar nisso, uma nova linha de cintas-liga chegou ontem – ela sussurrou antes de seguir os outros para o jardim.

Parei e meu queixo caiu enquanto eu me lembrava de nossa escapadinha no provador da La Perla.

Na minha frente, Joel se inclinou para perto dela.

– Espero que você não tenha se incomodado com as flores que enviei para seu escritório ontem. Admito que foi um pouco demais, mas eu estava mesmo animado para te conhecer – senti um nó na barriga quando as palavras do Joel me arrancaram daquele meu devaneio safado.

Ela virou para trás e me olhou.

– Flores? Eu recebi flores?

Dei de ombros e balancei a cabeça.

– Eu saí mais cedo, lembra? – comecei a caminhar para o jardim e fui preparar um drinque, um *gimlet* com vodca Belvedere.

Ao longo da noite, eu não pude evitar seguir cada movimento da srta. Mills com o canto dos olhos. Quando o jantar finalmente chegou, estava aparente que as coisas iam relativamente bem entre os dois. Ela até estava flertando com ele.

– Então, Chloe, o senhor e a senhora Ryan me contaram que você nasceu em Dakota do Norte? – a voz de Joel interrompeu outra de minhas fantasias (que desta vez era do meu punho acertando a cara dele). Olhei e o vi sorrindo para ela.

– É isso mesmo. Meu pai é dentista em Bismarck. Nunca fui uma garota de cidade grande. Até mesmo a cidade de Fargo parecia gigante para mim – uma pequena risada abafada escapou da minha boca, e os olhos dela dispararam em minha direção. – Achou isso engraçado, sr. Ryan?

Sorri com o canto dos lábios enquanto tomava um gole do meu drinque, observando-a por cima da taça.

– Desculpe, srta. Mills. Só acho fascinante você não gostar de cidade grande, mas mesmo assim escolher a terceira maior cidade dos Estados Unidos para cursar a faculdade e... fazer tudo o mais.

A expressão em seus olhos dizia que, se a circunstância fosse outra, eu agora estaria pelado em cima dela – ou deitado em uma poça do meu próprio sangue.

– Na verdade, sr. Ryan – ela começou, voltando a mostrar um sorriso –, meu pai se casou novamente e, já que minha mãe nasceu aqui, decidi morar em Chicago para passar mais tempo com ela. Isso foi antes de ela falecer – a srta. Mills me encarou por um momento e admito que senti uma pontada de culpa em meu peito. Mas essa pontada sumiu rapidamente quando ela voltou a olhar para Joel, mordendo o lábio de um jeito inocente que apenas ela conseguia fazer parecer tão sexy.

Pare de flertar com ele.

Apertei os punhos enquanto eles continuavam conversando. Mas, alguns minutos mais tarde, eu congelei. *Será que eu senti...?* Soltei um sorriso enquanto tomava um gole do meu drinque. Sim, definitivamente o que eu estava sentindo era o pé dela subindo pela minha perna debaixo da mesa. Maldita garota atrevida, se insinuando para mim enquanto conversava com um cara que, como nós dois sabíamos, não conseguiria satisfazê-la. Observei seus lábios enquanto se abriam para receber o garfo e meu pau endureceu quando vi sua língua lentamente lamber o resto de molho deixado pelo peixe.

– Uau, entre os primeiros da sua classe na Northwestern? Impressionante – disse Joel, que então se virou e olhou para mim. – Aposto que você está contente em ter uma pessoa tão maravilhosa trabalhando duro para te satisfazer, não é?

Ela engasgou, levantando o guardanapo para cobrir a boca. Eu sorri e olhei ligeiramente para ela e depois de volta para Joel.

– Sim, é absolutamente incrível ter a srta. Mills trabalhando duro para mim. Ela sempre faz um ótimo trabalho em todas as posições.

– Ah, Bennett. Isso é gentileza sua – interveio minha mãe, e fiquei assistindo o rosto da srta. Mills se tornar vermelho. Meu sorriso se desfez quando senti seu pé se aproximar do meio das minhas pernas. Então, com delicadeza, ela pressionou minha ereção. *Caralho.* Foi minha vez de engasgar com meu drinque.

– Você está bem, sr. Ryan? – ela perguntou com uma preocupação fingida e eu assenti, olhando com raiva em sua direção. Ela deu de ombros e então voltou a olhar para Joel. – Então, e quanto a você? Sempre morou em Chicago?

Com a ponta do sapato, ela continuou esfregando gentilmente o meu pau e eu tentei manter a respiração controlada e a expressão neutra. Quando Joel começou a contar sobre sua infância e nosso período na escola, para depois finalmente contar sua história de sucesso na profissão, eu fiquei observando a expressão dela mudar de um interesse falso para uma curiosidade genuína.

Ah, não, nem pensar.

Estiquei minha mão esquerda debaixo da toalha de mesa e encontrei a pele de seu calcanhar. Observei o pequeno sobressalto que ela teve quando a toquei. Movi os dedos em pequenos círculos, corri o polegar ao longo da curva de seu pé, sentindo-me mais presunçoso a cada vez que ela precisava pedir que Joel repetisse o que tinha dito.

Mas então ele mencionou que gostaria de almoçar com ela em algum dia da semana. Minha mão cobriu o pé inteiro e pressionei ainda mais firme contra meu pau.

Ela sorriu com o canto da boca.

- Você pode me emprestá-la para um almoço, não é Bennett? - perguntou Joel com um sorriso alegre. Seu braço estava pousado atrás da cadeira dela. Tive de me controlar muito para não pular em cima da mesa e arrancar aquele braço dele.

- Ah, e por falar em almoços, Bennett - interrompeu Mina, batendo em meu braço com sua mão -, você se lembra da minha amiga, a Megan? Você a conheceu no mês passado na minha casa. Vinte poucos anos, com a minha altura, loira, olhos azuis. Enfim, ela pediu seu telefone. Você está interessado?

Olhei rapidamente para Chloe quando senti o tendão de seu pé ficar tenso, e vi que ela praticamente parou de respirar esperando a resposta.

- É claro. Você sabe que prefiro as loiras. Pode ser uma boa mudança de ares para mim.

Tive de abafar um grito quando ela apertou o salto do sapato contra minhas bolas. Continuou a apertar por um momento enquanto levava o guardanapo até a boca e passava no canto dos lábios.

- Com licença, preciso ir ao banheiro - ela disse.

Assim que ela entrou na casa, minha família inteira se voltou contra mim.

- Bennett - meu pai disse secamente -, já conversamos sobre isso.

Peguei meu drinque e levei até a boca.

- Não sei do que você está falando.

- Bennett - acrescentou minha mãe -, eu acho que você deveria ir se desculpar.

- Pelo quê? - perguntei, colocando o drinque na mesa com um pouco de força demais.

- *Ben!* - meu pai disse com firmeza, deixando claro que aquilo era uma ordem.

Joguei o guardanapo na mesa e me levantei. Andei com passos duros pela casa, procurando pelos banheiros, até finalmente chegar ao terceiro andar, onde a porta do banheiro estava fechada.

De pé do lado de fora, com minha mão pousada na maçaneta, comecei um debate em minha mente. Se entrasse lá, o que aconteceria? Havia apenas uma coisa na qual eu estava interessado, e com certeza não era pedir desculpas. Pensei em bater na porta, mas tinha certeza que ela não iria me convidar para entrar. Tentei ouvir os sons lá dentro, procurando por qualquer sinal de movimento. Nada. Finalmente, virei a maçaneta, e me surpreendi por não estar trancada.

Eu entrara naquele banheiro poucas vezes desde que minha mãe o reformara. Era um espaço moderno muito bonito, com um balcão de mármore feito sob medida e um grande espelho que cobria uma parede. Acima de uma mesinha, ficava uma pequena janela que dava para o jardim lá embaixo. Ela estava sentada no banco em frente à mesa, olhando para o céu.

- Veio para continuar sendo um idiota? - ela perguntou. Então tirou a tampa de um batom e o aplicou cuidadosamente nos lábios.

- Eles me enviaram para ver como estão os seus tão delicados sentimentos - estiquei o braço para trás e tranquei a porta. O clique ecoou no silêncio do banheiro.

Ela riu e olhou em meus olhos pelo espelho. A srta. Mills parecia completamente calma, mas eu podia enxergar o subir e descer de seu peito; ela na verdade estava tão nervosa quanto eu.

- Posso garantir que estou muito bem - colocou a tampa de volta no batom e o guardou na bolsa. Então levantou e começou a andar até a porta. - Estou acostumada com você agindo como um idiota. Mas o Joel parece legal. É melhor eu descer.

Coloquei a mão na porta e me inclinei, aproximando-me de seu rosto.

- Eu acho que não - meus lábios rasparam levemente em sua orelha, e ela estremeceu com o contato. - Veja bem, ele quer uma coisa que é minha, e ele não pode ter isso.

Ela me encarou.

– Por acaso estamos no século passado? Me deixe passar. Eu *não* sou sua.

– Você pode até pensar assim – sussurrei, com meus lábios pairando sobre a base de seu pescoço –, mas seu corpo – eu disse, passando minhas mãos debaixo de sua saia e pressionando contra a renda molhada entre suas pernas – pensa de outro jeito.

Seus olhos se fecharam e ela soltou um gemido quando meus dedos se moveram em lentos círculos sobre seu clitóris.

– Vá se foder.

– É só você pedir – eu disse em seu pescoço.

Ela soltou uma risada trêmula, e eu a empurrei contra a porta do banheiro. Agarrando suas duas mãos, eu as levantei sobre sua cabeça, segurando-as firmemente e me inclinando para beijá-la. Senti sua resistência e balancei a cabeça, apertando ainda mais.

– Vamos, é só pedir – eu repeti, pressionando meu pau duro em sua barriga.

– Oh, Deus... – ela disse quando baixou a cabeça para o lado, permitindo acesso a seu pescoço. – Não podemos fazer isso aqui.

Corri meus lábios por seu peito e ombros. Segurando seus dois pulsos com uma mão, levantei meu outro braço e lentamente puxei um dos laços que prendiam a parte de cima do vestido, beijando a pele exposta. Passando para o outro lado, repeti a ação e fui recompensado quando o tecido caiu, revelando um sutiã de renda branca sem alça. *Merda.* Será que essa mulher não tinha nenhuma peça de roupa que não me fizesse quase gozar nas calças imediatamente? Passei a boca até seus seios enquanto minha mão livre abria o fecho do sutiã. Desta vez eu não deixaria de ter uma visão daqueles seios nus. O sutiã abriu fácil e o tecido caiu, revelando a imagem que preenchia cada uma das minhas fantasias mais safadas. Quando tomei um mamilo rosa com a boca, ela gemeu e seus joelhos dobraram-se levemente.

– Shhh... – sussurrei contra sua pele.

– Mais – ela disse. – De novo.

Eu a levantei e ela passou as pernas ao redor da minha cintura, juntando nossos corpos com mais firmeza. Libertei suas mãos e ela imediatamente agarrou meus cabelos e me puxou para mais perto. Eu adorava quando ela fazia isso. Eu a empurrei contra a porta, mas então percebi que havia roupas demais no caminho. Eu queria sentir o calor de sua pele contra a minha, queria me enterrar fundo dentro dela e a manter presa na parede até muito depois de todos já terem ido dormir.

Ela parecia ler a minha mente quando seus dedos se moveram e começaram a freneticamente arrancar minha camisa polo de dentro da calça, tirando-a por cima da minha cabeça.

O som de risadas subiu até o banheiro através da janela e pude sentir sua tensão. Um longo momento passou antes que seus olhos se encontrassem com os meus. Ela claramente estava tentando articular alguma coisa para dizer.

– Nós não deveríamos estar fazendo isso – ela disse finalmente, balançando a cabeça. – Ele está esperando por mim – ela tentou me afastar sem muito esforço, mas eu a mantive presa.

– Você realmente quer ele? – perguntei, sentindo uma onda de possessividade ferver dentro de mim. Ela continuou me encarando, mas não disse nada.

Eu a coloquei no chão e a puxei para a mesinha, parando quando fiquei exatamente atrás dela. De onde estávamos, tínhamos uma perfeita visão do jardim lá embaixo.

Puxei suas costas até meu peito e levei minha boca até sua orelha.

– Você consegue ver ele? – perguntei, com minhas mãos deslizando em seus seios. – Olhe para ele – desci as mãos até sua barriga, passando pela saia até chegar nas coxas. – Ele consegue fazer você se sentir assim? – meus dedos flutuaram acima das coxas e por baixo da calcinha. Um suspiro grave escapou da minha boca quando senti aquele calor e enfiei o dedo lá dentro. – Ele consegue te deixar molhada assim?

Ela gemeu e pressionou os quadris de volta em meu corpo.

– Não...

– Diga o que você quer – sussurrei em seu ombro.

– Eu... eu não sei.

- Olhe para ele - eu disse, com meus dedos entrando e saindo dela. - Você sabe o que quer.

- Quero sentir você dentro de mim - ela não precisava pedir duas vezes. Eu rapidamente abri e abaixei minhas calças, raspando meu corpo em sua bunda antes de subir sua saia e agarrar sua calcinha. - Rasgue - ela sussurrou.

Eu nunca fora capaz de ser tão primal e rude com ninguém antes, e com ela isso parecia tão certo. Puxei fortemente e a fina calcinha se rasgou com facilidade. Joguei a peça no chão, passando minhas mãos em sua pele nua e deslizando meus dedos desde seus braços até as mãos, que agarrei e pressionei contra a mesa em frente.

Ela era uma visão fenomenal: as costas arqueadas, a saia levantada até a cintura, a bunda arrebitada em plena exibição. Nós dois gememos quando me alinhei e enterrei fundo. Curvando-me, beijei seu ombro e soltei outro "shhh" em suas costas.

Mais risadas vieram lá de fora. Joel estava lá embaixo. Joel, que era um cara legal, mas que queria tirá-la de mim. A imagem era suficiente para me fazer estocar com mais intensidade.

Seus gemidos abafados me fizeram sorrir, e eu a recompensei aumentando o ritmo. Uma parte doentia de mim sentia satisfação por deixar a srta. Mills sem voz.

Ela estava sem ar, os dedos procurando apoio, e meu pau duro dentro dela, penetrando mais forte sempre que ela tentava produzir um som, mas não conseguia.

Falando gentilmente em seu ouvido, perguntei se ela queria ser fodida. Perguntei se ela gostava que eu falasse palavrões, se gostava de me ver safado daquele jeito, enfiando forte até deixá-la machucada.

Ela balbuciou um sim e, quando eu mexi mais rápido e mais forte, ela implorou por mais.

Os frascos de perfume em cima da mesa estavam tremendo e derramando com a força de nossos movimentos, mas eu não conseguia achar forças para me importar. Agarrando seu cabelo, puxei-a para cima até suas costas se alinharem com meu peito.

- Você acha que ele pode fazer você se sentir assim?

Continuei entrando e saindo, forçando-a a olhar pela janela.

Eu sabia que estava me perdendo. As paredes que eu erguia para me proteger estavam desabando ao meu redor, mas eu não me importava. Eu precisava que ela lembrasse de mim quando fosse dormir. Queria que ela sentisse meu corpo quando fechasse os olhos e tocasse a si mesma, que pensasse na maneira como eu a fodia. Minha mão livre subiu ao lado de seu seio, tomando-o por inteiro e beliscando o mamilo.

– Não – ela gemeu. – Desse jeito não – deslizando minha mão novamente, segurei sua perna atrás do joelho e levantei até a mesa, abrindo-a ainda mais e permitindo que eu entrasse mais fundo.

– Você consegue sentir como se encaixa perfeitamente em mim? – grunhi em seu pescoço. – Você gosta tanto disso. Quando voltar lá para baixo, quero que lembre disso. Lembre do que faz comigo.

A sensação estava ficando insustentável e eu sabia que eu estava quase lá. Estava mais do que desesperado. Eu a desejava como se fosse uma droga, e a sensação consumia todos os meus pensamentos. Tomando sua mão, entrelacei nossos dedos e os movi por seu corpo até o clitóris, com ambas as mãos mexendo e provocando. Gemi ao sentir meu pau indo e vindo.

– Você está sentindo isso? – sussurrei em seu ouvido, esticando nossos dedos para que caíssem nos dois lados de mim.

Ela girou a cabeça e abafou um gemido em meu pescoço. Mas não era suficiente, e eu precisava que ela não fizesse barulho. Tirando minha mão de seus cabelos, eu gentilmente cobri sua boca e plantei um beijo em seu rosto corado. Ela soltou um grito abafado, possivelmente o som do meu nome, quando seu corpo ficou tenso e me envolveu com mais força.

Depois que seus olhos se fecharam e os lábios relaxaram num suspiro de satisfação, comecei a tomar aquilo de que precisava: mais rápido agora, observando pelo espelho a maneira como os seios dela balançavam com minhas estocadas.

O clímax começou a rasgar através do meu corpo. Sua mão saiu dos meus cabelos e cobriu minha boca – fechei os olhos e deixei que a onda me tomasse. Minhas últimas estocadas foram profundas e fortes, e eu me derramei dentro dela.

Abri os olhos e beijei sua mão antes de tirá-la da minha boca e deitar minha testa em seu ombro. As vozes lá embaixo, que não suspeitavam de nada, continuavam chegando até nós. Ela se deitou em mim e ficamos lá em silêncio por alguns instantes.

Lentamente, ela começou a se afastar, e eu não gostei da separação. Observei enquanto ela ajeitava a saia, recuperava o sutiã e tentava amarrar os laços do vestido. Quando me abaixei para subir as calças, peguei a calcinha rasgada e guardei no bolso. Ela ainda estava tendo dificuldade com o vestido, então me aproximei, afastei sua mão e amarrei os laços sem que nossos olhos se encontrassem.

De repente o banheiro se tornou muito pequeno, e olhamos um para o outro num silêncio constrangedor. Estiquei a mão até a maçaneta querendo dizer alguma coisa, qualquer coisa, para consertar a situação. Como eu poderia pedir que ela transasse comigo, e apenas comigo, e esperar que nada mais mudasse? Até mesmo eu sabia que pedir isso seria um provável convite para ela chutar minhas bolas. Mas as palavras para aquilo que senti quando eu a vi com Joel não estavam se cristalizando com a velocidade necessária. Havia um branco em minha mente. Frustrado, abri a porta. E nós dois paramos imediatamente.

Ali, de pé no corredor, nos encarando com os braços cruzados e uma acusadora sobrancelha erguida, estava Mina.

Oito

No momento em que ele abriu a porta e nós ficamos cara a cara com a Mina, eu congelei.

– O que exatamente vocês dois estavam fazendo aí dentro? – ela perguntou, movendo os olhos de um para o outro. Um resumo de tudo aquilo que ela poderia ter escutado passou por minha mente e senti uma onda de calor se espalhar pela pele.

Joguei um olhar para o sr. Ryan e ele fez o mesmo, então voltei a encarar Mina e balancei a cabeça.

– Nada, a gente só precisava conversar. Só isso – tentei ser o mais casual possível, mas sabia que o tremor em minha voz me denunciava.

– Ah, eu ouvi umas coisas aí dentro, e certamente não era uma conversa – ela disse, sorrindo com o canto da boca.

– Não seja ridícula, Mina. Estávamos discutindo um assunto do trabalho – ele disse, tentando passar por ela.

– No banheiro? – ela perguntou.

– Sim. Vocês mandaram eu procurá-la. Foi aqui que eu a encontrei.

Ela deu um passo para o lado, bloqueando sua passagem.

– Você acha que eu sou idiota? Todo mundo sabe que vocês dois não *discutem* nada: vocês gritam. Então, como é? Vocês dois estão, tipo, namorando?

– *Não!* – gritamos ao mesmo tempo. Nossos olhos se encontraram por um instante e rapidamente desviamos o olhar.

– Então... é só sexo – ela disse, e parecia que nenhum de nós conseguia encontrar palavras para rebater. A tensão no corredor era tão pesada que eu brevemente considerei pular pela janela. – Faz quanto tempo?

– Mina... – ele começou, balançando a cabeça, e pela primeira vez eu me senti mal por seu desconforto. Nunca o tinha visto daquela maneira. Era como se até agora ele não tivesse considerado que poderia haver consequências para aquilo, além do nosso drama pessoal.

– Há quanto tempo, Bennett? Chloe? – ela disse, olhando de um para o outro.

– Eu... nós apenas... – comecei a falar, mas falar *o quê*? Como poderia explicar isso? – Nós...

– Cometemos um erro. Isso tudo foi um erro – a voz dele cortou meus pensamentos e olhei em seu rosto, chocada. Por que ouvir aquilo me incomodava tanto? Fora *sim* um erro, mas ouvi-lo dizer em voz alta... doía, por algum motivo.

Não consegui desviar os olhos quando ela começou a falar.

– Erro ou não, isso precisa parar agora. E se fosse a Susan que tivesse subido até aqui? E Bennett, você é o chefe dela! Esqueceu disso? – ela respirou fundo. – Olha, vocês dois são adultos, e eu não sei o que está acontecendo aqui, mas, seja lá o que for, *não* deixem o Elliott descobrir.

Uma onda de náusea me atingiu ao pensar em Elliott descobrindo isso, em como ele ficaria desapontado. Eu não poderia suportar.

– Isso não vai ser um problema – eu disse, evitando o olhar do sr. Ryan. – Eu pretendo aprender com meu erro. Com licença.

Passei por eles e andei até a escadaria, sentindo raiva e dor como um pedaço de chumbo em meu estômago. A força da minha motivação e ética no trabalho sempre me sustentara durante tempos difíceis: fim de namoros, a morte da minha mãe, problemas com minhas amigas. Mas o meu valor para a RMG estava agora manchado com minha insegurança. Será que o sr. Ryan me enxergava de um jeito diferente porque eu estava transando com ele? Agora que ele – *finalmente* – entendera que poderia ser ruim para ele se os outros soubessem o que acontecia entre nós, será que começaria a questionar meus julgamentos de um jeito mais amplo?

Eu era mais inteligente do que isso. Era hora de começar a agir como tal.

Eu me recompus antes de sair para o jardim e retomar meu lugar ao lado de Joel.

– Está tudo bem? – ele perguntou.

Virei e o observei por um momento. Ele era mesmo bonito: cabelo escuro bem penteado, um rosto amável e os olhos azuis mais lindos que eu já vira. Ele era tudo o que eu deveria procurar em um homem. Olhei para outra direção e vi o sr. Ryan voltando para a mesa junto com Mina, então rapidamente desviei o olhar.

– Acho que não estou me sentindo muito bem – eu disse, voltando a encarar o Joel. – Acho que vou terminar a noite por aqui.

– É mesmo? – ele disse, levantando-se para puxar minha cadeira. – Bom, eu te acompanho até seu carro.

Eu me despedi de todos, e andei para dentro da casa sentindo o toque pouco familiar de Joel em minhas costas. Quando chegamos na garagem, ele sorriu timidamente e tomou minha mão.

– Gostei muito de te conhecer, Chloe. Posso te ligar qualquer dia desses e talvez marcar aquele almoço?

– Me empresta seu celular – eu disse. Parte de mim se sentia mal por fazer isso, afinal, eu tinha acabado de transar com um cara no andar de cima e agora estava passando meu telefone para outro. Mas era hora de deixar tudo isso para trás, e um almoço com um cara legal parecia um bom começo.

Seu sorriso se alargou quando entreguei o celular de volta, e ele me deu seu cartão. Então tomou minha mão e a levou até seus lábios.

– Ligo para você na segunda. Com sorte, suas flores ainda estão te esperando na sua mesa.

– A intenção é o que vale – eu disse, sorrindo. – Obrigada.

Ele parecia tão sincero, tão feliz pela simples possibilidade de me encontrar novamente, e me ocorreu que eu deveria estar suspirando ou ficando corada. Mas o que eu realmente queria fazer era vomitar.

– É melhor eu ir.

Joel assentiu, abrindo a porta do carro para mim.

– É claro. Espero que se sinta melhor. Dirija com cuidado. Boa noite, Chloe.

– Boa noite, Joel.

Ele fechou a porta e eu dei partida no carro. Com os olhos grudados à frente, dirigi para longe da casa da família do meu chefe.

Na manhã seguinte, na aula de ioga, considerei confessar tudo para a Julia. Antes eu me sentia razoavelmente segura de que poderia lidar com tudo isso sozinha, mas, após uma noite inteira encarando o teto e ficando completamente maluca, percebi que precisava conversar com alguém.

Poderia ser com a Sara, e mais do que ninguém ela entenderia a tentação que era meu chefe bonitão. Mas ela também trabalhava com o Henry e eu não queria colocá-la numa posição constrangedora lhe pedindo para manter um segredo desses. Eu sabia que a Mina ficaria contente em ajudar, mas o fato de ela fazer parte da família Ryan, além das coisas que poderia ter ouvido, me deixava totalmente desconfortável.

Era em situações assim que eu realmente desejava que minha mãe estivesse viva. Apenas pensar sobre ela já causava uma dor terrível em meu peito e lágrimas em meus olhos. Mudar para esta cidade para passar com ela os últimos anos de sua vida foi a melhor decisão que já tomei. Viver tão longe de meu pai e de meus amigos às vezes era difícil, mas eu sabia que tudo acontece por uma razão. Eu só queria que essa razão surgisse logo e se revelasse.

Será que eu poderia contar para a Julia? Tenho de admitir que estava morrendo de medo do que ela pensaria de mim. Porém, mais do que isso, eu estava morrendo de medo de dizer as palavras em voz alta para alguém.

– Certo, por que você está me encarando assim? – ela perguntou. – Ou você tem alguma coisa para dizer ou eu estou suada de um jeito horrível e embaraçoso.

Tentei dizer que não era nada, que ela estava vendo coisas. Mas não consegui. O peso e a pressão das últimas semanas me esmagaram de tal forma que, antes que eu pudesse me controlar, meu queixo começou a tremer e eu comecei a chorar.

– Foi o que pensei. Vem – ela ofereceu a mão e me ajudou a levantar, pegando nossas coisas e me levando para fora da sala.

Vinte minutos, duas batidas de champanhe e uma crise nervosa depois, eu fiquei observando a expressão chocada da Julia em nosso restaurante preferido. Contei tudo: as calcinhas rasgadas, eu gostar das calcinhas rasgadas, os vários lugares, as sessões de beijos-eu-te-odeio, a Mina nos pegando em flagrante, minha culpa por sentir que estava traindo Elliott e Susan, o Joel, as declarações trogloditas do sr. Ryan e, finalmente, meu medo de estar no meio da relação mais disfuncional da história do mundo, sem ter qualquer controle sobre isso.

Quando levantei a cabeça para encontrar seu olhar, eu estremeci. Ela parecia ter acabado de assistir um acidente de carro.

– Certo, deixa ver se eu entendi.

Assenti e esperei ela continuar.

– Você está dormindo com seu chefe.

Eu me encolhi ligeiramente.

– Bom, tecnicamente...

Ela levantou a mão, me impedindo de continuar.

– Sim, sim. Isso eu entendi. E esse é o mesmo chefe que você chama tão amavelmente de "cretino irresistível"?

Respirei fundo e assenti novamente.

– Mas você odeia ele.

– Exatamente – murmurei, desviando lentamente os olhos dos dela. – Odeio. Odeio muito mesmo.

– Você não quer ficar com ele, mas não consegue se afastar.

– Meu Deus, isso soa ainda pior vindo da boca de outra pessoa – soltei um grunhido enquanto mergulhava o rosto nas mãos. – Eu pareço ridícula.

– Mas e as transas? São boas – ela disse, com um toque de humor na voz.

– Isso não chega nem perto de descrever como é, Julia. Fenomenal, intenso, maluco, orgasmavelmente não chega nem perto de descrever.

– Orgasmavelmente nem é uma palavra.

Esfreguei o rosto e suspirei novamente.

– Cala a boca.

– Bom – ela respondeu, pensativa, e então limpou a garganta –, acho que pau pequeno não é o problema dele, afinal...

Deixei minha cabeça cair nos braços em cima da mesa.

– Não. Definitivamente esse não é o problema dele – olhei levemente para cima ao ouvir sua risada abafada. – Julia! Isso não é engraçado!

– Eu tenho de discordar. Você precisa admitir o quanto isso é maluco. Quer dizer, de todas as pessoas que conheço, você é a última que eu imaginaria caindo numa situação dessas. Você sempre é tão séria, com cada passo da sua vida cuidadosamente planejado. Vamos lá, você teve só alguns namorados sérios, e com todos eles você passou um tempão antes de finalmente transar. Esse seu chefe deve ser realmente uma coisa de outro mundo.

– Eu sei que não tem nada de errado em ter uma relação puramente sexual com alguém... eu consigo lidar com isso. E sei que às vezes eu sou muito controladora, mas o fato é que eu sinto que preciso controlar *a mim mesma* quando estou com ele. Quer dizer, eu nem gosto dele, mas mesmo assim... eu continuo caindo em tentação.

Julia tomou um gole da batida e eu pude praticamente ver as engrenagens girando em sua mente enquanto pensava no que eu falei.

– O que é mais importante para você?

Olhei de volta, entendendo onde ela queria chegar.

– Meu emprego. Minha vida depois disso. Meu valor como funcionária. Saber que minha contribuição é importante.

– Você consegue se sentir bem quanto a essas coisas e continuar trepando com ele?

Dei de ombros, sem conseguir organizar meus pensamentos.

– Não sei. Se eu sentisse que as coisas estavam separadas, então talvez sim. Mas nossas únicas interações acontecem no trabalho. Nunca acontece de ser apenas um ou outro, é sempre trabalho *e* sexo numa coisa só.

– Então você precisa encontrar um jeito de parar de fazer isso. Você precisa manter distância.

– Não é tão simples – respondi, balançando a cabeça e começando a tagarelar: – Eu trabalho para ele. Não é fácil evitar todas as vezes em que ficamos sozinhos. É ridícula a quantidade de vezes que eu jurei que nunca mais transaria com ele, só para depois transar, horas mais tarde. E ainda por cima temos uma conferência daqui a duas semanas. No mesmo hotel, no mesmo espaço, o tempo todo. Com *camas* para todo lado!

– Chloe, o que há de errado com você? – perguntou Julia, mostrando surpresa na voz. – Você quer continuar com isso?

– Não! É claro que não!

Ela me olhou desconfiada.

– Quer dizer... acontece que eu sou diferente quando estou perto dele. Tipo, eu quero coisas nas quais nunca pensei antes, e talvez seja bom me permitir querer essas coisas. Mas eu queria que fosse outra pessoa provocando essas coisas em mim, alguém legal, como o Joel, por exemplo. Não é muito bom ser o meu chefe quem faz isso comigo.

– O que você gosta é a coisa de ser um chefe mandão? Tipo, dar uns tapas e coisas assim? – Julia riu, mas, quando eu desviei os olhos, ela quase engasgou. – Oh, meu Deus, ele deu umas palmadas em você?

Meus olhos se arregalaram na direção dela.

– Fale um pouco mais alto, Julia. Acho que o cara lá atrás não te escutou – assim que me certifiquei de que ninguém estava olhando, arrumei algumas mechas de cabelo na minha testa e continuei: – Olha, eu sei que preciso parar com isso, mas eu...

Eu parei de falar quando senti um calafrio subir por minha pele. Minha respiração ficou presa na garganta e eu virei lentamente para olhar em direção à porta. Era ele, com um visual desarrumado, vestindo camiseta preta, calça jeans, tênis e o cabelo bagunçado ainda mais sexy do que o normal. Virei novamente de frente para Julia, sentindo todo o sangue sumir do meu rosto.

– O que foi, Chloe? Parece que viu um fantasma – ela disse, esticando o braço para tocar minha mão.

Engoli em seco tentando encontrar minha voz, então olhei para ela.

– Você consegue ver aquele homem perto da porta? Alto e bonitão? – ela levantou a cabeça levemente para olhar e eu dei um chute em sua canela por debaixo da mesa. – Não seja tão óbvia! Esse é o meu chefe.

Os olhos dela se arregalaram e seu queixo caiu.

– O *quê*? – ela engasgou e balançou a cabeça enquanto o olhava de cima a baixo. – Você não estava brincando, Chloe. Realmente é um cretino irresistível. Eu não expulsaria esse cara da minha cama. Ou carro. Ou provador. Ou elevador, ou...

– Julia! Você não está ajudando!

– Quem é a loira? – ela perguntou, acenando para eles. Eu me virei e vi o sr. Ryan sendo conduzido para uma mesa acompanhado de uma loira alta e de pernas longas. Sua mão estava pousada nas costas dela. Uma pontada de ciúme atingiu meu peito.

– Mas que *babaca* – eu sussurrei. – Depois do que fez ontem? Ele deve estar de brincadeira – antes que Julia pudesse responder, seu celular tocou e ela abriu a bolsa. O "Oi, meu amor!" que ela soltou me disse que era seu noivo, e que a ligação iria demorar.

Olhei novamente para o sr. Ryan, que estava falando e rindo com a loira. Eu não conseguia tirar os olhos daquela cena. Ele parecia ainda mais atraente naquele clima casual: sorrindo, com os olhos dançando quando ria. *Cretino!* Como se pudesse ouvir meus pensamentos, ele levantou a cabeça e nossos olhos se encontraram. Apertei meu queixo e olhei para o outro lado, jogando o guardanapo na mesa. Eu tinha de sair dali.

– Eu já volto, Julia.

Ela assentiu e acenou distraída, sem parar sua conversa. Fiquei de pé e rapidamente passei pela mesa onde ele estava, evitando olhar em seu rosto. Eu tinha acabado de virar no corredor e encontrado a segurança do banheiro feminino quando senti uma mão forte agarrar meu braço.

– Espere.

Aquela voz enviou um choque elétrico através do meu corpo.

Certo, Chloe, você consegue fazer isso. Apenas se vire, olhe no rosto dele e mande ele ir se foder. Ele é um filho da puta que chamou você de "erro" na noite passada e que agora apareceu com uma loira biscate qualquer.

Endireitando meus ombros, eu me virei para encará-lo. *Merda.* Ele parecia ainda mais bonito de perto. Eu nunca o vi sem estar perfeitamente arrumado, mas ele obviamente não tinha se barbeado pela manhã e eu queria desesperadamente sentir o raspar de sua barba em meu rosto.

Ou nas minhas coxas.

– Que merda você quer? – eu disse com raiva, soltando meu braço de sua mão. Sem o benefício dos meus saltos, eu senti ele se agigantar sobre mim. Pude enxergar olheiras sob seus olhos. Ele parecia cansado. Ótimo. Se a noite dele foi tão ruim quanto a minha, então eu estava feliz.

Passando as mãos no cabelo, ele olhou ao redor, constrangido.

– Eu queria conversar com você. Para explicar a noite passada.

– O que tem para explicar? – perguntei, acenando com a cabeça para a mesa onde a loira esperava. Meu peito doeu novamente. – *Mudança de ares.* Eu entendi. Na verdade, estou contente em ver você aqui dessa maneira... ajuda a me lembrar por que essa coisa entre nós é uma péssima ideia. Eu não quero ficar indiretamente fodendo com todas as suas outras mulheres.

– Do que você está falando? – ele perguntou, me encarando de volta. – Está falando da Emily?

– Esse é o nome dela? Bom, que você e a Emily tenham um bom almoço, sr. Ryan – eu me virei para ir embora, mas ele agarrou meu braço novamente. – Me. Solte.

– Por que você se importa?

Nossa discussão começou a atrair atenção dos garçons que passavam. Após uma rápida olhada ao redor, ele me puxou para o banheiro feminino e trancou a porta.

Fantástico, outro banheiro.

Eu o afastei.

– O que você acha que está fazendo? E o que quer dizer perguntando se eu me importo? Você me *fodeu* na noite passada, perguntou como eu poderia sair com o Joel, e agora está aqui com outra mulher? Eu sempre me esqueço que você é um grande galinha. O *seu* comportamento é completamente esperado. É *comigo mesma* que estou brava – eu estava com tanta raiva que minhas unhas estavam praticamente cortando as palmas das minhas mãos.

– Você acha que estou aqui num *encontro romântico*? – ele respirou fundo, balançando a cabeça. – Isso é inacreditável. A Emily é uma amiga. Ela cuida de uma organização de caridade que a Ryan Media apoia. É só isso. Eu precisava me encontrar com ela na segunda-feira para assinar alguns papéis, mas ela teve uma mudança de última hora em seu voo e vai sair do país hoje à tarde. Eu não estive com mais ninguém desde o dia da jane... – ele parou para repensar as palavras. – Desde que nós... você sabe... – ele concluiu, fazendo um rápido gesto entre nós dois.

O quê?

Ficamos ali parados, encarando um ao outro enquanto eu tentava digerir suas palavras. Ele não tinha dormido com mais ninguém. Será que isso era possível? Eu sabia por experiência própria que ele era um galinha. Eu tinha testemunhado pessoalmente como ele expandia sua coleção de "troféus" em eventos do trabalho, sem mencionar as histórias que circulavam pelos corredores do escritório. E, mesmo que fosse verdade, nada disso mudava o fato de ele ser meu chefe, e essa coisa toda era errada demais.

– Todas aquelas mulheres se jogando aos seus pés e você não pegou nenhuma? Oh, estou emocionada – dei um passo até a porta.

– Não é tão difícil de acreditar – ele grunhiu, e eu pude sentir seus olhos queimando minhas costas.

– Quer saber? Não importa. Foi só um erro, não é mesmo?

– Olha, é sobre isso que eu queria falar.

Ele se aproximou e eu senti seu perfume me envolvendo – cheirava a mel e ervas. De repente, senti como se estivesse presa e não houvesse oxigênio suficiente naquele pequeno banheiro. Eu precisava sair, imediatamente. O que foi que a Julia tinha dito há alguns minutos? Que eu precisava manter distância? Bom conselho. Eu gostava da calcinha que estava usando e realmente não queria que ela acabasse em farrapos dentro do bolso dele.

Certo, isso foi uma mentira.

– Você vai encontrar o Joel de novo? – ele perguntou atrás de mim. Minha mão já estava na maçaneta. Tudo que precisava fazer era girar e estaria livre. Mas eu congelei e fiquei encarando a porta por uma eternidade.

– Isso importa?

– Achei que tinha deixado claro na noite passada – ele disse, e eu sentia sua respiração quente em meus cabelos.

– Pois é, muitas coisas foram ditas ontem à noite.

Seus dedos se moveram subindo pelo meu braço e deslizaram a alça da minha camiseta regata para o lado.

– Eu não quis dizer que tudo foi um erro – ele sussurrou contra minha pele. – Eu apenas entrei em pânico.

– Isso não significa que não seja verdade – meu corpo instintivamente se inclinou procurando o dele e minha cabeça pendeu ligeiramente, facilitando seu acesso. – Nós dois sabemos disso.

– Mesmo assim, eu não deveria ter falado aquilo – ele moveu meu rabo de cavalo para cima do ombro e seus lábios macios passearam pelas minhas costas. – Vire agora.

Duas palavras. Como era possível que duas simples palavras pudessem me fazer questionar tudo? Uma coisa era ele me apertar contra a parede e me agarrar, mas agora ele estava deixando toda a decisão para mim. Mordendo meu lábio com força, tentei me forçar a girar a maçaneta. Minha mão até tremeu, antes de cair para o lado, derrotada.

Virei-me e encontrei seus olhos.

Sua mão pousou em meu rosto, seu polegar acariciou meus lábios. Nossos olhares grudaram um no outro e, justo quando pensei que não aguentaria esperar mais um segundo, ele me puxou e me beijou.

Meu corpo desistiu de lutar e eu me entreguei por completo. Minha bolsa caiu no chão e minhas mãos mergulharam em seus cabelos, puxando-o para ainda mais perto. Ele me empurrou até a parede e passou as mãos por meu corpo, levantando-me ligeiramente. As mãos entraram dentro da minha calça de ginástica e ele apertou minha bunda.

– Merda. O que você está usando? – ele grunhiu em meu pescoço e suas palmas deslizavam para cima e para baixo no cetim rosa da calcinha. Levantando-me por inteira, ele envolveu sua cintura com minhas pernas e me apertou ainda mais contra a parede. Ele gemeu quando eu mordi sua orelha.

Puxando um lado da regata para baixo, ele tomou um dos meus mamilos em sua boca. Minha cabeça caiu para trás e atingiu a parede quando senti o raspar de sua barba mal feita em meu peito. Um som agudo me tirou daquele transe e ouvi ele xingar. Era meu celular. Colocando-me no chão, ele se afastou e seu rosto voltou a mostrar a irritação de sempre. Eu rapidamente arrumei minha roupa e peguei a bolsa, rangendo os dentes quando vi a foto na tela do celular.

– Julia – atendi, completamente sem fôlego.

– Chloe, por acaso você está no banheiro trepando com aquele pedaço de mau caminho?

– Eu volto em um segundo, tá? – desliguei e joguei o celular de volta na bolsa. Olhei em seu rosto, sentindo meu lado racional voltar ao lugar após um breve momento fora do ar. – É melhor eu ir.

– Olha, eu... – ele foi interrompido pelo meu celular novamente.

Eu atendi sem sequer me dar o trabalho de olhar para a tela.

– Deus, Julia! Eu não estou aqui trepando com o pedaço de mau caminho!

– Chloe? – ouvi a voz confusa do Joel do outro lado da linha.

– Ah... oi – *merda*. Aquilo não podia estar acontecendo comigo.

– Bom, estou aliviado por saber que você não está... trepando... com um pedaço de mau caminho? – Joel disse, rindo ligeiramente.

– Quem é? – grunhiu o sr. Ryan.

Pressionei minha mão em seus lábios e lhe lancei o olhar mais raivoso que eu conseguia.

– Olha, eu não posso falar muito agora.

– Pois é, desculpa te incomodar num domingo, mas eu não conseguia parar de pensar em você. E não quero trazer problemas para ninguém, mas quando você foi embora, eu chequei meus e-mails e havia uma confirmação da entrega das flores.

– É mesmo? – perguntei, fingindo interesse. Meus olhos estavam presos no sr. Ryan.

– Bom, parece que quem assinou o recebimento foi Bennett Ryan.

Nove

Diversas expressões passaram pelo rosto da srta. Mills: constrangimento, irritação e... curiosidade? Eu podia escutar vagamente uma voz masculina do outro lado da linha, e comecei a sentir o homem das cavernas dentro de mim acordar. Quem diabos estava ligando para ela?

De repente, os olhos dela se estreitaram, e uma pequena voz na minha cabeça me disse que eu deveria ficar nervoso.

– Bom, obrigada por me contar sobre isso. Sim. Sim, pode deixar. Certo. Sim, eu te ligo quando decidir. Obrigada por ligar, Joel.

Joel? *O maldito Cignoli?*

Ela desligou e guardou vagarosamente o celular na bolsa. Olhando para baixo, ela balançou a cabeça e soltou uma leve risada antes de um pequeno sorriso diabólico surgir no canto de sua boca.

– Você tem alguma coisa para me contar, sr. Ryan? – ela perguntou docemente, e, por alguma razão, isso me deixou ainda mais ansioso. Quebrei a cabeça, mas não consegui pensar em nada. *Do que ela estava falando?*

– Acabei de ter uma conversa muito estranha. Parece que o Joel recebeu um e-mail confirmando a entrega das minhas flores. Você nem imagina o que tinha nessa confirmação.

Ela deu um passo em minha direção, e eu instintivamente dei um passo para trás. Não estava gostando de onde isso estava indo.

– Acontece que alguém assinou a entrega.

Ah, merda.

– O nome no recibo era Bennett Ryan.

Meeerda. Por que diabos fui assinar com meu nome? Tentei pensar em algo para dizer, mas minha mente estava em branco. Obviamente, meu silêncio disse tudo que ela precisava saber.

– Seu filho da puta! Você assinou o recibo e depois mentiu para mim? – ela empurrou meu peito com força, e senti um instinto repentino de proteger minhas bolas. – Por que você fez isso? – minhas costas estavam agora encostadas na parede e eu procurava freneticamente uma saída.

– Eu... o quê? – gaguejei. Parecia que meu coração ia sair pela boca.

– É sério! Você está maluco?

Eu precisava de uma resposta e precisava rapidamente. Passando as mãos pelos cabelos pela centésima vez nos últimos cinco minutos, decidi que era melhor simplesmente dizer a verdade. Mas era difícil.

– Eu não sei, *tá*? – gritei de volta. – Eu só... *merda*!

Ela pegou o celular e começou a digitar uma mensagem para alguém.

– O que você está fazendo? – perguntei.

– Não que seja da sua conta, mas estou dizendo para a Julia continuar sem mim. Eu não vou sair daqui até que você me diga a verdade – ela me encarou e eu podia sentir sua raiva emanando em ondas. Brevemente considerei ir me explicar com a Emily, mas ela me viu seguindo a Chloe: com certeza já tinha percebido o que estava acontecendo. – Então?

Encontrei seu olhar e soltei um longo suspiro. Não havia absolutamente nenhum jeito para explicar aquilo sem parecer um maluco.

– Certo, sim, eu assinei o recibo.

Ela me encarou. Seu peito subia e descia rapidamente e os punhos estavam tão apertados que a pele estava ficando branca.

– *E?*

– E... joguei as flores fora – enquanto a olhava, percebi que eu merecia cada gota de raiva que ela sentia. Eu estava sendo injusto. Não ofereci nada a ela, mas estava me colocando no caminho de alguém que possivelmente poderia fazê-la feliz.

– Você é inacreditável – ela disse, através dos dentes cerrados. Eu sabia que ela estava se esforçando para não pular em cima de mim e me esganar. – Explique por que você faria uma coisa dessas.

Essa era a parte que eu não sabia responder.

– Porque... – cocei atrás da cabeça. Odiava estar naquela situação. – Porque eu não quero que você saia com o Joel.

– Mas que idiotice. Quem você pensa que é? Só porque transamos não significa que você pode tomar decisões sobre a minha vida. Nós não somos um casal, não estamos namorando. Inferno, nós nem gostamos um do outro! – ela gritou.

– Você acha que eu não sei disso? Sei que não faz sentido. Mas, quando vi aquelas flores... vamos lá, eram *rosas*, caramba!

Ela me encarou como se estivesse pronta para me internar em um sanatório.

– Por acaso você esqueceu de tomar seu remédio? O que tem a ver o fato de serem rosas?

– Você odeia rosas! – quando eu disse isso, seu rosto perdeu a expressão indignada. Continuei: – Eu só vi as flores e reagi. Não parei para pensar. Só de pensar nele tocando você... – apertei meus punhos e minha voz sumiu enquanto eu tentava me recompor. A cada segundo eu ficava com mais raiva: comigo mesmo, por ser fraco e deixar minhas emoções se descontrolarem *de novo*, e com ela, por ter essa inexplicável força sobre mim.

– Certo, olha – ela disse, respirando fundo –, não estou dizendo que concordo com o que você fez. Mas eu até entendo... de certa maneira.

Meus olhos disparam na direção de seu rosto.

– Eu estaria mentindo se dissesse que não tenho me sentido possessiva ultimamente – ela disse com relutância.

Eu não podia acreditar no que estava ouvindo. Ela estava realmente admitindo que também se sentia assim?

– Mas isso não muda o fato de que você mentiu para mim. Você mentiu na minha cara. Eu posso até achar que você é um cretino na maior parte do tempo, mas sempre considerei que seria honesto comigo.

Eu estremeci. Ela estava certa.

– Sinto muito – meu pedido de desculpas pairou no ar, e não sei qual de nós dois ficou mais surpreso.

– Prove – ela me olhou tão calmamente, não havia um pingo de emoção em seu rosto. O que queria dizer com aquilo? Mas então eu entendi. *Prove*. Nós não conseguíamos conversar com palavras, pois as palavras apenas levavam a mais problemas. Mas isso? Isso é o que nós éramos, e se ela me desse uma chance para consertar as coisas, eu com certeza faria.

Eu a odiei tanto naquele momento. Odiei saber que ela estava certa e que eu estava errado, e odiei ela estar me forçando a tomar uma decisão. Mas, acima de tudo, odiei o quanto eu a queria.

Diminuí a distância entre nós, pousando minha mão na parte de trás de seu pescoço. Eu a puxei para mais perto, olhando-a nos olhos enquanto nossas bocas se aproximavam. Havia um desafio implícito ali. Nenhum de nós iria recuar ou admitir que isso – seja lá o que *isso* fosse – estava fora de nosso controle.

Ou talvez tivéssemos acabado de admitir.

No momento em que nossos lábios se tocaram, uma eletricidade familiar percorreu meu corpo.

Minhas mãos mergulharam fundo em seus cabelos, forçando sua cabeça para trás para que ela recebesse tudo que eu tinha para dar. Isto seria para ela, mas eu com certeza iria tomar o controle. Pressionando meu corpo no seu, grunhi ao sentir a maneira como cada curva dela se encaixava em mim. Eu queria acabar com essa necessidade, ficar satisfeito e seguir em frente, mas cada vez que a sentia, ela parecia melhor do que eu lembrava.

Eu me ajoelhei, agarrei seus quadris e a puxei para mais perto, enquanto movia os lábios por sua calça. Levantei a camisa regata e beijei cada centímetro da pele nua, sentindo seus músculos flexionarem enquanto eu explorava. Olhei para seu rosto, agarrando com os dedos a cintura da calça. Seus olhos estavam fechados e ela mordia os lábios. Senti meu pau endurecer em antecipação ao que eu pretendia fazer.

Abaixei sua calça até as coxas, sentindo ela se arrepiar com o toque dos meus dedos. Suas mãos me agarraram pelos cabelos e puxaram forte, provocando um grunhido em minha garganta enquanto eu a olhava de volta. Percorri a borda do cetim delicado de sua calcinha até chegar na fina alça em seus quadris.

– Essa é quase bonita demais para rasgar – eu disse, agarrando cada alça com uma das mãos. – Quase – com um rápido puxão, o tecido se rasgou facilmente, permitindo que eu arrancasse a calcinha rosa e a guardasse no bolso.

Uma sensação de urgência tomou conta de mim e eu rapidamente libertei uma de suas pernas, colocando-a sobre meu ombro e beijando a pele macia no interior das coxas.

– Oh, merda – ela disse suspirando, passando as mãos em meus cabelos. – Oh, merda, por favor.

Quando eu primeiro raspei a ponta do nariz e depois lambi lentamente seu clitóris, ela puxou meus cabelos e moveu os quadris contra minha boca. Palavras ininteligíveis saíram de seus lábios em uma voz rouca. Observá-la se perder daquela maneira me fez entender que ela estava tão indefesa contra isso quanto eu. Ela estava com raiva de mim, tão brava que parte dela provavelmente queria enganchar a perna no meu pescoço e me estrangular, mas pelo menos estava me deixando lhe dar algo que era, de muitas maneiras, muito mais íntimo do que uma simples transa. Eu estava de joelhos, mas era ela quem estava vulnerável e desprotegida.

Estava também quente e molhada, e seu sabor era tão doce quanto sua beleza.

– Eu poderia te comer inteira – sussurrei, e me afastei apenas o suficiente para observar sua expressão. Beijando sua cintura, murmurei: – Isso seria muito melhor se eu pudesse deitar você em algum lugar. Uma mesa de sala de conferência, por exemplo.

Ela puxou meus cabelos novamente, apertando meu rosto contra sua pele enquanto sorria.

– Para mim está bom demais. Não se atreva a parar.

Eu quase admiti em voz alta que não conseguiria, e estava começando a abominar o pensamento de apenas tentar, mas logo eu me perdi em sua pele novamente. Eu queria memorizar cada palavrão e súplica que escapava de sua boca e queria saber que eu era a causa. Gemi contra suas coxas, fazendo-a gritar enquanto torcia o corpo para chegar ainda mais perto. Deslizei dois dedos dentro dela e puxei seus quadris com a outra mão, incentivando-a a se mover no mesmo ritmo. Ela começou a circular os quadris, devagar a princípio, pressionando contra minha boca, e depois mais rápido. Pude sentir sua tensão: as pernas, a barriga, as mãos.

– Tão perto... – ela arfou, os movimentos começando a falhar, quebrando o ritmo e tornando-se selvagens, e isso também me fez sentir descontrolado. Eu queria morder e chupar, enterrar os dedos fundo e consumi-la completamente. Fiquei preocupado por talvez estar sendo duro demais, mas sua respiração se transformou em suspiros curtos e depois em repetidas súplicas. Torci meu pulso, enterrando ainda mais fundo. Ela gritou novamente e suas pernas tremeram quando o clímax tomava conta de seu corpo.

Acariciando sua cintura, eu lentamente abaixei sua perna e fiquei prestando atenção em seu pé, só para o caso de ela decidir que queria me chutar. Corri um dedo sobre meus lábios e observei seus olhos retomando o foco.

Ela me afastou e rapidamente ajeitou as roupas, me olhando ajoelhado à sua frente. A realidade ressurgiu com o som das pessoas almoçando do outro lado da porta, misturado à nossa respiração pesada.

– Você não está perdoado – ela disse. Então pegou sua bolsa, destrancou a porta e saiu do banheiro sem dizer mais nenhuma palavra.

Levantei devagar e observei a porta se fechando atrás dela, tentando entender o que tinha acabado de acontecer. Eu deveria estar furioso. Mas senti o canto da minha boca se levantar num sorriso, e quase ri ante o absurdo da situação.

A maldita srta. Mills conseguira novamente. Ela estava me derrotando no meu próprio jogo.

—

Minha noite foi um inferno. Eu mal dormi ou comi, e sofri com uma ereção praticamente constante desde que saíra daquele restaurante. Em meu caminho para o trabalho, eu já sabia o que teria de aguentar. Ela faria tudo o que pudesse para me torturar e punir por ter mentido – mas acontece que... eu até queria que ela fizesse isso.

Fui surpreendido com sua mesa vazia quando cheguei. *Estranho*, pensei, ela quase nunca se atrasava. Entrei em minha sala e comecei a arrumar as coisas para o dia. Quinze minutos depois, eu estava distraído com um telefonema quando ouvi a porta da frente bater. Bom, com certeza ela não iria me desapontar: eu podia ouvir as gavetas sendo fechadas com raiva e sabia que o resto do dia seria interessante.

Às dez e quinze, fui interrompido pelo interfone.

– Sr. Ryan – sua voz calma preencheu minha sala e, apesar de sua óbvia irritação, soltei um sorriso ao apertar o botão para responder.

– Sim, srta. Mills? – respondi, ouvindo a presunção refletida no meu tom de voz.

– Precisamos estar na sala de conferência em quinze minutos. Você vai precisar sair ao meio-dia para sua reunião com o presidente da Kelly Industries. O Stuart estará esperando na garagem.

– Você não vai me acompanhar? – imaginei se ela estaria evitando ficar sozinha comigo. E não sabia como me sentiria se isso acontecesse.

– Não, senhor. Apenas pessoal da diretoria – ouvi o farfalhar de papéis enquanto ela continuava a falar. – Além disso, eu tenho de cuidar dos preparativos para San Diego.

– Vou sair num minuto – deixei meu dedo deslizar do botão, fiquei de pé e ajeitei a gravata e o terno.

Quando saí da minha sala, meus olhos imediatamente pousaram nela. Qualquer dúvida que eu ainda tivesse sobre ela querer me torturar desapareceu. Ela estava inclinada sobre a mesa usando um vestido de seda azul que exibia perfeitamente suas longas pernas. O cabelo estava preso para cima e, quando ela se virou em minha direção, vi que estava usando óculos. Como eu poderia falar coerentemente, com ela sentada ao meu lado?

– Você está pronto, sr. Ryan? – sem esperar por uma resposta, ela juntou suas coisas e começou a andar pelo corredor. Parecia haver um balanço extra em seus quadris. A safada estava mesmo querendo me provocar.

No elevador lotado, nossos corpos ficaram espremidos um no outro e eu precisei sufocar um murmúrio. Podia ser minha imaginação, mas pensei ter visto a insinuação de um sorriso quando ela "acidentalmente" se esfregou em meu pau semiereto. Duas vezes.

Nas duas horas seguintes, eu vivi um inferno pessoal. Sempre que eu a olhava, ela estava fazendo algo para me deixar louco: olhares insinuantes, mordidas nos lábios, cruzar e descruzar de pernas, mechas de cabelo enroladas nos dedos. Em certo momento, ela deixou cair a caneta e casualmente pousou a mão na minha coxa quando se abaixou para pegá-la debaixo da mesa.

Na reunião do almoço que se seguiu, fiquei ao mesmo tempo aliviado por escapar de seu tormento e desesperado para voltar. Assenti e falei nos momentos apropriados, mas eu estava muito longe dali. É claro que meu pai percebeu cada segundo do meu péssimo e quieto humor. Na viagem de volta para o escritório, ele começou a falar.

– Você e a Chloe vão ficar juntos em San Diego por três dias, *sem* as paredes do escritório, e não vai ter ninguém para interferir. Eu espero que você a trate com o máximo respeito. E, antes que você fique todo defensivo – ele acrescentou, levantando a mão como se sentisse minha resposta iminente –, eu já conversei com a Chloe sobre isso.

Meus olhos se arregalaram e dispararam na direção de seu rosto. Ele tinha conversado com a srta. Mills sobre a *minha* conduta profissional?!

– Sim, estou ciente de que a culpa não é só sua – ele disse, enquanto entrávamos no elevador vazio. – Ela me assegurou que revida sempre à altura. Por que acha que eu sugeri você como mentor dela no programa de estágio? Na minha mente, não havia nenhuma dúvida de que ela conseguiria lidar com você.

Henry estava de pé em silêncio ao meu lado, com um sorriso de satisfação escancarado em seu rosto. *Maldito.*

Franzi a testa ligeiramente quando percebi uma coisa: ela tinha me defendido. A srta. Mills poderia facilmente me fazer soar como um tirano, mas em vez disso ela aceitou um pouco da culpa.

– Pai, eu admito que minha relação com ela não é convencional – comecei a falar, rezando para ninguém entender o real significado daquela afirmação. – Mas, eu te asseguro, isso não interfere de maneira nenhuma em nossa habilidade de conduzir os negócios. Não há nada para se preocupar.

– Ótimo! – disse ele quando chegamos em meu andar.

Entramos no escritório e encontramos a srta. Mills ao telefone, falando num tom quase inaudível.

– Bom, preciso desligar, papai. Tenho de cuidar de umas coisas e eu te respondo assim que puder. Você precisa dormir um pouco, certo? – ela disse suavemente. Após uma breve pausa, ela riu, mas então passou mais um momento sem dizer nada. Eu e os dois homens ao meu lado não nos atrevemos a dizer qualquer coisa. – Eu também te amo, papai.

Meu estômago se embrulhou com aquelas palavras e com a maneira como a voz dela falhou ao pronunciar aquela frase. Quando se virou na cadeira, ela teve um sobressalto ao nos encontrar de pé à porta. Começou então a rapidamente juntar os papéis em sua mesa.

– Como foi a reunião?

– Foi tudo bem, como sempre – meu pai disse. – Você e a Sara realmente fazem um ótimo trabalho cuidando de tudo. Não sei o que meus filhos fariam sem vocês duas.

A sobrancelha dela se ergueu levemente e eu pude ver o quanto se controlou para não mostrar a satisfação que sentia em ouvir aquilo. Mas então seu rosto se transformou em uma expressão enigmática, e percebi que o tempo todo eu estava sorrindo maliciosamente para ela, esperando ver um pouco de sua ousadia costumeira. Vesti a melhor carranca que eu tinha e entrei na minha sala. Foi só quando fechei a porta que percebi que, desde que voltamos e a ouvimos no telefone, eu não tinha visto ela sorrir nenhuma vez.

Dez

Minha mente estava em outro lugar. Eu tinha algumas coisas para mostrar ao sr. Ryan antes de ir embora para casa, precisava pegar alguns documentos para serem assinados, mas sentia como se estivesse andando em areia movediça: a conversa com meu pai ecoava incessantemente em meus pensamentos. Quando entrei na sala do sr. Ryan, observei os papéis nos meus braços, pensando em todas as coisas que eu ainda precisava organizar: passagens de avião, alguém para pegar minha correspondência, talvez até uma secretária temporária para o tempo que eu ficasse fora. E quanto tempo seria mesmo?

Percebi que o sr. Ryan estava dizendo alguma coisa – bem alto – na minha direção. O que seria? Ele entrou em foco na minha frente e ouvi o final de sua ladainha:

– ... mal está prestando atenção. Meu Deus, srta. Mills, eu preciso anotar isso para você?

– Podemos pular essa parte hoje? – eu pedi, cansada de tudo.

– O... o quê?

– Esse showzinho de chefe cretino.

Seus olhos se arregalaram e as sobrancelhas se juntaram.

– *Como é?*

– Eu entendo que você gosta de ser um grande cretino comigo, e admito que às vezes até acho isso sexy, mas estou tendo um dia horrível e gostaria muito se você simplesmente não falasse. Comigo – eu estava à beira das lágrimas, meu peito apertado dolorosamente. – Por favor.

Ele parecia surpreso, piscando rapidamente enquanto me encarava. Finalmente, balbuciou:

– O que foi que aconteceu?

Engoli em seco, arrependida do meu desabafo. As coisas eram sempre melhores com ele quando eu me controlava.

– Eu passei dos limite porque você gritou comigo. Desculpe.

Ele se levantou e começou a andar em minha direção, mas, no último instante, parou, sentou no canto da mesa e começou a mexer em um peso de papel.

– Não, quer dizer, por que seu dia está sendo tão ruim? O que está acontecendo? – nunca ouvi sua voz tão suave fora de uma transa. Mas desta vez ele estava falando em voz baixa não para manter um segredo, mas porque parecia genuinamente preocupado.

Eu não queria conversar com ele sobre aquilo porque parte de mim achava que ele iria tirar sarro. Mas uma parte ainda maior estava começando a suspeitar que isso não aconteceria.

– Meu pai precisou fazer uns exames. Ele está tendo dificuldades para comer.

O rosto do sr. Ryan se desfez.

– Comer? Ele tem uma úlcera?

Expliquei o que sabia: que aquilo tinha começado de repente e que um exame anterior mostrou um pequeno tumor em seu esôfago.

– Você pode ir para casa?

Encarei seu rosto.

– Não sei. Posso?

Ele estremeceu e piscou.

– Você acha que eu sou um babaca tão grande assim?

– Às vezes – eu imediatamente me arrependi de dizer isso, porque não, ele nunca fizera nada que me levasse a pensar que não me deixaria ir para casa com meu pai doente.

Ele assentiu e engoliu em seco enquanto encarava a janela.

– Você pode tomar todo o tempo que precisar, é claro.

– Obrigada.

Fiquei olhando para o chão, esperando que ele continuasse com a lista de tarefas do dia. Mas, em vez disso, o silêncio preencheu a sala. Pude ver pelo canto do olho que ele se virou e agora estava olhando para mim.

– Você está bem? – ele disse, com a voz tão baixa que eu não tinha certeza se ouvira direito.

Considerei mentir e terminar essa conversa constrangedora. Mas não fiz isso.

– Não, na verdade não estou.

Ele ergueu a mão e passou nos cabelos.

– Feche a porta – ele disse.

Assenti, estranhamente desapontada por ele pedir para eu sair da sala.

– Depois eu trago as anotações nos documentos para...

– Eu quis dizer para fechar a porta, mas ficar aqui.

Oh.

Oh.

Eu me virei e andei pelo chão acarpetado em pleno silêncio. A porta da sala fechou com um som alto.

– Tranque.

Girei a tranca e senti ele se aproximar até que sua respiração quente chegou ao meu pescoço.

– Deixe eu tocar você. Deixe eu fazer alguma coisa.

Ele entendia. Ele sabia o que poderia me dar – distração, alívio, prazer diante de um pânico crescente. Não respondi, pois não era preciso. Afinal, eu tinha fechado e trancado a porta.

Mas então senti seus lábios macios percorrendo meu ombro e subindo pelo pescoço.

– Seu cheiro é... incrível – ele disse, desamarrando o fecho do meu vestido atrás do pescoço. – Seu cheiro sempre fica em mim depois.

Ele não disse se aquilo era uma coisa boa ou não, mas percebi que não importava. Gostei de saber que ele sentia meu cheiro mesmo depois que eu ia embora.

Com suas mãos deslizando até minha cintura, ele me virou e se inclinou para me beijar, em um único e suave movimento. Isso era diferente. Sua boca estava macia, quase suplicante. Não havia nenhuma hesitação – nunca havia hesitação nenhuma em nada do que ele fazia – mas aquele beijo quase parecia mais amoroso e menos como uma batalha sendo perdida.

Ele puxou meu vestido pelos ombros, deixando-o cair aos meus pés enquanto deu um passo para trás, dando apenas espaço suficiente para o ar frio do escritório apagar seu calor da minha pele.

– Você é linda.

Antes que eu pudesse processar a suavidade daquelas novas palavras, ele soltou um sorriso provocante, se inclinou para me beijar, agarrou minha calcinha e rasgou.

Isso nós conhecíamos.

Estiquei o braço para abrir sua calça, mas ele se afastou e balançou a cabeça. Então moveu sua mão entre minhas pernas, encontrando a pele molhada e macia. Senti em meu rosto sua respiração acelerar enquanto seus dedos conseguiam ser ao mesmo tempo delicados e rudes. Suas palavras soavam profundas, safadas, dizendo que eu era linda, que eu era uma devassa. Dizendo que eu o provocava e que ele gostava disso.

Disse o quanto gostava da minha voz quando eu gozava.

E mesmo quando gozei, ofegante e agarrando seus ombros através do terno, tudo que eu conseguia pensar era que também queria tocá-lo. Queria ouvi-lo se perder igual a mim. E isso me aterrorizava.

Ele retirou os dedos, deslizando sobre meu clitóris sensível e provocando um estremecimento involuntário.

– Desculpe, desculpe – ele sussurrou, beijando meu rosto, meu queixo, minha...

– Pare – eu disse, afastando minha boca da sua. A súbita intimidade que ele ofereceu, além de tudo mais que acontecera naquele dia, era coisa demais para eu aguentar.

Ele pousou sua testa contra a minha por alguns segundos antes de assentir uma vez. De repente, fiquei chocada. Sempre pensara que ele tinha todo o poder e eu não tinha nada, mas, naquele momento, percebi que poderia ter tanto poder sobre ele quanto eu quisesse. Eu só tinha de ter coragem para isso.

– Vou sair da cidade neste fim de semana. Não sei quando volto.

– Bom, então volte ao trabalho enquanto ainda está aqui, srta. Mills.

Onze

Quando a manhã de quinta-feira chegou, eu sabia que nós precisávamos ter algum tipo de conversa. Eu não ficaria no escritório na sexta, então aquele seria o último dia em que nos veríamos antes que ela deixasse a cidade. Ela estivera com seu supervisor do MBA a manhã inteira, e eu me sentia cada vez mais ansioso sobre... tudo. Eu tinha certeza que a interação na minha sala no dia anterior revelara que ela estava lentamente tomando mais e mais de mim. Eu queria estar com ela quase o tempo todo, e não apenas para o sexo. Eu apenas queria estar *perto* dela, e minha necessidade de autopreservação estava me matando.

O que foi que ela disse daquela vez? *Eu não quero querer isso. Isso não é bom para mim.* Foi apenas quando a Mina nos descobriu que eu realmente entendi o que a Chloe quis dizer. Eu odiava meu desejo por ela porque era a primeira vez em minha vida que eu era incapaz de tirar algo da cabeça para poder focar no trabalho. Mas ninguém – nem mesmo minha família – iria me condenar por ser atraído pela Chloe. Ela, por outro lado, ficaria para sempre marcada como a mulher que transou para chegar ao topo. Para alguém tão brilhante e determinada, essa associação seria um constante – e doloroso – espinho.

Ela estava certa em querer manter distância. A atração que sentíamos quando estávamos juntos era totalmente doentia. Nada de bom poderia sair disso. Eu decidi mais uma vez usar esse tempo longe dela para recompor meu foco. Quando entrei no escritório após o almoço, fiquei surpreso ao encontrá-la em sua mesa, trabalhando no computador.

– Eu não sabia que você estaria aqui na parte da tarde – eu disse, tentando manter qualquer emoção longe da minha voz.

– Pois é, tive de fazer alguns ajustes de última hora para San Diego, e ainda preciso conversar com você sobre minha ausência – ela disse, sem tirar os olhos da tela.

– Você prefere fazer isso na minha sala?

– Não – ela respondeu instantaneamente. – Acho que podemos fazer isso aqui mesmo – com uma rápida olhadela em minha direção, ela acenou para a cadeira à sua frente. – Você prefere sentar, sr. Ryan?

Ah, a vantagem de jogar em casa. Sentei na cadeira que ela me ofereceu.

– Já que você ficará fora amanhã, não há razão para eu estar aqui. Sei que não gosta de ter uma assistente, mas arranjei uma temporária para as próximas duas semanas, e já entreguei para a Sara uma lista detalhada da sua agenda e das coisas que você precisa. Tenho certeza que não haverá problemas, mas, só por precaução, ela prometeu ficar de olho em você.

Ela ergueu uma sobrancelha e eu revirei os olhos.

– Se precisar de alguma coisa, você tem meus telefones, inclusive o número da casa do meu pai em Bismarck – ela começou então a descrever uma lista que estava à sua frente, e percebi o quanto a srta. Mills era calma e eficiente. Não que eu já não estivesse ciente dessas coisas, mas, de algum jeito, agora isso estava ainda mais aparente. Nossos olhos se encontraram e ela prosseguiu: – Vou chegar na Califórnia para a convenção algumas horas antes de você, então planejo te pegar no aeroporto.

Continuamos a olhar um para o outro por alguns instantes, e tenho quase certeza que pensávamos o mesmo: San Diego seria um teste colossal.

O clima na sala começou a mudar lentamente, o silêncio dizendo mais do que qualquer palavra. Apertei o queixo quando percebi que sua respiração estava acelerando. Tive de usar cada gota da minha força de vontade para não dar a volta na mesa e beijá-la.

– Faça uma boa viagem, srta. Mills – eu disse, aliviado por minha voz não mostrar o drama que se passava dentro de mim. Fiquei de pé e esperei por um momento, acrescentando: – Então, te vejo em San Diego.

– Sim.

Assenti e entrei na minha sala, fechando a porta atrás de mim. Eu não a vi pelo resto do dia, e nossa breve despedida pareceu completamente errada.

—

Passei o fim de semana inteiro pensando em como seria ficar sem ela por duas semanas. Por um lado, seria bom trabalhar sem essa distração. Por outro lado, imaginei se seria estranho não tê-la ao meu lado. Ela vinha sendo uma constante em minha vida por quase um ano e, apesar de nossas diferenças, sua presença se tornara reconfortante.

Sara entrou na minha sala às nove em ponto na manhã de segunda-feira, mostrando um largo sorriso ao se aproximar. Atrás dela estava uma atraente morena de vinte e poucos anos chamada Kelsey, minha nova assistente temporária. Ela me olhou com um sorriso um pouco tímido, e Sara a acalmou pousando a mão em seu ombro.

Decidi usar isso como uma oportunidade para provar a todos que minha reputação era simplesmente resultado de trabalhar com alguém tão obstinada quanto a srta. Mills.

– Prazer em conhecê-la, Kelsey – eu disse, sorrindo abertamente e oferecendo minha mão para um cumprimento. Ela me olhou de um jeito estranho, com uma expressão meio vidrada.

– Igualmente, senhor – ela disse olhando para Sara, que, por sua vez, olhou confusa para minha mão e depois para meu rosto.

Sara então falou para Kelsey:

– Certo. Bom, nós já revisamos tudo que a Chloe deixou. A sua mesa fica aqui – e a conduziu até a cadeira da srta. Mills.

Fui tomado por uma estranha sensação ao ver outra pessoa sentada ali. Senti meu sorriso se desfazer e me virei para Sara.

– Se ela precisar de alguma coisa ela pode falar com você. Eu estarei na minha sala.

Kelsey pediu demissão antes do almoço. Aparentemente, eu fui um pouco "grosso demais" quando ela conseguiu começar um pequeno incêndio no micro-ondas na cozinha do escritório. Na última vez que a vi, ela corria aos prantos para fora da sala, falando algo sobre um ambiente de trabalho hostil.

Por volta das duas da tarde, trouxeram um novo assistente, um jovem chamado Isaac. Ele parecia muito inteligente, e fiquei animado de trabalhar com alguém que não fosse uma garota hipersensível. Tive de sorrir ao pensar nessa súbita mudança na situação. Infelizmente, era cedo demais para comemorar.

Todas as vezes que passei ao lado de Isaac ele estava perdendo tempo na internet, olhando fotos de gatos ou assistindo videoclipes. Ele minimizava rapidamente as janelas, mas, infelizmente para o Isaac, eu não era um completo idiota. Eu diplomaticamente disse para ele não se importar em voltar no dia seguinte.

A terceira pessoa não melhorou em nada. Seu nome era Jill. Ela falava demais, suas roupas eram muito justas, e a maneira como ela mordia a ponta da caneta a fazia parecer um animal tentando se libertar de uma armadilha. Não se parecia nem um pouco com a maneira como a srta. Mills prendia a caneta entre os dentes quando estava pensativa. Aquilo era sutilmente sexy, mas isto era mais que obsceno. Era inaceitável. Na terça-feira à tarde, ela já não estava mais lá.

A semana continuou nessa mesma levada. Recebi cinco assistentes diferentes. Mais de uma vez ouvi meu irmão rindo do outro lado do corredor. *Maldito.* Ele nem trabalhava no meu andar! Comecei a sentir que as pessoas estavam gostando demais do meu sofrimento, ou até mesmo achando que eu estava colhendo o que tinha plantado.

Eu não tinha dúvida de que a Sara já informara a srta. Mills do meu pesadelo com as temporárias. Mesmo assim, durante a primeira semana, recebi dela várias mensagens de texto, querendo saber como as coisas estavam indo. Comecei a gostar daquilo, e até checava periodicamente o celular para ter certeza de que não tinha perdido nenhuma. Odeio admitir, mas, nesse ponto, eu venderia até meu carro para tê-la de volta ali, com sua disposição incansável.

Além de desesperadamente sentir falta de seu corpo, eu também sentia falta da guerra entre nós. Ela sabia que eu era um cretino, mas aguentava firme. Não faço ideia do porquê, mas aguentava.

Senti meu respeito por seu profissionalismo crescer durante nossa primeira semana separados.

Quando a segunda semana passou sem nenhuma mensagem dela, fiquei imaginando o que a srta. Mills estaria fazendo, e com quem estava fazendo. Imaginei se ela voltara a falar com o Joel pelo telefone. Eu tinha quase certeza que eles não tinham se encontrado novamente, e eu e ela tínhamos chegado a um precário cessar-fogo em relação ao incidente das flores. Mesmo assim, fiquei imaginando se ele teria ligado de novo e se tentaria alguma coisa com ela quando voltasse para casa.

Casa. Será que ela estava em casa agora, com seu pai? Ou considerava que Chicago era sua casa? Pela primeira vez, pensei que, se o pai dela estava realmente doente, ela poderia decidir se mudar para Dakota do Norte para ficar perto dele.

Merda.

Estava arrumando as malas no domingo à noite quando ouvi meu celular tocar, avisando que chegara uma nova mensagem. Senti uma pequena excitação ao ver o nome dela na tela.

Vou te encontrar amanhã às 11h30. Terminal B, perto do portão de desembarque. Envie uma mensagem de texto quando você pousar.

Parei por um momento para digerir o fato de que estaríamos juntos no dia seguinte.

Pode deixar. Obrigado.

De nada. Como foi a sua semana?

Fiquei um pouco surpreso por ela perguntar sobre a minha semana. Estávamos pisando em território inexplorado. No trabalho, nós trocávamos e-mails e mensagens frequentemente, mas, geralmente, eram restritos a perguntas do tipo que se responde com sim ou não. Nunca era sobre nada pessoal. Seria possível que a semana dela tivesse sido igualmente frustrante?

Tudo ótimo. E você? Como está seu pai?

Eu ri quando enviei a mensagem, essa situação estava cada vez mais estranha. Menos de um minuto depois, recebi a resposta.

Ele está bem. Eu estava com saudade dele, mas estou ansiosa para voltar para casa.

Casa. Notei aquela palavra e engoli em seco, sentindo um aperto repentino no peito.

Vejo você amanhã.

Acertei o alarme no meu celular, coloquei-o no criado-mudo e sentei na cama, ao lado da minha mala. Eu veria a srta. Mills em menos de doze horas.

E não sabia exatamente como estava me sentindo em relação a isso.

Doze

Como eu previra, o voo para San Diego me deu tempo para pensar. Eu me sentia amada e descansada após visitar meu pai. Depois que o gastroenterologista nos aliviou ao constatar que o tumor era benigno, nós passamos um tempo juntos conversando, lembrando da minha mãe, até mesmo planejando uma visita dele a Chicago.

Quando ele me deu um beijo de despedida, eu me senti tão preparada quanto possível, considerando a situação. Estava muito nervosa por reencontrar o sr. Ryan, mas tentei me encorajar o máximo que podia. Fiz compras on-line e agora tinha uma mala cheia de novas calcinhas do poder. Pensei muito sobre minhas opções, e estava certa de que tinha um bom plano.

O primeiro passo seria admitir que o problema era mais do que apenas a tentação causada pela proximidade. Estar a mais de mil quilômetros de distância não tinha ajudado em nada para acalmar minha necessidade. Eu sonhava com ele quase todas as noites, acordando a cada manhã frustrada e solitária. Passei tempo demais pensando sobre o que ele estava fazendo, imaginando se estava tão confuso quanto eu e tentando arrancar de Sara cada pedaço de informação que eu podia sobre como as coisas estavam indo na minha ausência.

Sara e eu tivemos uma conversa interessante quando ela me ligou para contar sobre a situação dos novos assistentes. Ri histericamente ao ouvir sobre a saga dos temporários. É claro que o sr. Ryan teria dificuldades em manter alguém por perto. Ele era um cretino.

Eu estava acostumada com suas mudanças de humor e sua atitude difícil. Profissionalmente, nossa relação funcionava perfeitamente. O lado pessoal é que era um pesadelo. Quase todos sabiam disso, eles apenas não sabiam a extensão do problema.

Pensei muito sobre o último dia que passamos juntos. Algo em nossa relação estava mudando, e eu não sabia exatamente como me sentia em relação a isso. Não importava quantas vezes disséssemos que não iria acontecer novamente, eu sabia que aconteceria. E me deixava aterrorizada que esse homem, todo errado para mim, tivesse mais controle sobre meu corpo do que eu mesma, não importava o quanto eu tentasse me convencer do contrário.

Eu não queria ser o tipo de mulher que sacrifica suas ambições por causa de um homem.

De pé na frente do portão de desembarque do aeroporto, dei um último discurso motivacional para mim mesma. Eu conseguiria fazer isso. Oh, Deus, esperava que conseguisse. Meu estômago estava mais do que embrulhado e fiquei preocupada pensando que poderia até vomitar.

Seu voo atrasou em Chicago e já passava das seis e meia quando ele finalmente aterrissou em San Diego. Enquanto o tempo do meu voo fora bom para eu pensar, as sete horas extras esperando por ele apenas reacenderam meus nervos.

Fiquei na ponta dos pés tentando ver melhor a multidão que desembarcava, mas eu não o encontrei. Olhei para meu celular e li novamente a mensagem que ele enviara.

Acabei de pousar. Te vejo daqui alguns minutos.

Não havia nada de sentimental na mensagem, mas meu estômago se revirou mesmo assim. Nossas mensagens na noite anterior foram iguais. Não dissemos nada de especial: eu simplesmente perguntei como ele passou o resto da semana. Isso não seria considerado incomum em qualquer outra relação, mas era totalmente novo para nós. Talvez houvesse uma chance de superarmos a animosidade e nos tornarmos... o quê? *Amigos?*

Com meu estômago dando vários nós, andei de um lado para outro, tentando fazer minha mente se acalmar e meu coração desacelerar. Sem pensar, parei de repente e me virei em direção à multidão, procurando-o no oceano de rostos desconhecidos. Minha respiração ficou suspensa quando vi um corte de cabelo familiar acima dos outros.

Controle-se Chloe. Deus!

Tentei mais uma vez controlar meu corpo e depois voltei a olhar. *Merda. Eu estou ferrada.* Lá estava ele, parecendo ainda mais lindo. Como alguém consegue ficar mais bonito em nove dias, e saindo de um avião, ainda por cima?

Ele era mais alto do que todos ao seu redor, uma altura que se destaca em uma multidão, e eu agradeci ao universo por isso. Seu cabelo escuro estava um pesadelo como sempre, com certeza ele tinha passado as mãos nele centenas de vezes na última hora. Vestia uma calça preta, um blazer cinza e uma camisa branca desabotoada no pescoço. Ele parecia cansado e a barba já estava começando a aparecer, mas não foi isso que fez meu coração disparar. Ele estava olhando para o chão e, no momento em que nossos olhos se encontraram, seu rosto se acendeu com o sorriso mais genuíno que eu já vira. Antes que eu pudesse impedir, senti meu próprio sorriso explodir, largo e bobo.

Ele parou na minha frente, com uma expressão um pouco mais tensa do que antes, enquanto nós dois esperávamos o outro dizer alguma coisa.

– Oi – eu disse sem jeito, tentando aliviar um pouco da tensão. Cada parte de mim queria arrastá-lo para o banheiro das mulheres, mas eu duvidava que essa seria uma maneira apropriada de receber seu chefe. Não que isso tivesse importado antes.

– Hum, oi – ele respondeu, com as sobrancelhas levemente franzidas.

Vamos lá, acorda, Chloe! Começamos a andar até a esteira de bagagens, e senti um arrepio se espalhar em mim só por estar ao lado dele.

– Como foi o seu voo? – perguntei, sabendo que ele odiava voar em linhas comerciais, mesmo que fosse de primeira classe. Isso era tão ridículo. Eu queria que ele simplesmente dissesse alguma coisa estúpida, para eu poder voltar a gritar com ele.

Ele pensou um pouco antes de responder.

– Foi tudo bem, depois que decolamos. Eu não gosto de como os aviões ficam cheios demais – nós paramos e esperamos, cercados de pessoas agitadas, mas a única coisa que eu notava era a tensão aumentando entre nós e cada centímetro de espaço entre nossos corpos. – E como está a saúde do seu pai? – ele perguntou, após um momento.

Eu assenti.

– É benigno. Obrigada por perguntar.

– Imagina.

Minutos se passaram em um silêncio desconfortável e fiquei mais que aliviada quando vi sua bagagem aparecer na esteira. Nós tentamos pegá-la ao mesmo tempo e nossas mãos se tocaram brevemente. Afastando-me, olhei para cima e vi que ele estava me olhando.

Meu estômago se tornou um buraco negro quando vi aquele olhar faminto em seus olhos. Murmuramos desculpas e eu desviei o olhar, mas não antes de notar um sorriso no canto de sua boca. Felizmente, era hora de retirar o carro alugado, e nos dirigimos para o estacionamento.

Ele pareceu satisfeito quando nos aproximamos do carro, um luxuoso Mercedes-Benz SLS AMG. Ele adorava dirigir – bom, adorava correr com o carro –, e eu sempre fazia questão de alugar algo divertido quando ele precisava.

– Muito bem, srta. Mills – ele disse, passando a mão pelo capô. – Depois me lembre de pensar em te dar um aumento.

Senti o desejo familiar de socá-lo se espalhar pelo meu corpo e isso me acalmou. Tudo ficava muito mais claro quando ele se comportava como um babaca.

Pressionando o botão para abrir o porta-malas, eu lhe lancei um olhar de reprovação e me afastei um pouco para que ele guardasse suas coisas. Ele tirou o casaco e me entregou. Eu o joguei no porta-malas.

– Cuidado – ele advertiu.

– Eu não sou o carregador de malas do aeroporto. Guarde o seu maldito casaco você mesmo.

Ele riu e se abaixou para pegar a mala.

– Deus, eu só queria que você segurasse um pouco.

– Ah – com meu rosto ficando vermelho, eu peguei o casaco e o alisei no meu braço. – Desculpe.

– Por que você sempre acha que eu estou sendo um idiota?

– Porque você geralmente é.

Com outra risada, ele ergueu a mala.

– Você deve ter sentido muito a minha falta.

Comecei a responder, mas acabei distraída observando os músculos de suas costas esticarem a camisa quando ele pousou sua mala ao lado da minha. De perto, vi que a camisa tinha um sutil acabamento cinza e que fora feita sob medida para seus largos ombros e cintura justa, de forma que não ficava sobrando tecido em nenhum lugar. As calças eram cinza escuro e estavam perfeitamente passadas. Eu tinha certeza de que ele nunca cuidava das próprias roupas – e quem poderia culpá-lo, quando aquelas roupas sob medida o deixavam tão sexy?

Pare. Pare!

Ele fechou o porta-malas com força, arrancando-me daquele transe, e eu coloquei as chaves em sua mão estendida. Ele andou até o lado do passageiro, abriu a porta para mim e esperou eu sentar antes de fechá-la. *Claro, você é realmente um grande cavalheiro*, pensei.

Viajamos em silêncio, o único som vindo do motor e do GPS que dava as direções para chegar ao hotel. Eu me ocupei revendo nossa agenda e tentando ignorar o homem ao meu lado.

Eu queria olhar para ele, queria estudar seu rosto. Queria esticar o braço e tocar a barba crescente em seu queixo, queria dizer para ele parar e me tocar.

Todos esses pensamentos corriam em minha mente, tornando impossível me concentrar nos papéis no meu colo. O tempo que passamos afastados não fora suficiente para diminuir o controle que ele tinha sobre mim. Na verdade, estava ainda mais forte. Eu queria perguntar como ele tinha passado as últimas duas semanas. Eu realmente queria saber como ele estava.

Com um suspiro, fechei a pasta no meu colo e me virei para olhar pela janela.

Provavelmente passávamos ao lado do mar, de navios da marinha e de pessoas nas ruas, mas eu não enxergava nada. A única coisa em minha mente era o que estava dentro do carro. Eu sentia cada movimento, cada respiração sua. Seus dedos tamborilavam no volante. O couro chiava quando ele se ajeitava no banco. Seu perfume preenchia o espaço fechado e tornava impossível lembrar por que eu deveria resistir. Ele me cercava completamente.

Eu precisava ser forte e dona do meu próprio caminho, precisava provar que eu controlava a minha vida, mas cada parte de mim desejava estar com ele. Eu teria de me recompor no hotel antes da conferência, mas, com ele tão perto, todas as melhores intenções escapavam do meu alcance.

– Você está bem, srta. Mills? – tive um sobressalto ao ouvir sua voz e me virei para encontrar seus olhos castanhos. Meu estômago se revirou de novo com a intensidade por trás de seu olhar. Como pudera me esquecer daqueles cílios tão longos? – Chegamos – ele apontou para o hotel, e me surpreendi ao perceber que já estávamos lá. – Está tudo bem?

– Sim – respondi rapidamente. – Tive um dia muito longo, é só isso.

– Hum... – ele murmurou, ainda olhando para mim. Seus olhos pousaram em minha boca, e, *Deus*, eu queria beijá-lo. Eu sentia falta do comando de sua boca na minha, me beijando como se não houvesse nada no mundo que ele quisesse mais. E às vezes eu suspeitava que isso até fosse verdade.

Como se estivesse sendo atraída por ele, eu me inclinei para frente. Eletricidade parecia pairar no ar entre nós, e seu olhar voltou a focar meus olhos. Ele se aproximou de mim e pude sentir sua respiração quente contra minha boca.

De repente, minha porta se abriu e dei um pulo no banco, chocada ao ver a mão do funcionário do hotel estendida para mim. Saí do carro, respirando o ar que não estava permeado pelo cheiro intoxicante daquele perfume. O funcionário pegou as malas e o sr. Ryan pediu licença para atender um telefonema enquanto eu fazia o check-in.

O hotel estava lotado com outros conferencistas e eu vi vários rostos familiares. Eu tinha combinado de encontrar um grupo de outros estudantes do meu MBA. Acenei para uma mulher que reconheci. Seria muito bom sair com alguns amigos, já que estávamos ali. A última coisa que eu precisava era ficar sozinha em um hotel, fantasiando sobre o homem no quarto ao lado.

Após receber as chaves e pedir ao carregador que levasse nossas malas para os quartos, eu me dirigi para o saguão, procurando pelo sr. Ryan. A recepção estava cheia e, quando olhei ao redor, vi que ele estava de pé ao lado de uma morena alta. Eles estavam bem próximos, e sua cabeça estava ligeiramente abaixada enquanto ele a ouvia atentamente.

Eu não conseguia ver o rosto dela e apertei os olhos quando a vi levantar a mão e apertar o braço dele. Ela riu com alguma coisa que ele disse e ele se afastou ligeiramente, o que me permitiu vê-la melhor.

Ela era linda, com cabelos escuros e longos até os ombros. Enquanto eu observava, ela colocou algo na mão dele e a fechou. Um olhar estranho surgiu em seu rosto quando ele abaixou a cabeça para examinar o objeto em sua mão.

Isso tem de ser brincadeira. Ela... ela acabou de dar a chave do quarto dela?

Observei por mais um momento, e algo dentro de mim estalou enquanto ele encarava a chave, como se estivesse considerando guardá-la. Imaginá-lo olhando para outra pessoa com a mesma intensidade, querendo outra pessoa, fazia meu estômago se torcer de raiva. Antes que pudesse impedir a mim mesma, comecei a andar pelo saguão até chegar ao lado deles.

Coloquei a mão em seu braço e ele piscou quando me viu, mostrando uma expressão de surpresa no rosto.

– Bennett, você está pronto para subir? – perguntei discretamente.

Seus olhos arregalaram e sua boca se abriu em choque. Nunca o vi tão completamente sem palavras.

E então percebi: eu nunca o tinha chamado pelo primeiro nome.

– Bennett? – perguntei mais uma vez, e algo mudou em sua expressão. Lentamente, o canto de sua boca se ergueu num sorriso e nossos olhos se encontraram por um momento.

Virando de volta para ela, ele sorriu com educação.

– Desculpe – ele disse, com uma voz tão macia que provocou um tremor em mim, discretamente devolvendo a chave. – Como pode ver, eu não estou sozinho.

O sentimento de vitória em meu peito superou completamente o horror que eu deveria sentir no momento. Ele colocou a mão nas minhas costas enquanto nos conduzia para fora do saguão. Mas, quanto mais perto chegávamos dos elevadores, mais meu entusiasmo era substituído por outra coisa. Comecei a entrar em pânico ao perceber a forma irracional como eu agira.

A lembrança de nosso constante jogo de gato e rato me exauriu. Quantas vezes por ano ele viajava? E quantas vezes ele recebia uma chave em sua mão? Eu estaria lá para tirá-lo da situação sempre que acontecesse? E, se não estivesse, será que ele subiria alegremente com outra mulher para seu quarto?

E, realmente, quem diabos eu achava que era para ele? Eu não deveria me importar!

Meu coração acelerava e eu podia ouvir o sangue bombeando em meus ouvidos. Três outros casais entraram no elevador conosco, e eu rezei para conseguir chegar até meu quarto sem explodir. Não podia acreditar no que tinha acabado de fazer. Olhei em seu rosto e vi um sorrisinho triunfante.

Respirei fundo e tentei lembrar a mim mesma que era exatamente disso que eu precisava me afastar. O que eu fiz no saguão não era nem um pouco o que eu era, e não foi nada profissional de nossa parte agir daquele jeito em um local tão público. Eu queria gritar com ele, machucá-lo e provocar nele tanta raiva quanto eu sentia, mas estava cada vez mais difícil encontrar a vontade para isso.

Subimos em meio a um tenso silêncio, até que o último casal saiu, nos deixando a sós. Fechei os olhos, apenas tentando respirar, mas é claro que tudo o que conseguia era sentir o perfume dele. Eu não queria que ele ficasse com mais ninguém, e esse sentimento era tão esmagador que me fazia perder o fôlego. Era aterrorizante, pois, honestamente, eu sabia que ele poderia partir meu coração.

Ele poderia me partir por inteiro.

O elevador parou e as portas se abriram lentamente em nosso andar.

– Chloe? – ele disse, com as mãos em minhas costas.

Saí apressada.

– Onde você está indo? – ele gritou na minha direção. Ouvi seus passos e sabia que teríamos problemas. – Chloe, espera!

Eu não poderia fugir dele para sempre. Eu nem sabia se queria continuar fugindo.

Treze

Um milhão de pensamentos surgiram em minha mente naquele segundo. Nós não podíamos continuar fazendo isso. Ou isso continuaria ou tinha de acabar. *Agora*. Estava interferindo no meu trabalho, no meu sono, na minha cabeça – na minha maldita vida.

Mas, por mais que tentasse mentir para mim mesmo, eu sabia muito bem o que queria. Eu não poderia deixá-la escapar.

Ela praticamente saiu correndo pelo corredor, mas eu fui atrás dela.

– Você não pode fazer uma coisa dessa e depois esperar que eu simplesmente deixe você ir embora!

– Posso sim! – ela gritou sobre os ombros. Quando chegou na frente do quarto, ela se atrapalhou com a chave antes de acertar a fechadura.

Alcancei-a justo quando conseguiu abrir, e nossos olhos se encontraram brevemente enquanto ela tentava fechar a porta com força. Joguei minha mão no vão e abri a porta tão violentamente que ela bateu na parede ao lado.

– Que *merda* você acha que está fazendo? – ela gritou, indo até o banheiro, na parede oposta, e se virando para me encarar.

– Quer parar de correr de mim? – eu a segui, minha voz ecoando pelo pequeno espaço. – Se isso for por causa da mulher lá embaixo...

Ela pareceu ficar ainda mais furiosa com minhas palavras e deu um passo na minha direção.

– Não se atreva a tocar nesse assunto. Eu nunca agi como uma namorada ciumenta – ela balançou a cabeça em desgosto antes de se virar para a pia e começar a revirar a bolsa.

Enquanto eu a observava, ela ficava mais e mais frustrada. Por que mais ela poderia estar assim? Eu estava completamente confuso. A essa altura, a raiva dela geralmente já teria arrancado minhas roupas e me pressionado contra uma parede. Mas agora ela parecia genuinamente brava.

– Você acha que eu me interessaria por uma mulher qualquer que me oferece a chave do quarto? Que tipo de homem você acha que eu sou?

Ela bateu uma escova de cabelo na pia e me olhou furiosa.

– Você está falando sério? Eu sei que você já fez isso antes. Apenas sexo, nada de compromisso... tenho certeza que você recebe chaves o tempo todo.

Para ser honesto, eu tivera sim relações que eram só sexo, mas essa coisa com a Chloe não era *apenas sexo* já fazia um tempo.

Comecei a responder, mas ela me interrompeu.

– Eu nunca fiz nada que fosse nem parecido com isso e não sei mais como agir – ela disse, sua voz ficando mais alta a cada palavra. – Mas quando estou com você, é como se nada mais importasse. Isso... *essa coisa* – ela continuou, fazendo um gesto entre nós –, isso não sou eu! É como se eu me transformasse em outra pessoa quando estou com você, e eu odeio isso! Não posso continuar, Bennett. Eu não gosto disso em que estou me transformando. Eu trabalho duro. Eu me importo com meu emprego. Sou inteligente. E nada disso importaria se as pessoas soubessem o que está acontecendo entre a gente. Vá encontrar outra pessoa.

– Eu já te falei, eu não estive com mais ninguém desde que começamos com isso.

– O que não significa que você não vá aceitar uma chave colocada em sua mão. O que você faria se eu não estivesse aqui?

Sem hesitar, eu disse:

– Eu devolveria.

Mas ela apenas riu, claramente não acreditando.

– Olha. Essa coisa toda me deixou exausta. Eu só quero tomar um banho e ir para a cama.

Era quase impossível imaginar sair dali sem resolver essa questão, mas ela já tinha se afastado e estava abrindo o chuveiro. Quando cheguei na porta para sair, olhei mais uma vez para ela: já cercada pelo vapor do banho, olhando para mim enquanto eu deixava o quarto. E talvez ela nunca admitisse, mas seu rosto mostrava o mesmo conflito que eu sentia.

Sem pensar, atravessei o quarto, tomei seu rosto entre minhas mãos e a puxei para mim. Quando nossos lábios se encontraram, ela deixou escapar um gemido sufocado de entrega, imediatamente mergulhando as mãos em meus cabelos. Eu a beijei com mais força, tomando seus sons como meus, tomando seus lábios como meus, seu sabor como sendo minha propriedade.

– Vamos declarar trégua por uma noite – eu disse, e pressionei três pequenos beijos em seus lábios, um em cada lado e um mais longo no centro, no coração de sua boca. – Eu quero ter você inteira por uma noite, sem amarras, sem inibições. Por favor, Chloe, eu paro de te importunar depois disso, mas faz duas semanas que não te vejo e... só preciso de uma noite.

Ela me encarou por vários instantes dolorosos, claramente em conflito. E, então, com um breve som suplicante, esticou os braços e me puxou, ficando na ponta dos pés para chegar o mais perto que podia.

Meus lábios exploraram os dela, ferozes e obstinados, mas ela não se afastou, pressionando suas curvas contra mim. Eu não pensava em mais nada além dela. Nós batemos contra a parede, contra a pia, a porta do chuveiro, agarrando e puxando em nosso desespero. O banheiro estava completamente coberto com vapor e nada mais parecia real. Eu podia sentir o cheiro, o sabor e a delicadeza de sua pele, mas nada disso parecia suficiente.

Nossos beijos se tornaram mais profundos, nossos toques, mais selvagens. Agarrei sua bunda, suas coxas, subi as mãos até os seios, necessitando tomar todas as partes de seu corpo ao mesmo tempo. Ela me empurrou contra a parede e uma cascata de água quente se derramou sobre meus ombros e meu peito, arrancando-me de meu transe. Ainda vestidos, nós tínhamos entrado debaixo do chuveiro. Estávamos ficando ensopados.

E não nos importávamos.

Suas mãos percorreram meu corpo freneticamente, puxando minha camisa de dentro da calça. Com mãos trêmulas, ela começou a desabotoar, arrancando alguns botões apressadamente antes de tirar o tecido molhado dos meus ombros e jogá-lo para fora do chuveiro.

A seda molhada do vestido dela se agarrou contra seu corpo, acentuando cada curva. Toquei o tecido ao longo dos seios, sentindo os mamilos endurecidos. Ela gemeu e pousou sua mão sobre a minha, guiando meus movimentos.

– Fale o que você quer – minha voz estava áspera por causa do desejo. – Diga o que você quer que eu faça com você.

– Eu não sei – ela sussurrou em minha boca. – Só quero ver você desmoronar.

Eu queria dizer a ela que isso já estava acontecendo e, para ser honesto, ela vinha testemunhando isso há semanas, mas minhas palavras sumiram quando deslizei as mãos ao lado de seu corpo e por baixo do vestido. Nós mordemos e provocamos a boca um do outro, e o som do chuveiro abafava nossos gemidos. Passei a mão para dentro de sua calcinha e senti seu calor em meus dedos.

Desejando ver mais dela, tirei os dedos e agarrei a barra do vestido. Com um único movimento, puxei-o por cima de sua cabeça e quase tive um infarto com a visão do que estava oculto. *Meu Deus.* Ela estava tentando me matar.

Dei um passo para trás e encostei na parede em busca de algum apoio. Ela estava na minha frente, molhada da cabeça aos pés, vestindo uma calcinha branca de renda com dois laços de cetim nas laterais. Seus mamilos estavam duros e visíveis por baixo do sutiã que combinava, e eu não pude impedir a mim mesmo de tocá-los.

– Merda, você é tão linda! – eu disse, correndo a ponta dos meus dedos ao longo dos seios. Um visível tremor surgiu em seu corpo e minha mão começou a subir, passando pelo peito, pelo pescoço e finalmente chegando no queixo.

Nós poderíamos transar ali mesmo, ensopados e escorregadios, no chão de ladrilho, e talvez mais tarde isso acontecesse, mas primeiro eu queria aproveitar o momento. Meu coração acelerou ao pensar que tínhamos uma noite inteira pela frente. Não era preciso ter pressa ou nos esconder. Nada de brigas ou culpa. Teríamos uma noite juntos e eu passaria o tempo todo com ela... em uma cama.

Estiquei o braço atrás dela e desliguei o chuveiro. Ela me abraçou de volta, apertando seu corpo ainda mais contra o meu. Tomei seu rosto com as mãos e a beijei demoradamente, deslizando minha língua contra a dela. Seus quadris rebolavam contra o meu corpo e eu abri a porta do chuveiro, conduzindo-a para fora.

Eu não conseguia parar de tocar sua pele: em suas costas, na gentil curva da cintura e subindo de volta pelos lados até chegar nos seios. Eu precisava sentir e saborear cada centímetro dela.

Nosso beijo não parou enquanto saíamos do banheiro, tropeçando desajeitados e arrancando o que restava de nossas roupas. Andando de costas pelo quarto, chutei meus sapatos molhados e as mãos dela começaram a tirar meu cinto. Guiando-a, eu rapidamente fiquei sem calças e cueca. Com pressa, chutei os dois para o lado, onde caíram em uma pilha.

Passei os nós dos meus dedos por suas costelas antes de abrir o fecho do sutiã, praticamente arrancando-o de seu corpo. Puxando--a para mais perto, grunhi em sua boca quando os mamilos endurecidos rasparam em meu peito. As pontas de seus cabelos molhados roçaram em minhas mãos enquanto eu explorava as costas dela, e pude sentir uma eletricidade percorrendo minha pele.

O quarto estava escuro, a única iluminação vinha de uma pequena fresta de luz que escapava da porta do banheiro e da lua que pairava no céu noturno. A parte de trás de seus joelhos encostou na cama e minhas mãos encontraram a última peça de roupa entre nós. Minha boca se moveu de seus lábios para o pescoço, dos seios até a barriga. Plantei beijinhos e mordidas ali até finalmente alcançar a renda branca que escondia o resto.

Deslizando meus joelhos na frente dela, olhei para cima e encontrei seus olhos. Suas mãos estavam em meus cabelos, acariciando com os dedos através das mechas molhadas.

Levantei minha mão, peguei entre os dedos um dos delicados laços de cetim e puxei, observando o tecido deslizar de sua cintura. Uma expressão de confusão apareceu em seu rosto enquanto eu continuava percorrendo a calcinha com as mãos até o outro lado, onde fiz o mesmo. O tecido caiu inteiro de seu corpo e então ela estava completamente nua na minha frente. Posso não ter rasgado a calcinha, mas eu com certeza planejava levar essa preciosidade comigo.

Ela riu, como se tivesse ouvido meus pensamentos.

Eu a conduzi até sentar na ponta da cama e, ainda ajoelhado à sua frente, abri suas pernas. Passando minhas mãos ao longo de sua pele aveludada, beijei o interior das coxas e entre as pernas. Seu sabor deslizou por minha boca e invadiu minha mente, apagando qualquer vestígio do mundo lá fora. Deus, o que aquela mulher fazia comigo...

Fiz um movimento para deitá-la de costas e então finalmente subi para me juntar a ela, correndo meus lábios e língua ao longo de seu corpo, com suas mãos ainda emaranhadas em meus cabelos, guiando-me para onde ela queria. Deslizei meu polegar para dentro de sua boca, desejando que ela me chupasse, desejando minha própria boca nos seios dela, nas costelas, no queixo.

Seus suspiros e gemidos preenchiam o quarto e se misturavam com os meus. Eu estava mais duro do que imaginava ser possível, e queria me enterrar nela de novo e de novo. Alcancei sua boca e arrastei meu polegar molhado através de seu rosto quando ela me puxou para baixo, alinhando cada centímetro de nossos corpos nus.

Nos beijamos freneticamente, as mãos procurando e agarrando enquanto tentávamos nos aproximar o máximo possível. Nossos quadris se mexiam juntos, meu pau se esfregava nela, procurando seu calor. Cada passada em cima do clitóris causava um gemido nela. Com apenas um pequeno movimento, eu poderia entrar profundamente.

E eu queria fazer isso mais do que qualquer coisa, mas primeiro precisava ouvir uma coisa dela. Quando ela disse meu nome lá embaixo no saguão, algo dentro de mim estalou. Eu ainda não tinha entendido direito, não sabia se estava pronto para entender, mas sabia que precisava que ela dissesse, precisava ouvir que era *eu* quem ela queria. Precisava saber que naquela noite ela seria minha.

– Estou morrendo de vontade de entrar em você agora – sussurrei em seu ouvido. Ela soluçou e um gemido profundo escapou de seus lábios. – É isso que você quer?

– Sim – ela gemeu, com a voz suplicante e os lábios erguidos procurando por mim. Minha ponta resvalou em sua entrada e eu apertei meu queixo, querendo prolongar aquele prazer. Os calcanhares dela subiam e desciam por minhas pernas até que finalmente agarraram minha cintura. Tomei suas mãos e as coloquei acima de sua cabeça, entrelaçando nossos dedos.

– Por favor, Bennett – ela implorou. – Você está me enlouquecendo.

Abaixei minha cabeça até nossas testas se encontrarem, e então finalmente a penetrei.

– Oh, merda! – ela gemeu.

– Fale de novo – eu estava ficando sem ar quando comecei a entrar e sair.

– Bennett... *merda.*

Eu queria ouvir de novo e de novo. Ergui meu corpo e fiquei de joelhos, aumentando meu ritmo, com nossas mãos ainda entrelaçadas.

– Por favor, não pare! – eu estava chegando perto do clímax e precisava diminuir um pouco. Estive longe dela por tempo demais, e nenhuma das minhas fantasias chegava perto do que eu sentia agora.

– Quero você assim todos os dias – grunhi contra sua pele suada. – Desse jeito, e de quatro na minha mesa. E de joelhos, me chupando.

– Por quê? – ela disse entre os dentes cerrados. – Por que eu amo que você fale comigo desse jeito? Você é um grande *cretino.*

Eu me abaixei sobre ela e ri em seu pescoço.

Nós nos movíamos juntos sem esforço nenhum, nossas peles molhadas deslizando uma na outra. A cada estocada, ela levantava a cintura para me acomodar, com as pernas ao redor dos meus quadris puxando-me mais fundo. Eu estava tão perdido dentro dela que o tempo parecia não existir. Nossas mãos ainda estavam fortemente unidas acima de sua cabeça, e ela começou a apertá-las ainda mais. Ela estava chegando perto, seus gritos se tornavam mais altos e meu nome escapava de sua boca de novo e de novo, me fazendo chegar perto do abismo também.

– Desista – minha voz estava rouca com o desespero que eu sentia. Eu estava tão perto, mas queria esperar por ela. – Não resista, Chloe, goze comigo.

– Oh, Deus, Bennett... – ela gemeu. – Diga mais alguma coisa – *merda. Minha garota gosta de palavras sujas.* – Por favor.

– Você está tão suada e gostosa. Quando está quase gozando – eu ofeguei –, sua pele fica toda corada e sua voz fica rouca. E não há nada mais perfeito do que o seu rosto quando você goza.

Ela me apertou mais forte com as pernas e senti sua respiração falhar, senti seus músculos todos se apertarem ao meu redor.

– Essa sua boca inchada fica ainda mais macia e se abre para mim quando você fica ofegante, seus olhos imploram para eu te foder gostoso e, merda, nada é melhor do que o som que você faz quando está perto de gozar.

Só foi preciso isso. Estoquei mais fundo, praticamente levantando-a da cama com cada movimento. Eu estava quase transbordando e, quando ela gritou meu nome, não pude mais segurar.

Ela abafou seus gritos em meu pescoço quando senti seu orgasmo apertando ferozmente debaixo de mim. Nada no mundo era tão bom quanto aquilo – deixar a onda se precipitar e nos atingir ao mesmo tempo – então eu também me entreguei.

Passados aqueles momentos intensos, eu movi meu rosto para mais perto dela, nossos narizes se tocaram e nossa respiração se encontrava, quente e rápida. Minha boca estava seca, meus músculos doíam e eu estava exausto. Soltei as mãos dela e acariciei seus dedos gentilmente, tentando trazer a circulação de volta.

– Meu Deus! – eu disse. Tudo parecia diferente, mas completamente indefinido. Saindo de cima dela, fechei meus olhos, tentando bloquear o emaranhado de pensamentos.

Ao meu lado, ela estremeceu.

– Está com frio? – perguntei.

– Não – ela respondeu, balançando a cabeça. – Apenas completamente exausta.

Eu a puxei para mim e estiquei o braço para nos cobrir com o cobertor. Eu não queria ir embora, mas não sabia se ela queria que eu ficasse.

– Eu também.

O silêncio nos envolveu e os minutos passaram. Pensei que ela tinha adormecido. Mudei levemente de posição e fui surpreendido por sua voz.

- Não vá - ela disse na escuridão. Eu me inclinei, beijei o topo de sua cabeça e respirei fundo, sentindo seu cheiro doce e familiar.

- Eu não vou a lugar nenhum.

—

Merda, isso foi bom.

Algo quente e molhado envolveu meu pau novamente e eu gemi alto. *Melhor. Sonho. Que já tive.* A Chloe do meu sonho gemeu, enviando ao longo do meu pau uma vibração que percorreu meu corpo inteiro.

- Chloe - ouvi minha própria voz e mudei ligeiramente de posição. Eu já tinha sonhado com ela centenas de vezes, mas desta vez parecia tão real. O calor desapareceu e eu franzi a testa. *Não acorde, Ben. Não se atreva a acordar.*

- Diga de novo - uma voz macia invadiu minha consciência e forcei meus olhos a abrirem. O quarto estava escuro e eu estava deitado em uma cama estranha. O calor voltou, e meus olhos dispararam para minha cintura, onde uma linda morena se movia entre minhas pernas abertas. Ela colocou meu pau de volta em sua boca.

De uma vez só, a lembrança da noite anterior surgiu em minha mente, e a névoa do sono começou a se dissipar depressa.

- Chloe? - de jeito nenhum eu seria sortudo o bastante para que isso fosse real.

Ela devia ter levantado durante a noite para apagar a luz do banheiro - o quarto estava tão escuro que eu mal podia enxergá-la. Minhas mãos procuraram por ela e meus dedos percorreram seus lábios ao redor do meu pau.

Ela subia e descia com a boca, sua língua circulava e os dentes raspavam levemente contra meu pênis a cada movimento. Sua mão tocou minhas bolas e eu gemi alto quando ela gentilmente acariciou usando toda extensão da palma de sua mão.

A sensação de ver meus sonhos e a realidade tornando-se uma coisa só foi tão intensa que eu não sabia se conseguiria aguentar por muito tempo. Ela se ajeitou e seus dedos tocaram um ponto logo abaixo, me fazendo soltar um gemido entre os dentes cerrados. Ninguém nunca tinha feito isso comigo. Eu quase quis fazer ela parar, mas a sensação foi tão incrível que eu simplesmente não conseguia me mexer.

Enquanto meus olhos se ajustavam à escuridão, corri meus dedos por seus cabelos, rosto e queixo. Ela fechou os olhos e aumentou a sucção, deixando-me cada vez mais perto do abismo. A combinação de sua boca com meu pau e o dedo pressionando logo abaixo era incrível, mas eu a queria em cima de mim, aquela boca na minha, chupando meus lábios enquanto eu me enterrava nela.

Eu sentei na cama e puxei-a para meu colo, enlaçando meus quadris com suas pernas. Nossos peitos nus pressionaram um ao outro, tomei seu rosto nas mãos e a olhei nos olhos.

– Esse foi o melhor jeito de acordar de todos os tempos.

Ela riu um pouco, lambendo os lábios até mostrarem um brilho delicioso. Abaixei as mãos e coloquei meu pau em sua entrada, levantando-a levemente. Com um único movimento, entrei nela. Sua testa caiu em meu ombro e seus quadris se impulsionaram para frente, me fazendo penetrar ainda mais fundo.

Estar com ela em uma cama parecia irreal. Ela começou a me cavalgar preguiçosamente, mexendo em pequenos movimentos. Beijou cada centímetro do meu pescoço, chupando e mordendo a pele. Breves frases permeavam cada movimento dos quadris.

– ... gosto de estar em cima de você – ela ofegava. – Você está indo tão fundo. Está sentindo?

– Sim.

– Quer mais rápido?

Balancei a cabeça, absolutamente perdido.

– Não. Deus, não.

Por um tempo, ela continuou devagar, em pequenos círculos, os dentes subindo e descendo em meu pescoço. Mas então, ela se aproximou ainda mais, sussurrando:

– Eu vou gozar, Bennett – e, em vez de soltar uma lista de palavrões para descrever o que aquilo me fazia sentir, eu mordi seu ombro e chupei até deixar a pele vermelha.

Mexendo mais rápido, ela começou a falar. Palavras que eu mal conseguia processar. Palavras sobre meu corpo dentro dela, a necessidade que sentia por mim. Palavras sobre meu sabor e o quanto ela estava molhada. Palavras sobre querer meu orgasmo, *precisar* do meu orgasmo.

Com cada passada de seus quadris, a pressão começou a aumentar. Eu a agarrei com força, temendo que fosse deixar marcas a cada movimento das minhas mãos, e aumentei as estocadas. Ela gemia e se contorcia em cima de mim e, justo quando eu achei que não conseguiria mais me segurar, ela gritou meu nome e senti seus espasmos. A intensidade de seu orgasmo desencadeou o meu, e enterrei meu rosto em seu pescoço, abafando um grunhido alto em sua pele.

Ela desabou em cima de mim e eu deitei nossos corpos na cama. Estávamos suados, ofegantes e completamente exaustos. A imagem dela era perfeita.

Puxei-a para mim, com suas costas contra meu peito, e envolvi meus braços ao seu redor, entrelaçando nossas pernas. Ela murmurou alguma coisa que eu não entendi, mas adormeceu antes que eu pudesse perguntar.

Algo mudou nessa noite, e, quando meus olhos se fecharam, o meu último pensamento foi que teríamos muito tempo para conversar no dia seguinte.

Mas quando a luz matinal começou a invadir o quarto, tive uma sensação estranha, ao perceber que o amanhã já tinha chegado.

Quatorze

A consciência bateu à porta da minha mente adormecida, mas tentei mantê-la longe. Eu não queria acordar. Estava contente, confortável e aquecida.

Visões vagas do meu sonho passeavam atrás dos meus olhos fechados. O cobertor que eu abraçava era o mais quente e cheiroso com o qual já tivera o prazer de dormir – pois ele abraçava de volta.

Algo quente se apertou contra mim. Meus olhos se abriram e focaram mechas de cabelos familiarmente desarrumados a apenas alguns centímetros do meu rosto. Centenas de lembranças surgiram naquele segundo, quando a realidade da noite passada desabou sobre meu cérebro confuso.

Merda.

Era real.

Meu coração acelerou quando levantei a cabeça para ver aquele lindo homem abraçado ao meu corpo. Sua cabeça estava deitada em meu peito, sua boca perfeita, levemente aberta, deixando escapar lufadas de ar quente em meus seios nus. Seu longo corpo estava deitado ao meu lado, nossas pernas se entrelaçavam e seus braços fortes envolviam meu torso com força.

Ele ficou.

A intimidade de nossa posição me atingiu com tanta força que eu até perdi o fôlego. Ele não apenas ficara, ele *se agarrara* em mim.

Tive dificuldade para voltar a respirar e para evitar entrar em pânico. Eu estava muito ciente de cada centímetro onde nossas peles se tocavam. Podia sentir a batida poderosa de seu coração contra meu peito. Seu pênis estava pressionado contra minha coxa, semiereto em seu sono. Meus dedos ardiam com a vontade de tocá-lo. Meus lábios desejavam beijar seus cabelos. Aquilo era muito para mim. *Ele* era muito.

Algo mudara na noite anterior e eu não sabia se estava pronta para lidar com isso. Também não sabia o que era essa mudança, mas ela tinha acontecido. A cada movimento, a cada toque, a cada palavra e a cada beijo daquela noite, nós estivéramos juntos. Ninguém nunca me fez sentir assim, como se meu corpo fosse feito para encaixar em outro.

Eu já estivera com outros homens, mas com ele eu sentia como se estivesse sendo arrastada por uma maré invisível, completamente incapaz de mudar a direção. Fechei os olhos, tentando dominar a crescente sensação de pânico. Eu não me arrependia do que acontecera. Tudo fora – como sempre – intenso e definitivamente o melhor sexo que já tivera. Eu apenas precisava de alguns minutos sozinha antes de poder encará-lo.

Pousando uma mão em seus cabelos e a outra nas costas, eu consegui tirá-lo de cima de mim. Ele começou a se remexer e eu congelei. Abracei-o de volta e tentei impedi-lo de acordar. Ele murmurou meu nome antes de sua respiração voltar a se acalmar, então eu deslizei para fora.

Fiquei observando-o dormir por um momento, sentindo meu pânico retroceder um pouco, e mais uma vez fiquei admirada por sua beleza. Em seu sono, sua expressão era tranquila e pacífica, muito diferente do que costumava mostrar na minha presença. Uma mecha de cabelo estava caída sobre sua testa e meus dedos desejavam arrumá-la. Cílios longos, rosto perfeito, lábios macios e um queixo coberto com uma barba por fazer.

Meu Deus, ele é bonito.

Comecei a andar até o banheiro, mas vi de relance meu próprio reflexo no espelho do quarto e parei.

Uau. A imagem de quem acabou de transar. Definitivamente, era assim que eu parecia.

Eu me aproximei e examinei as pequenas marcas vermelhas espalhadas em meu pescoço, ombros, seios e barriga. Uma pequena mordida estava visível debaixo do meu seio esquerdo, além de uma vermelhidão em meu ombro. Olhando para baixo, corri os dedos pelas marcas vermelhas na parte interna das minhas coxas. Meus mamilos endureceram quando lembrei a sensação de sua barba mal feita raspando contra minha pele.

Meu cabelo estava todo desgrenhado, e mordi o lábio quando lembrei de suas mãos mergulhadas nele. A maneira como ele me puxara primeiro para um beijo e depois para seu pau...

Isso não está ajudando.

Fui retirada dos meus pensamentos por uma voz grave e sonolenta.

– Já está de pé e se estressando?

Eu me virei e tive uma rápida visão de seu corpo nu quando ele se ajeitou nos lençóis antes de sentar e cobrir-se, deixando apenas o torso à mostra. Eu nunca me cansaria de ver – e sentir – seu peito largo e musculoso, seu abdômen malhado e aquele caminho da felicidade, que levava para o mais gloriosamente bem dotado homem que eu já conhecera. Quando meus olhos finalmente alcançaram seu rosto, eu franzi a testa ao ver seu sorriso maroto.

– Peguei você olhando – ele murmurou, esfregando a mão no queixo.

Eu não sabia se deveria sorrir ou revirar os olhos. Vê-lo daquele jeito, vulnerável e semiacordado, era desconcertante. Não tínhamos fechado as cortinas na véspera, e agora o sol da manhã emitia seus raios brilhantes contra o emaranhado de lençóis. Ele parecia tão diferente – ainda era meu chefe cretino, mas também parecia outra pessoa: um homem, em minha cama, parecendo pronto para a... quarta? Quinta rodada? Eu já tinha perdido a conta.

Quando seus olhos percorreram cada parte do meu corpo, eu me lembrei que também estava completamente nua. Nesse momento, sua expressão parecia tão intensa quanto seus toques. Pensei brevemente que, se ele continuasse com aquele olhar, minha pele entraria em combustão. Será que aquilo poderia ter sobre mim o mesmo efeito que seu toque?

Mudei minha expressão para esconder o fato de que eu estava mentalmente catalogando cada centímetro de sua pele, então me abaixei para pegar sua camiseta branca no chão. Ela ficara a noite inteira na frente do ar-condicionado e por causa disso estava um pouco fria, mas, graças a Deus, estava praticamente seca. Quando passei o tecido de algodão pela minha cabeça, senti o perfume de ervas da pele dele, então reemergi e encontrei seu olhar sombrio colado em mim.

Ele molhou seus lábios com a língua e grunhiu baixinho:

– Venha aqui.

Eu me aproximei da cama com a intenção de sentar ao seu lado, mas ele me puxou para o colo e disse:

– Diga o que você está pensando.

Ele queria que eu resumisse um milhão de pensamentos em uma única frase? Aquele homem estava maluco.

Então, abri a boca e soltei o primeiro pensamento que surgiu:

– Você disse que não esteve com mais ninguém desde que nós... ficamos juntos – encarei seu peito para evitar seus olhos. – Isso é verdade?

Finalmente, olhei para cima.

Ele assentiu e deslizou os dedos debaixo da camiseta, passando as mãos lentamente na minha cintura e barriga.

– Por quê? – perguntei.

Ele fechou os olhos e balançou a cabeça uma vez.

– Eu não quis ficar com mais ninguém.

Eu não sabia como interpretar aquilo. Ele queria dizer que não encontrara ninguém que quisesse, mas que estava aberto a possibilidades?

– Você sempre escolhe a monogamia quando está ficando com alguém?

Ele deu de ombros.

– Se essa for a expectativa.

Bennett beijou ao longo dos meus ombros, chegou ao peito e subiu pelo pescoço. Estiquei o braço e peguei uma garrafa de água no criado mudo, tomei um gole e ofereci. Ele tomou o resto da água em alguns longos goles.

– Está com sede?

– Sim. E com um pouco de fome também.

– Não é surpresa, nós não comemos desde... – parei quando ele mexeu as sobrancelhas e sorriu com o canto da boca.

Revirei os olhos, mas tive de fechá-los quando ele se aproximou e me beijou docemente nos lábios.

– A expectativa aqui é a monogamia? – eu perguntei.

– Depois do que aconteceu ontem à noite, acho que é você quem precisa me dizer.

Eu não sabia como responder. Eu já não sabia se poderia ficar com ele dessa maneira, e sabia menos ainda no caso de monogamia. Pensar em como isso poderia funcionar fazia minha mente girar. Será que conseguiríamos ser... amigos? Será que ele diria "bom dia" de verdade? Será que ele se sentiria seguro para criticar meu trabalho?

Ele esticou os dedos sobre minhas costas, pressionando meu corpo ao seu lado e me arrancando dos meus pensamentos.

– Nunca tire essa camiseta – ele sussurrou.

– Trato feito – eu me estiquei para trás, melhorando o acesso de sua boca ao meu pescoço. – Vou vestir isto e nada mais em nossa reunião mais tarde.

Sua risada foi grave e divertida.

– Nem pensar.

– Que horas são? – eu perguntei, tentando enxergar o relógio atrás dele.

– Dane-se o relógio – as pontas de seus dedos encontraram meus seios e ficaram brincando na pele macia da parte de baixo.

No processo de me esticar, eu acabara expondo a pele dele um pouco acima do quadril. *Mas o quê...?*

Aquilo era uma *tatuagem*?

– Isso aqui é...? – eu mal podia formar as palavras. Afastando-o levemente, olhei em seus olhos antes de voltar a encarar a marca. Logo abaixo da cintura havia uma linha de tinta preta, palavras escritas naquilo que eu achava ser francês. Como diabos eu não tinha visto isso antes? Tentei lembrar de todas as vezes em que estivéramos juntos. Sempre fora de forma apressada, no escuro ou apenas seminus.

– É uma tatuagem – ele disse, confuso, afastando-se um pouco e passando os dedos por minha barriga.

– Eu sei que é uma tatuagem, mas... o que está escrito aí? – *o sr. Eu-Não-Brinco-em-Serviço tem uma maldita tatuagem.* Cai o outro pedaço do homem que eu achava conhecer.

– Está escrito *Je ne regrette rien.*

Meus olhos dispararam na direção de seu rosto, e meu sangue ferveu ao som de sua voz se dissolvendo em uma perfeita pronúncia do francês.

– O que você disse?

Ele soltou um sorriso no canto da boca.

– *Je ne regrette rien* – pronunciou as palavras lentamente, enfatizando cada sílaba. Era a coisa mais sexy que eu já tinha ouvido na vida.

Em meio a tudo isso – a tatuagem e sua completa nudez –, eu achei que entraria em combustão espontânea.

– Isso não é uma música?

– Sim, é de uma música – ele assentiu, e riu um pouco. – Você pode achar que eu me arrependo daquela noite, bêbado em Paris, milhares de quilômetros distante de casa, sem um único amigo na cidade, quando decidi fazer uma tatuagem. Mas não, nem mesmo disso eu me arrependo.

– Diga de novo – sussurrei.

Ele se aproximou, encaixando os quadris ainda mais em meu corpo, sua respiração quente em meu ouvido, e sussurrou novamente.

– *Je ne regrette rien*. Você entende?

Assenti.

– Diga mais alguma coisa.

Eu respirava com dificuldade, meus mamilos sensíveis raspando contra o algodão da camiseta.

Inclinando-se ligeiramente, ele beijou minha orelha e disse:

– *Je suis à toi* – sua voz estava ainda mais grave e quase falhando enquanto seu pau se mantinha erguido para mim, então eu acabei com nossa agonia e mergulhei nele com um gemido, novamente amando a profundidade daquela posição. Ele sussurrou uma única e profana sílaba em francês de novo e de novo, encarando meu rosto. Em vez de segurar meus quadris, suas mãos agarraram a camiseta nos dois lados do meu corpo.

Aquilo era tão fácil, tão natural entre nós, que de alguma forma aumentava uma intranquilidade que eu não conseguia afastar. Em vez de pensar nisso, eu me concentrei em seus grunhidos abafados na minha boca. Concentrei-me na maneira como ele de repente nos colocou sentados e chupou meus seios por cima da camiseta, expondo a pele rosada que havia sob o tecido. Eu me perdi na urgência de seus dedos em minhas coxas e cintura, sua testa pressionada na base do meu pescoço quando ele se aproximou do clímax. Eu me perdi na sensação de suas coxas embaixo de mim, seus quadris se movendo cada vez mais rápido e com mais força para acompanhar meus movimentos.

Virando meu corpo, ele pousou a mão totalmente esticada sobre meu peito e seus quadris diminuíram a velocidade até parar.

– Seu coração está *acelerado*. Diga o quanto você está gostando disso.

Eu relaxei instintivamente ao olhar para seu sorriso convencido. Será que ele sabia que eu precisaria de ajuda para lembrar quem ele fora há menos de um dia?

– Você está falando daquele jeito de novo. Pare com isso.

Seu sorriso se alargou.

– Você adora quando eu falo assim. Principalmente quando meu pau está dentro de você.

Eu revirei os olhos.

– O que foi que me denunciou? Os orgasmos? O jeito como eu imploro para você? Parabéns, você é praticamente um detetive.

Ele piscou, puxando meu pé para cima do seu ombro e beijando meu calcanhar.

– Você sempre foi desse jeito? – eu perguntei, puxando inutilmente seus quadris. Odiava admitir, mas queria que ele continuasse mexendo. Quando ele parava, eu sentia a provocação, a ardência, a sensação de coisa incompleta. E quando se movia, eu apenas queria que o tempo parasse. – Eu tenho pena das mulheres cujos egos foram destroçados pelo caminho.

Bennett balançou a cabeça, inclinando-se sobre mim e se apoiando nas mãos. Graças aos céus, ele começou a se mover. Os quadris subiram, entrando profundamente em mim. Meus olhos se fecharam. Ele acertou o ponto perfeito de novo, de novo e de novo.

– Olhe para mim – ele sussurrou.

Olhei para cima, observei o suor em suas sobrancelhas e os lábios se separarem quando ele encarou minha boca. Os músculos dos ombros se apertavam com seus movimentos, seu torso brilhava com uma fina camada de suor. Pousei meu olhar onde ele se movia para dentro e para fora de mim. Não sei o que eu disse quando ele tirou quase tudo para fora e então enfiou com força de volta em mim, mas foi algum murmúrio sujo e instantaneamente esquecido enquanto ele estocava.

– *Você* me faz sentir convencido. É o jeito como você reage que me faz sentir um maldito deus. Como você pode não enxergar isso?

Eu não respondi e claramente ele não esperava que eu respondesse – seu olhar e os dedos de uma mão exploravam meu pescoço e seios. Ele encontrou um lugar especialmente sensível e eu ofeguei.

– Parece que alguém te deu uma mordida aqui – ele disse, esfregando o polegar na marca de seus dentes. – Você gostou?

Engoli em seco, juntando nossos corpos.

– Sim.

– Garota safada.

Minhas mãos deslizaram por seus ombros e desceram até o peito, passaram pela barriga e pelos músculos dos quadris. Meu polegar acariciou sua tatuagem.

– Eu gosto disso também.

Seus movimentos se tornaram mais selvagens e violentos.

– Oh, merda, Chloe... eu não consigo... não vou aguentar mais.

Ouvir sua voz tão desesperada e fora de controle apenas intensificou meu desejo por ele. Fechei os olhos, concentrando-me na deliciosa sensação que começava a se espalhar por meu corpo. Eu estava muito perto, quase lá. Abaixei a mão entre nós e meus dedos encontraram meu clitóris, que comecei a esfregar vagarosamente.

Ele abaixou a cabeça, olhou para minha mão e praguejou.

– Oh, merda – sua voz estava desesperada, sua respiração saía com dificuldade. – Vai, se toca, quero ver você se esfregando – suas palavras foram tudo o que eu precisava e, com uma última passada de dedos, senti o orgasmo me dominar.

Gozei com força, apertando-o ao meu redor, as unhas da minha mão livre se enterrando em suas costas. Ele gritou, e seu corpo se descontrolou quando também gozou dentro de mim. Meu corpo todo tremeu nos momentos seguintes, mesmo quando o orgasmo se dissipou. Agarrei seu corpo quando ele parou, afundando em cima de mim. Ele beijou meu ombro e meu pescoço antes de plantar um único beijo em meus lábios. Nossos olhos se encontraram brevemente, e então ele rolou para o lado.

– Meu Deus, garota – ele disse, exalando uma respiração pesada e forçando uma risada. – Você vai acabar me matando.

Rolamos cada um para um lado, cabeça nos travesseiros, e quando nossos olhos se encontraram eu não pude desviar o olhar. Perdi qualquer esperança de que na próxima vez tudo seria menos poderoso, ou que nossa conexão de alguma maneira diminuísse se simplesmente transássemos até cansar. Aquela "trégua" não ajudara em nada. Eu já queria me aproximar novamente, beijar a barba mal feita e puxá-lo de volta para mim. Enquanto o encarava, ficou claro para mim que iria doer bastante quando isto acabasse.

O medo tomou conta do meu coração e o pânico da noite anterior retornou, trazendo um desconfortável silêncio. Eu me sentei, puxando os lençóis até meu queixo.

– Oh, merda.

A mão dele disparou e agarrou meu braço.

– Chloe, eu não posso...

– Nós provavelmente precisamos nos arrumar – eu interrompi o que poderia ser o começo de um milhão de formas para partir meu coração. – Temos apresentações para ver em vinte minutos.

Ele pareceu confuso por um momento antes de falar:

– Eu não tenho nenhuma roupa limpa aqui. Eu nem sei onde fica o meu quarto.

Senti meu rosto corar ao relembrar o quão rápido tudo acontecera na véspera.

– Certo. Vou usar sua chave e trazer alguma coisa.

Entrei no banheiro, tomei um banho rápido e enrolei uma toalha ao redor do meu corpo, pensando que deveria ter trazido um roupão do hotel. Respirei fundo, abri a porta e voltei para o quarto.

Ele estava sentado na cama e seus olhos se ergueram para o meu rosto.

– Eu só preciso... – fiz um gesto na direção da minha mala. Ele assentiu, mas continuou calado. Eu geralmente não sinto vergonha do meu corpo, mas ali, de pé usando apenas uma toalha e sabendo que ele me observava, eu me senti estranhamente tímida.

Peguei algumas coisas e passei apressada por ele, parando apenas na segurança do banheiro. Eu me vesti mais rápido do que achava ser possível, decidindo prender o cabelo para trás e deixar o resto para depois. Peguei a chave sobre a pia, voltei para o quarto.

Ele não saiu do lugar. Sentado na ponta da cama com os cotovelos apoiados nas coxas, parecia perdido em pensamentos. O que estaria pensando? Pela manhã toda eu estivera uma pilha de nervos, minhas emoções mudando ferozmente de um extremo a outro, mas ele parecia tão calmo. Tão seguro. Mas estava seguro do quê? O que teria decidido?

– Você quer que eu traga alguma roupa em particular?

Quando ele levantou a cabeça, parecia levemente surpreso, como se o pensamento não tivesse ocorrido em sua mente.

– Hum... tenho apenas algumas reuniões esta tarde, certo? – eu assenti. – O que você escolher está bom.

Demorei apenas um segundo para achar o quarto dele, que ficava logo ao lado do meu. Ótimo. Agora eu poderia ficar imaginando ele na cama logo atrás da minha parede. Suas malas já estavam ali e eu parei brevemente, percebendo que teria de mexer em suas coisas.

Levantei a maior delas, coloquei-a na cama e abri o fecho. Seu perfume me envolveu e causou uma grande pontada de desejo em meu corpo. Comecei a procurar pelas roupas perfeitamente dobradas.

Tudo que pertencia a ele era tão arrumado e organizado, e isso me fez imaginar como seria sua casa. Nunca pensara muito nisso, mas de repente me perguntei se algum dia eu a veria, se alguma vez eu estaria em sua cama.

Parei quando percebi que eu queria conhecê-la. Será que ele gostaria de me ver lá?

Desviei esses pensamentos e continuei procurando as roupas. Escolhi um terno Helmut Lang, camisa branca, gravata preta de seda, cueca, meia e sapato.

Após guardar o resto de volta, juntei as roupas que ele usaria e comecei a voltar para meu quarto. Eu não conseguia parar de rir nervosamente quando entrei no corredor, balançando a cabeça por causa do absurdo da situação. Felizmente, me recompus antes de abrir a porta. Então, dei dois passos dentro do quarto e congelei.

Ele estava de pé em frente à janela aberta, coberto pela luz do sol. Cada linha escultural estava acentuada em perfeitos detalhes pelas sombras projetadas em seu corpo. Uma toalha estava indecentemente enrolada em sua cintura, deixando aparentes as palavras de sua tatuagem.

– Viu alguma coisa de que gostou?

Eu relutantemente voltei minha atenção para seu rosto.

– Eu...

Meus olhos baixaram mais uma vez para sua cintura, como se fossem atraídos por um imã.

– Eu disse: você viu alguma coisa de que gostou? – ele atravessou o quarto, parando bem na minha frente.

– Eu ouvi da primeira vez – eu disse, sentindo meu rosto corar. – E não, eu estava apenas perdida em pensamentos.

– E o que exatamente você estava pensando? – ele esticou o braço, movendo uma mecha do meu cabelo para trás da orelha. Apenas esse simples toque fez meu estômago revirar.

– Que temos uma agenda para cumprir.

Ele deu um passo em minha direção.

– Por que eu não acredito em você?

– Porque você é um egocêntrico? – eu disse, encarando-o de volta.

Ele ergueu uma sobrancelha e ficou me observando por um momento antes de pegar suas roupas da minha mão e colocá-las em cima da cama. Antes que eu pudesse me mexer, ele tirou a toalha da cintura e a jogou para o lado. *Meu Deus do céu.* Se existisse no planeta um homem melhor que este, eu pagaria para vê-lo.

Ele pegou sua cueca e começou a vesti-la, mas parou e voltou a me olhar.

– Você não acabou de dizer que temos uma agenda para cumprir? – ele perguntou, olhando para mim como se estivesse se divertindo. – A não ser, é claro, que tenha visto alguma coisa de que gostou.

Filho da...

Apertei os olhos e me virei rapidamente, voltando ao banheiro para terminar de me arrumar. Enquanto secava os cabelos, eu não conseguia evitar a estranha sensação de que ele tentara dizer algo mais além de "olhe para meu corpo nu".

Antes mesmo de desembaralhar meus próprios sentimentos, eu já estava tentando adivinhar os dele. Estaria eu preocupada se, caso houvesse opção, ele escolheria continuar ali comigo?

Quando saí do banheiro, ele já estava vestido e esperando, olhando para a grande janela. Ele se virou, andou até mim e colocou suas mãos quentes no meu rosto, encarando-me intensamente.

– Eu preciso que você ouça uma coisa.

Eu engoli em seco.

– Certo.

– Eu não quero sair por aquela porta e perder o que encontramos aqui neste quarto.

Suas palavras simples me abalaram. Ele não estava se declarando, não estava prometendo nada, mas disse exatamente o que eu precisava ouvir. Talvez não soubéssemos o que era aquilo entre nós, mas não deixaríamos inacabado.

Deixando escapar uma respiração trêmula, coloquei a mão sobre meu peito.

– Eu também não, mas não quero que sua carreira acabe com a minha.

– Eu também não quero isso.

Eu concordei, sentindo as palavras se emaranharem em meus pensamentos, e fui incapaz de pensar em algo articulado para acrescentar.

– Certo – ele disse, me olhando de cima a baixo. – Então, vamos.

Quinze

O tema da conferência naquele ano era "A próxima geração das estratégias de marketing" e, numa tentativa de atrair as novas gerações, os organizadores marcaram no primeiro dia um painel para estudantes. A maioria dos colegas do programa da Chloe estava lá, de pé ao lado dos painéis que explicavam seus trabalhos. Na verdade, apresentar o trabalho nessa conferência era considerado um requerimento para a bolsa de Chloe, mas eu entrei com um pedido de exceção porque seu projeto principal, a conta da Papadakis, era grande e confidencial. Nenhum outro estudante ali estava gerenciando uma conta milionária.

A diretoria da bolsa ficou feliz em permitir a exceção, praticamente babando com a possibilidade de, assim que pudessem, usar a história de sucesso da Chloe em seu folheto de propaganda.

Mas, embora não fosse apresentar nada, ela insistiu em andar por todos os corredores e visitar todos os estandes. E como eu estava incapaz de me manter a menos de dois metros dela e não tinha nenhuma reunião antes das dez horas, eu a segui o tempo inteiro, contando painéis (576) e olhando para sua bunda (ajeitada, perfeita para um tapa, no momento vestindo lã negra).

Ela mencionou no elevador que sua melhor amiga, Julia, era quem providenciava a maioria das roupas que eu amava/odiava. A seleção daquela manhã continha uma saia justa e uma blusa azul-marinho que agora estavam na minha lista negra. Tentei convencê-la de que precisávamos voltar ao meu quarto para pegar alguma coisa, mas ela apenas levantou uma sobrancelha e perguntou:

– Pegar alguma coisa? Ou *fazer* alguma coisa?

Eu a ignorei, mas agora eu queria ter admitido que precisava de mais uma rodada antes da conferência. Será que ela aceitaria?

– Você teria voltado para o quarto? – perguntei em seu ouvido, enquanto ela lia cuidadosamente um trabalho de graduação sobre o reposicionamento da marca de uma empresa de telefonia celular. Pelo amor de Deus, os gráficos estavam *colados numa cartolina.*

– Shh.

– Chloe, você não vai aprender nada com esse cartaz. Vamos tomar um café e talvez uma chupada no banheiro.

– Seu pai me disse uma vez que é impossível prever onde você pode achar suas melhores ideias, e que você deve sempre ler tudo que puder. Além disso, esses são os trabalhos dos meus colegas.

Esperei, arrumando a abotoadura da minha camisa, mas ela aparentemente não comentaria a última parte do meu convite.

– Meu pai não sabe mais o que diz.

Ela riu, é claro. Meu pai esteve em todas as listas dos melhores CEOs praticamente desde que nasceu.

– Não precisa ser uma chupada. Eu poderia te comer contra a parede – eu sussurrei, limpando a garganta e olhando em volta para ter certeza de que ninguém iria me ouvir. – Ou eu poderia deitar você no chão, abrir suas pernas e fazer você gozar na minha língua.

Ela estremeceu, sorriu para o estudante perto do cartaz ao lado e se aproximou para ler. O estudante apontou na minha direção.

– Com licença, mas você não é Bennett Ryan?

Eu assenti e distraidamente apertei sua mão enquanto observava Chloe se afastar.

Aquele corredor estava praticamente vazio, com exceção dos estudantes ao lado de seus trabalhos. Até mesmo eles começaram a se dirigir para áreas mais interessantes, onde as grandes empresas – a maioria, patrocinadoras do evento – tinham preparado grandes estandes em uma tentativa de incrementar o painel dos estudantes. Vi Chloe escrever algo em seu bloco de anotações: *Reposicionamento para a Jenkins Financial?*

Observei sua mão e depois seu rosto, que mostrava uma expressão pensativa. A conta da Jenkins Financial não fazia parte de seu portfólio. Nem era uma conta de que eu cuidava. Era uma conta pequena, geralmente organizada de qualquer jeito por um dos executivos juniores. Será que ela sabia as dificuldades por que essa conta estava passando com o nosso plano de marketing jurássico?

Antes que eu pudesse perguntar, ela se virou e foi para a próxima exposição, e fiquei admirado ao vê-la trabalhando. Eu nunca me permitira observá-la tão abertamente – minha espionagem discreta mostrara que ela era brilhante e obstinada, mas eu nunca percebera o alcance de seu conhecimento da empresa.

Eu queria elogiá-la de alguma maneira, mas as palavras se perderam em meu cérebro e fiquei estranhamente defensivo, como se um elogio fosse de alguma forma quebrar minha estratégia.

– Sua caligrafia melhorou.

Ela sorriu para mim, clicando a ponta da caneta.

– Vá se ferrar.

Meu pau acordou dentro da calça.

– Você está me fazendo perder tempo aqui.

– Então por que você não vai até a recepção puxar o saco de algum executivo? Eles servem café da manhã por lá. Tem até aqueles bolinhos de chocolate que você finge que não gosta.

– Porque não é isso que estou com vontade de comer.

Um pequeno sorriso surgiu no canto de sua boca. Ela encarou meu rosto enquanto outra estudante se apresentava para mim.

– Eu sigo sua carreira desde sempre – disse a garota, quase sem fôlego. – Eu assisti sua apresentação aqui no ano passado.

Eu sorri e apertei sua mão o mais breve que pude sem parecer rude.

– Obrigado.

Chloe e eu andamos até o fim do corredor e eu agarrei seu cotovelo.

– Eu tenho mais uma hora antes da minha reunião. Você tem alguma ideia do que está fazendo comigo?

Finalmente, ela olhou para mim. Suas pupilas estavam tão grandes que seus olhos quase pareciam negros, e ela lambeu os lábios, deixando-os ainda mais sedutores.

– Acho que você precisa me levar lá para cima e me mostrar.

—

Chloe ainda estava procurando uma calcinha nova quando eu já estava cinco minutos atrasado para minha reunião. Seria um encontro com Ed Gugliotti, executivo de marketing de uma pequena empresa em Minneapolis. Nós usávamos a empresa de Ed para realizar trabalhos menores, e eu tinha um projeto significantemente maior que estava considerando passar para ele, para ver como eles se saíam. Quando fechei o zíper da calça, lembrei a mim mesmo que Ed também sempre chegava atrasado para tudo.

Mas não daquela vez. Ele já estava me esperando em uma das salas de conferência do hotel, com dois assistentes ao seu lado, sorrindo abertamente para mim.

Eu odeio me atrasar.

– Ed – eu disse, apertando sua mão. Ele me apresentou para os assistentes, Daniel e Sam. Eles apertaram minha mão, mas, na vez de Sam, sua atenção estava voltada para a porta atrás de mim.

Chloe tinha acabado de entrar, com o cabelo solto desta vez. Estava extremamente linda, mas de um jeito muito profissional, miraculosamente escondendo o fato de que acabara de ter um imenso orgasmo em cima da mesa em seu quarto.

Gugliotti e seus homens observaram em silêncio quando ela se aproximou, puxou uma cadeira e sentou ao meu lado, virando para mim e sorrindo. Seus lábios estavam vermelhos e inchados, e uma leve marca vermelha estava aparente em seu queixo. Havia sido minha barba mal feita que deixara a marca.

Perfeita.

Limpei a garganta até que todos finalmente olharam para mim.

– Vamos começar.

Era uma reunião simples, o tipo de coisa que eu fazia milhares de vezes. Descrevi a conta em termos gerais e não confidenciais, e é claro que Gugliotti me disse que sua equipe conseguiria criar algo excelente. Após conhecer o homem que ele escolheu para a tarefa, eu concordei. Marcamos um novo encontro para o dia seguinte, quando eu apresentaria a conta com todos os detalhes e entregaria o trabalho oficialmente. A reunião acabou em menos de quinze minutos, deixando um bom tempo antes da próxima reunião, que seria às duas horas. Olhei para Chloe e levantei uma sobrancelha, em um questionamento silencioso.

– Almoço – ela disse, rindo. – Vamos comer alguma coisa.

—

O resto da tarde foi produtivo, mas eu estava completamente no piloto automático. Se alguém me perguntasse algum detalhe das reuniões, eu levaria um bom tempo para me lembrar de alguma coisa. Graças a Deus a Chloe estava lá com sua obsessão por anotar tudo. Encontrei muitos colegas, apertei centenas de mãos, mas o único toque que eu lembrava era o dela.

Ela me distraía o tempo todo, e o que mais me incomodou foi que ali era diferente do normal. Era trabalho, mas era um mundo completamente novo, onde podíamos fingir que as circunstâncias eram as que quiséssemos. O desejo por estar perto dela era ainda maior do que quando eu precisava manter distância. Olhando para o palestrante no pódio, tentei mais uma vez, sem sucesso, redirecionar meus pensamentos para algo produtivo. Eu estava sentado bem em frente ao palco onde eu mesmo fora palestrante no ano anterior, mas mesmo assim eu não conseguia me concentrar.

Percebi de relance que ela estava se ajeitando e instintivamente virei o rosto para olhar diretamente para ela. Quando nossos olhos se encontraram, todos os outros sons se misturaram e flutuaram ao meu redor, mas sem entrar em minha consciência. Sem pensar, eu me inclinei na sua direção, ela se inclinou na minha, e um pequeno sorriso surgiu no canto de sua boca.

Pensei sobre aquela manhã, e o quanto seu pânico tinha ficado aparente. Mas eu, ao contrário, sentira uma estranha calma, como se tudo que fizemos antes tivesse nos conduzido até aquele preciso momento, quando nós dois podíamos entender o quanto era fácil apenas *ser*.

Um celular tocou em algum lugar atrás de mim e me tirou daquele transe, me fazendo desviar o olhar. Encostei rapidamente de volta na cadeira, e fiquei chocado ao perceber o quanto eu estava inclinado para frente. Olhei ao redor e congelei quando vi um par de olhos desconhecidos me olhando.

Esse estranho não tinha ideia de quem éramos, ou que a Chloe trabalhava para mim. Ele apenas passou os olhos em nós e rapidamente desviou o olhar. Mas, naquele momento, cada gota de culpa que eu estava reprimindo desabou sobre mim. Todos sabiam quem eu era, ninguém ali a conhecia, e se as pessoas soubessem que estávamos transando, o julgamento de uma comunidade inteira iria segui-la pelo resto de sua carreira.

Uma rápida olhada para a Chloe me mostrou que ela podia ver o pânico em meu rosto. Passei o resto da palestra olhando para a frente.

—

- Você está bem? - ela perguntou no elevador, quebrando o pesado silêncio que nos acompanhara por quatorze andares.

- Sim, é só que... - esfreguei a nuca e evitei seus olhos. - Estou só pensando.

- Vou sair com alguns amigos hoje à noite.

- Parece uma boa ideia.

- Você tem um jantar com Stevenson e Newberry às sete. Acho que eles vão te encontrar naquele restaurante japonês que você gosta na região do Gaslamp.

- Eu sei - eu disse, relaxando quando caímos nos detalhes corriqueiros do trabalho. - Como é mesmo o nome da assistente? Ela sempre está junto com eles.

- Andrew.

Olhei para ela, confuso.

- Hum, eu não lembrava que ela era um homem.

- Tonto, eles têm um novo assistente.

Como diabos ela sabia disso?

Ela sorriu.

- Ele sentou do meu lado na palestra e perguntou se eu estaria no jantar hoje à noite.

Eu me perguntei se aqueles olhos que me flagraram encarando a Chloe eram dele, e se ele teria perguntado justamente por causa do jeito que eu a estava olhando. Eu gaguejei alguma coisa antes que ela me interrompesse.

– Eu disse a ele que tinha outros planos.

Meu desconforto retornou. Eu a queria comigo no resto da noite. Logo ela não seria mais minha estagiária. Será que então eu poderia ser seu amante? Será que eu ainda poderia ser seu chefe *agora*?

– Você quer ir?

Ela balançou a cabeça, olhando para as portas quando chegamos ao 30º andar.

– Acho melhor eu continuar com meus planos.

—

A curta viagem de volta do restaurante foi quieta e solitária, com apenas meus pensamentos confusos como companhia. Caminhei pelo grande saguão até o elevador, e andei automaticamente até o quarto da Chloe antes de lembrar que eu na verdade não estava hospedado lá. Não conseguia lembrar qual era o meu quarto e tentei três portas antes de desistir e voltar para a recepção. Quando subi de volta, percebi que meu quarto ficava logo ao lado do quarto dela.

Os quartos eram idênticos, mas completamente diferentes de um jeito que só eu poderia saber. Esse chuveiro não tinha levado embora todas as nossas inibições na noite passada; não dormimos abraçados um ao outro nessa cama. Essas paredes não ouviram o som dela se acabando debaixo de mim. Essa mesa não estava quebrada por causa de uma rapidinha pela manhã.

Chequei meu celular e vi que tinha duas chamadas perdidas do meu irmão. *Ótimo*. Normalmente, eu já teria conversado com meu pai e meu irmão várias vezes, contando sobre as reuniões e potenciais clientes. Mas, até agora, eu ainda não tinha falado com ninguém. Eu estivera com medo de que eles percebessem que naquela semana minha mente estava muito longe dos negócios.

Já passava das onze horas e eu me perguntei se ela ainda estava com seus amigos ou se já teria voltado. Talvez ela estivesse deitada na cama acordada, obcecada com todas as coisas que eu também estava. Sem pensar, peguei o telefone e disquei o número do quarto dela. Após quatro chamadas, uma voz eletrônica atendeu. Desliguei e tentei o celular dela.

Ela atendeu no primeiro toque.

- Sr. Ryan?

Eu estremeci. Ela estava com outros estudantes. É claro que não me chamaria de Bennett agora.

- Oi. Eu... hum, só queria ter certeza que você tem carona para voltar ao hotel.

Ouvi sua risada do outro lado da linha, abafada pelo som de vozes e música alta.

- Deve ter uns setenta táxis lá fora. Vou pegar um quando eu for embora.

- E quando você vai embora?

- Quando a Melissa terminar esse drinque e provavelmente mais um. E quando a Kim decidir que já dançou com todos os gostosões daqui. Então você pode me esperar em algum momento entre agora e as oito da manhã.

- Você está tentando ser engraçadinha? - perguntei, sentindo um sorriso se abrir em meu rosto.

- Sim.

- Certo - eu disse, respirando pesadamente. - Apenas mande uma mensagem quando voltar em segurança.

Ela ficou em silêncio por um instante e então disse:

- Pode deixar.

Desliguei e deixei o telefone na cama ao meu lado, depois encarei o chão por provavelmente uma hora. Eu nem sabia o que fazer comigo mesmo.

Finalmente, levantei e voltei para o saguão.

—

Eu ainda estava no saguão quando ela voltou às duas da manhã, com o rosto corado e um sorriso ao deixar o telefone cair dentro da bolsa. Meu celular começou a vibrar na minha mão e eu olhei a mensagem.

Voltei sã e salva.

Observei ela passar direto pela recepção e se aproximar de onde eu estava sentado, perto dos elevadores. Ela parou ao me ver com os olhos vermelhos e o terno todo amarrotado. Eu tinha certeza que meu cabelo parecia uma piada, porque eu estava realmente preocupado. De repente, eu não tinha ideia de por que estava esperando ela chegar como um marido ansioso. Só sabia que eu não queria ser a pessoa que decidiria que aquilo entre nós não funcionaria, porque, lá no fundo, eu queria que funcionasse.

– Bennett? – ela disse, olhando para sua amiga, que acenou e andou até o elevador. Eu não dava a mínima para o que a amiga estava pensando, mas podia sentir seu olhar sobre nós até ela entrar no elevador.

Chloe estava usando um vestido preto curto e salto alto que me fizeram ter vontade de requerer que aquele fosse o novo uniforme das estagiárias. Finas tiras se entrecruzavam desde as unhas dos pés pintadas de rosa até a canela. Eu queria tirar o vestido de seu corpo e foder ela no sofá, usando apenas aqueles saltos como apoio.

– Oi – murmurei, admirado com os quilômetros de pernas nuas na minha frente.

Ela se aproximou, parando apenas a alguns centímetros de mim.

– O que você está fazendo aqui?

– Esperando.

Eu lutei para esconder o quanto ela mexia comigo. Naquele momento meus pensamentos mal se separavam da fantasia de agarrar aqueles cabelos, da maneira como meus polegares podiam cobrir completamente seus pequenos mamilos rosados, ou de como seu clitóris era a parte mais macia de qualquer corpo que eu já tocara. Eu queria saboreá-la dos pés à cabeça, dizendo todas as ideias que me ocorressem no processo.

– Você está bêbado?

Balancei a cabeça. *Não da maneira como você pensa.*

– Uma pessoa me viu te olhando hoje à tarde.

– Eu sei – ela esticou o braço e correu os dedos em meus cabelos. – Na palestra. Eu vi o jeito como você ficou.

– Entrei em pânico.

Chloe não disse nada em resposta. Ela apenas riu, um som rouco e suave ao mesmo tempo.

– Não estou pensando em como isso pode me afetar. Estou preocupado com como isso pode afetar você – eu disse.

Ouvi sua respiração ficar mais pesada, senti seus dedos apertarem meu cabelo. Quando ergui o olhar para seu rosto, ela parecia aturdida.

Como ela poderia não perceber o quanto eu estava envolvido por ela? Eu tinha certeza que ela conseguia ver sempre que eu olhava em seus olhos. Naquele momento, como sempre, eu queria agarrá-la por trás e lhe dar uns tapas quando ela fizesse algum som. Queria puxar seu cabelo quando eu gozasse. Morder o seio de novo. Correr meus dentes por suas costas. Beliscar a parte de trás de sua coxa e depois acariciá-la com o toque mais suave de todos.

Mas eu também queria vê-la dormindo, e depois vê-la acordar e me ver, e queria medir seus sentimentos naquela primeira reação.

Comecei a perceber que isso não era apenas sexo, e não era apenas uma coisa que eu precisava tirar do meu sistema. Sexo era apenas a via mais rápida para a posse intensa que eu desejava. Eu estava me apaixonando por ela, mais rápido e mais profundamente do que achava ser possível.

E eu estava apavorado por causa disso.

Decidi falar a verdade.

– Eu preciso de mais uma noite.

Ela segurou a respiração e me encarou, e só então me ocorreu que ela pudesse estar sentindo algo muito diferente do que eu estava.

– Sinta-se livre para dizer não. Eu só... – passei a mão no meu cabelo e olhei para seu rosto. – Eu só queria ficar de novo com você esta noite.

– Você está muito guloso, não acha?

– Você não tem ideia.

—

Em seu quarto, com seu corpo agarrado ao meu entre os lençóis e recebendo tudo que eu tinha para dar, o resto do mundo parecia não mais existir para mim. Seu cheiro e sons preenchiam meu cérebro, me fazendo estocar mais forte e selvagem. Ela estava ensopada em todas as partes: a pele no exterior e a carne no interior, macia e sugando-me mais fundo. Suas pernas envolveram minha cintura e ela me virou, rindo, cavalgando meu corpo com suas costas arqueadas e a cabeça jogada para trás. Sua pele brilhava e eu me sentei debaixo dela, precisando sentir o raspar de seus seios contra meu peito enquanto ela subia e descia. Empurrei-a para trás novamente, ficando mais uma vez por cima, agora com suas pernas apoiadas em meus ombros e sua boca tremendo enquanto ela tentava encontrar palavras.

Suas unhas cravaram em minhas costas e eu gritei, pedindo por mais e querendo que ela me marcasse, que deixasse algo que permaneceria ali no dia seguinte.

Ela gozou uma vez, e então gozou de novo, e mais uma vez, e eu puxei seus cabelos, que estavam completamente selvagens. Eu desabei sobre ela, pronunciando palavras incoerentes enquanto gozava, tentando dizer a ela aquilo que nós dois já sabíamos: que qualquer coisa que acontecesse fora daquele quarto era irrelevante.

Dezesseis

Nós lentamente voltamos da órbita. Abraçados debaixo dos lençóis, passamos horas conversando sobre nosso dia, sobre a reunião com o sr. Gugliotti, sobre seu jantar e minha noite com as amigas. Conversamos sobre a mesa quebrada e sobre eu ter trazido calcinhas apenas para uma semana, o que significava que ele não poderia rasgar mais nenhuma.

Conversamos sobre tudo, exceto o estrago que ele estava causando em meu coração.

Passei um dedo por seu peito e ele o agarrou, levando até os lábios e dizendo:

– Eu gosto de conversar com você.

Eu ri, arrumando o cabelo em sua testa.

– Você conversa comigo todos os dias. E quando eu digo "conversa", quero dizer "grita". Bate as portas. Faz beicinho...

Com os dedos, ele desenhava círculos em minha barriga, me distraindo.

– Você sabe o que quero dizer.

Eu sabia. Sabia exatamente o que ele queria dizer, e eu queria encontrar uma maneira de fazer esse momento durar mais, ali mesmo, até a eternidade.

– Então, me conte alguma coisa.

Ele subiu os olhos até meu rosto, sorrindo nervosamente.

– O que você quer saber?

– Honestamente? Eu acho que quero saber tudo. Mas vamos começar de um jeito fácil. Conte a história das mulheres de Bennett.

Ele passou o longo dedo por cima da sobrancelha, rindo:

– Vamos começar com um assunto fácil. *Claaaaro* – limpou a garganta e então olhou para mim. – Algumas no colégio, algumas na faculdade, algumas na pós-graduação. Algumas depois disso. E então, um relacionamento longo quando eu morei na França.

– Detalhes? – enrolei uma mecha de seu cabelo ao redor do meu dedo, esperando não estar forçando muito a barra.

Para minha surpresa, ele respondeu sem hesitar.

– Seu nome era Sylvie. Ela era advogada de uma pequena firma em Paris. Ficamos juntos por três anos e nos separamos alguns meses antes de eu voltar para casa.

– Foi por causa disso que você se mudou de lá?

Um sorriso se pronunciou no canto de sua boca.

– Não.

– Ela partiu seu coração?

O sorriso se abriu de vez na minha direção.

– Não, Chloe.

– Você partiu o coração dela? – por que eu estava perguntando? Será que eu queria que ele respondesse... que sim? Eu sabia que ele era capaz de partir corações. Na verdade, eu estava quase certa de que partiria o meu.

Ele se inclinou para me beijar, concentrando-se no meu lábio inferior por alguns momentos antes de sussurrar:

– Não. Nós apenas não funcionávamos mais. Minha vida romântica era totalmente sem drama. Até você aparecer.

Eu ri.

– Estou contente por quebrar o padrão.

Pude sentir sua risada vibrar ao longo da minha pele enquanto ele beijava meu pescoço.

– Ah, e você quebrou mesmo – longos dedos percorreram minha barriga, meus quadris, e finalmente chegaram no meio das minhas pernas. – Sua vez.

– De ter um orgasmo? Sim, por favor.

Ele circulou preguiçosamente meu clitóris antes de deslizar o dedo para dentro. Ele conhecia meu corpo melhor do que eu. Quando foi que isso aconteceu?

– Não – ele murmurou. – É a sua vez de contar sua história.

– De jeito nenhum eu consigo pensar em qualquer coisa enquanto você faz isso.

Com um beijo em meu ombro, ele moveu a mão de volta para minha barriga, desenhando círculos novamente.

Fiz um beicinho, mas ele não viu, pois estava olhando seu dedo na minha pele.

– Deus, tive tantos homens na minha vida, por onde devo começar?

– Chloe... – ele advertiu.

– Uns dois no colegial, um na faculdade.

– Você só transou com três homens?

Eu me afastei para olhar em seu rosto.

– Ei, Einstein. Eu transei com quatro homens.

Um sorriso convencido se espalhou em seu rosto.

– É mesmo. Eu fui o melhor por uma margem desconcertantemente grande?

– Responda primeiro se eu fui a sua melhor.

Seu sorriso desapareceu e ele piscou, surpreso.

– Sim.

Ele foi sincero. Isso fez algo dentro de mim derreter e se tornar uma pequena vibração quente. Eu me inclinei para beijá-lo no queixo, tentando esconder o que aquela informação tinha feito comigo.

– Bom.

Beijando seus ombros, eu gemi de felicidade. Eu adorava seu sabor, adorava sentir aquele seu cheiro de ervas. Mergulhando meus dedos em seus cabelos, eu o puxei para trás para poder morder seu queixo, seu pescoço, seu ombro. Mas ele se manteve parado, quase imóvel, claramente não me beijando de volta.

Mas o quê?

Ele respirou fundo, abriu a boca como se fosse dizer algo, mas fechou novamente. De algum jeito eu consegui manter minha boca afastada tempo suficiente para perguntar:

– O que foi?

– Eu sei que você pensa que eu sou um galinha cafajeste, mas isso importa para mim.

– O que importa...?

– Eu quero ouvir você dizer.

Eu o encarei, e ele me encarou de volta, seus olhos começando a mostrar um familiar tom castanho-esverdeado de irritação. Mentalmente relembrando os últimos minutos de conversa, tentei entender o que ele estava falando.

Ah.

– Ah. Sim.

Suas sobrancelhas se juntaram.

– Sim, o quê, srta. Mills?

Senti um calor percorrer meu corpo. Sua voz estava diferente quando ele disse isso. Severa. Mandona. Sexy.

– Sim, você é o melhor por uma margem desconcertantemente grande.

– Acho bom mesmo.

– Pelo menos até agora.

Ele rolou para cima de mim, agarrando meus pulsos e prendendo-os acima da minha cabeça.

– Não me provoque.

– Não provocar? Por favor! – eu disse, perdendo o fôlego. Seu pau pressionou contra minha coxa. Eu queria que estivesse mais para cima. Queria que estivesse entrando em mim. – Tudo o que fazemos é provocar!

Como se quisesse provar que eu estava errada, ele levou a mão livre para debaixo dos lençóis, pegou seu pau e o guiou para dentro de mim, puxando minha perna ao redor de sua cintura. Mantendo-se parado, ele me encarou. Seu lábio superior tremeu.

– Por favor, mexa – sussurrei.

– Você gosta disso?

– Sim.

– E se eu não mexer?

Mordi o lábio e tentei olhá-lo nos olhos.

Ele sorriu e grunhiu:

– *Isto* é provocação.

– Por favor? – tentei mover meus quadris, mas ele seguiu meus movimentos para que eu não conseguisse fricção.

– Chloe, eu nunca *provoco* você. Eu gosto é de *foder* até deixar você maluca.

Eu ri, e seus olhos se fecharam enquanto meu corpo apertava-o ainda mais.

– Não que você seja muito sã, para começo de conversa – ele disse, mordendo meu pescoço. – Agora, diga o quanto eu faço você se sentir bem – havia algo na voz dele, uma vulnerabilidade no final da frase, que me fez perceber que ele não estava brincando.

– Ninguém nunca me fez gozar antes. Seja com mãos, boca ou qualquer outra coisa.

Ele já estava imóvel antes, e era possível perceber os sinais de que estava reprimindo algo: seus ombros estavam trêmulos e sua respiração entrecortada, como se o corpo inteiro quisesse explodir debaixo dos lençóis. Mas quando eu disse isso ele congelou completamente.

– Ninguém?

– Apenas você – eu me inclinei e mordi seu queixo. – Eu diria que isso te coloca um pouco à frente dos outros.

Ele disse meu nome quando soltou a respiração e mexeu os quadris para frente e depois para trás. E de novo, para frente e para trás. A conversa tinha acabado. Sua boca encontrou a minha, e depois meu queixo, meu rosto, minha orelha. Sua mão subiu pelo meu corpo, passando pelos seios até finalmente chegar ao rosto.

E quando achei que estávamos perdidos no ritmo e eu já sentia meu clímax se aproximando, e enterrei meus calcanhares na bunda dele querendo mais, mais rápido, querendo-o inteiro, e ele sussurrou:

– Eu queria ter descoberto isso antes.

– Por quê? – falei com dificuldade no meio da minha respiração pesada. *Mais rápido*, gritava meu corpo. *Mais.* – Você teria sido menos filho da puta comigo?

Ele tirou minhas pernas da sua cintura e me colocou de joelhos.

– Não sei. Só queria saber antes – ele grunhiu, entrando em mim novamente. – Deus. Tão fundo assim...

Seus movimentos eram fluidos, como uma superfície de água ondulante, como um raio de sol percorrendo um quarto escuro. As molas da cama rangiam debaixo de nós, a força de suas estocadas me empurravam pelo colchão acima.

– Quase – agarrei os lençóis e implorei para ele continuar. – Quase. Mais forte.

– *Merda.* Está tão perto. Vai – ele sincronizou cada movimento com o último, sabendo que aquele era o ponto do qual não havia mais volta. – *Vai.*

Seu rosto, sua voz, seu cheiro – cada parte sua preenchia minha mente quando eu obedientemente gozei debaixo dele.

Ele estocou com força, então todos os seus músculos congelaram e ele se derreteu em mim quando também gozou.

– Merda, merda, *merda*... – ele soltou o ar em meu cabelo antes de cair, pesado e silencioso, em cima de mim.

O ar-condicionado ligou automaticamente e ficou emitindo um zumbido. Após recuperar o fôlego, Bennett rolou para o lado, passando a mão por minhas costas suadas.

– Chloe?

– Hum?

Quando ele falou, sua voz estava tão grave e pesada que eu não tinha certeza se ele estava acordado.

– Eu quero mais do que apenas isto.

Eu congelei e meus pensamentos explodiram em uma bagunça caótica.

– O que você disse?

Ele abriu os olhos, com esforço aparente, e olhou para mim.

– Eu quero estar com você.

Apoiando meu corpo no cotovelo, eu o encarei, completamente incapaz de produzir uma única palavra.

– Tanto sono – seus olhos se fecharam, ele colocou o braço pesado em cima de mim e me puxou para perto. – Garota, venha aqui – ele pressionou o rosto no meu pescoço e murmurou: – Tudo bem se você não quiser. Eu aceito qualquer coisa que você disser. Só me deixe ficar aqui até amanhã, certo?

De repente, eu estava mais do que acordada e fiquei encarando o vazio escuro e ouvindo o zumbido do ar-condicionado. Fiquei apavorada pensando que aquilo mudava tudo, e ainda mais apavorada pensando que talvez ele não soubesse o que estava falando e que aquilo não mudaria nada.

– Certo – sussurrei na escuridão, ouvindo ele respirar lentamente, em um ritmo constante de sono profundo.

Rolei para o lado e abracei um travesseiro, buscando conforto. O cheiro dele me acordou, mas os lençóis frios do outro lado da cama me disseram que eu estava sozinha. Olhei para a porta do banheiro, tentando ouvir qualquer som vindo de dentro. Não havia nenhum.

Continuei deitada ali, abraçando seu travesseiro enquanto meus olhos se tornavam pesados. Eu queria esperar por ele. Precisava da segurança de seu corpo quente ao meu lado e precisava sentir seus braços fortes ao meu redor. Imaginei ele me abraçando, sussurrando que aquilo era real e que nada mudaria naquela manhã. Logo meus olhos se fecharam e voltei a cair em um sono inquieto.

Algum tempo depois, acordei novamente, ainda sozinha. Rolando rapidamente para o lado, olhei para o relógio: cinco e quinze da manhã.

O quê? Procurando na escuridão, vesti a primeira coisa que encontrei e andei até a porta do banheiro.

– Bennett? – sem resposta. Bati na porta suavemente. – Bennett? – ouvi um grunhido e algo se mexendo levemente do outro lado da porta.

– Só vá embora – sua voz estava rouca, ecoando pelas paredes do banheiro.

– Bennett, você está bem?

– Não estou me sentindo bem. Vou melhorar, apenas volte para a cama.

– Posso trazer alguma coisa?

– Estou bem. Apenas, por favor, volte para a cama.

– Mas...

– *Chloe* – ele grunhiu, obviamente irritado.

Eu me virei, sem saber o que fazer, lutando contra uma sensação ruim. Ele estava mesmo doente? Em pouco menos de um ano, eu nunca o tinha visto nem mesmo resfriado. Estava óbvio que ele não me queria encostada na porta, mas também eu não poderia simplesmente voltar para a cama.

Em vez disso, arrumei os lençóis e fui até a sala de estar da suíte. Peguei uma garrafa de água do minibar e sentei no sofá.

Se ele estivesse passando mal, quer dizer, realmente passando mal, não conseguiria participar da reunião com Gugliotti dali a algumas horas.

Liguei a televisão e comecei a zapear entre os canais. Infomercial. Filme ruim. Nickelodeon. *Ah, quanto mais idiota melhor*. Relaxando no sofá, dobrei as pernas por baixo do corpo e me preparei para esperar. No meio do filme, ouvi a água correndo no banheiro. Sentei e fiquei ouvindo, já que era o primeiro som em mais de uma hora. A porta do banheiro se abriu e voei do sofá, peguei outra garrafa de água e entrei no quarto.

– Você está se sentindo melhor?

– Sim. Acho que só preciso dormir agora – ele desabou na cama e enterrou o rosto no travesseiro.

– O que... o que você teve? – coloquei a garrafa de água no criado-mudo e sentei no canto da cama.

– É o meu estômago. Acho que foi o sushi do jantar – seus olhos estavam fechados e, mesmo sob a fraca luz que vinha do outro quarto, eu podia ver que ele parecia mal. Ele se afastou um pouco de mim, mas eu o ignorei e coloquei uma mão em seu cabelo e a outra em seu rosto. O cabelo estava molhado e o rosto estava pálido e suado. Apesar da reação inicial, ele relaxou com meu toque.

– Por que você não me acordou? – eu perguntei, movendo algumas mechas molhadas de sua testa.

– Porque a última coisa que eu precisava era ter você lá assistindo eu vomitar – ele respondeu, mal-humorado. Eu revirei os olhos, oferecendo a garrafa de água.

– Eu poderia ter feito alguma coisa. Você não precisa ser tão machão.

– E você não precisa ser tão mulherzinha. O que poderia fazer? Comida estragada é uma coisa de que a pessoa precisa cuidar sozinha.

– E então? Eu devo ligar para o Gugliotti?

Ele grunhiu e esfregou a mão no rosto.

– *Merda*. Que horas são?

Olhei para o relógio.

– Sete e pouco.

– Que horas é a reunião?

– Às oito.

Ele começou a se levantar, mas eu facilmente fiz com que ele se deitasse de novo.

– De jeito nenhum você vai para aquela reunião desse jeito! Quando foi a última vez que vomitou?

Ele grunhiu.

– Alguns minutos atrás.

– Exatamente. Nem pensar. Vou ligar para remarcar.

Ele agarrou meu braço antes que eu pudesse me aproximar da mesa para pegar o telefone.

– Chloe. Você faz a reunião.

Ergui as sobrancelhas quase até a linha do cabelo.

– Como é?

Ele esperou.

– Eu fazer a reunião?

Ele assentiu.

– Sem você?

Ele assentiu novamente.

– Você vai me enviar para uma reunião sozinha?

– Srta. Mills, como você é inteligente!

– Vá se ferrar! – eu disse, rindo e empurrando-o gentilmente. – E eu não vou fazer isso sem você.

– Por que não? Aposto que você conhece a conta tão bem quanto eu. Além disso, se remarcarmos, ele vai acabar fazendo uma viagem para Chicago com tudo pago e depois nos enviar a conta. Por favor, Chloe.

Fiquei encarando seu rosto, esperando que ele começasse a sorrir e dissesse que estava brincando. Mas não estava. E, na verdade, eu conhecia sim a conta, e sabia todo o procedimento. Eu conseguiria fazer isso.

– Certo – eu disse, sorrindo e sentindo que talvez fosse possível resolver a nossa situação, afinal de contas. – Eu topo.

Seu rosto se tornou sério e ele usou uma voz que eu mal tinha ouvido nos últimos dias. Aquilo enviou pequenas ondas de desejo por meu corpo.

– Diga qual é o seu plano, srta. Mills.

Assentindo, eu disse:

– Preciso me certificar que ele sabe os parâmetros e os prazos do projeto. Ficarei atenta com promessas exageradas, sei que o Gugliotti é famoso por fazer isso – quando Bennett assentiu, sorrindo um pouco, eu continuei. – Vou confirmar as datas do início do contrato e das apresentações.

Quando terminei de contar nos meus dedos esses cinco itens, seu sorriso aumentou.

– Você vai se sair bem.

Eu me inclinei e beijei sua testa suada.

– Eu sei.

Duas horas depois, se você me perguntasse se eu podia voar, eu diria em um instante que sim.

Tudo foi perfeito na reunião. O sr. Gugliotti, que inicialmente não gostou muito de encontrar uma estagiária no lugar de um executivo da Ryan Media, amoleceu depois de ouvir as circunstâncias. E mais tarde pareceu impressionado com o nível de detalhes que eu providenciei.

Ele até me ofereceu um emprego.

– É claro, depois que você terminar com o sr. Ryan – ele disse com uma piscadela, e eu educadamente sorri de volta.

Eu não sabia se queria realmente terminar com o sr. Ryan.

No caminho de volta da reunião, liguei para a Susan e perguntei o que o Bennett gostava de fazer quando estava doente. Como suspeitei, a última vez que ela pudera cuidar dele com canja de galinha e sorvete tinha sido ainda no colégio. Ela ficou encantada de receber minha ligação, e tive de engolir o sentimento de culpa quando ela perguntou se ele estava se comportando. Assegurei que tudo estava indo bem e que ele tinha apenas uma indigestão e, claro, que eu diria para ele telefonar. Com uma sacola de supermercado nas mãos, entrei no quarto e parei na área da cozinha para guardar a comida e tirar meu casaco de linho.

Vestindo apenas minha roupa de baixo, entrei no quarto, mas Bennett não estava lá. A porta do banheiro estava aberta, mas ele também não estava lá. Parecia que a camareira tinha arrumado o quarto, os lençóis estavam limpos e dobrados, e nossas roupas já não estavam mais espalhadas pelo chão. A porta da varanda estava aberta, deixando uma brisa entrar. Lá fora, encontrei ele sentado em uma cadeira, com os cotovelos apoiados nos joelhos e a cabeça nas mãos. Parecia ter tomado banho e estava vestindo um jeans escuro e uma camiseta verde de mangas curtas.

Minha pele se arrepiou com sua imagem.

– Oi – eu disse.

Ele olhou para cima e seus olhos percorreram cada curva minha.

– Caramba. Espero que você não tenha usado isso na reunião.

– Bom, eu usei – eu disse, rindo. – Mas usei debaixo de um lindo casaco azul-marinho.

– Bom – ele me puxou para perto, envolvendo completamente os braços em minha cintura e pressionando sua testa em minha barriga. – Eu senti sua falta.

Senti uma pequena pontada em meu peito. O que estávamos *fazendo*? Aquilo era real ou estávamos brincando de casinha por alguns dias para depois voltar ao normal? Não sabia se conseguiria voltar ao normal depois daquilo, e não sabia como seria o futuro.

Pergunte para ele, Chloe!

Seu olhar queimou meu rosto enquanto ele esperava que eu dissesse alguma coisa.

– Você está se sentindo melhor?

Covarde.

Seu rosto mostrou um pouco de decepção, mas ele logo escondeu isso.

– Sim. Como foi a reunião?

Embora eu ainda estivesse animada por causa da reunião e morrendo de vontade de contar cada detalhe, ele retirou seus braços da minha cintura e se arrumou na cadeira ao perguntar isso, e eu tive uma sensação irracional de frio e de vazio. Eu queria voltar dois minutos no tempo, quando ele disse que sentiu minha falta, e então eu poderia responder "Também senti sua falta". Eu o beijaria e acabaríamos nos distraindo, e eu contaria sobre Gugliotti apenas horas mais tarde.

Mas em vez disso contei todos os detalhes da reunião – como o Gugliotti reagiu ao me ver, e como eu redirecionei seu foco para o projeto. Contei cada aspecto da discussão com tantos detalhes que, no fim da minha história, Bennett estava rindo baixinho.

– Meu Deus, você fala demais.

– Acho que deu tudo certo – eu disse, dando um passo adiante. *Envolva seus braços em mim de novo.*

Mas ele não fez isso. Recostou-se na cadeira e mostrou um sorriso endurecido, do tipo que fazia quando encarnava o Cretino Irresistível.

– Você foi ótima, Chloe. Não estou nem um pouco surpreso.

Eu não estava acostumada com esse tipo de elogio vindo dele. Melhoria na caligrafia, uma boa chupada – essas eram as coisas que ele sabia notar. E fiquei surpresa ao perceber o quanto sua opinião importava para mim. Será que sempre fora assim? Será que ele começaria a me tratar diferente se nos tornássemos amantes ao invés de apenas termos umas transas casuais? Eu não sabia se realmente queria que ele fosse um chefe mais educado, ou que tentasse misturar o papel de mentor e amante. A verdade é que eu gostava muito do Cretino Irresistível no trabalho, e também na cama.

Mas, assim que pensei nisso, percebi que agora a maneira como interagíamos antes parecia distante, como um par de sapatos que já não cabia mais nos pés. Eu estava dividida entre querer que ele dissesse algo cretino, me atirando de volta para a realidade, e querer que ele me puxasse para perto e beijasse meus seios através do tecido da lingerie.

De novo, Chloe. Essa é a razão número 750 mil para não transar com seu chefe. Você acaba transformando um relacionamento bem definido numa confusão onde os limites não estão claros.

– Você parece tão cansado – sussurrei quando comecei a passar meus dedos nos cabelos atrás do seu pescoço.

– Eu estou – ele murmurou. – Ainda bem que não fui. Eu vomitei. Bastante.

– Obrigada por me contar – eu ri. Relutantemente, me afastei e pousei as mãos em seu rosto. – Eu trouxe sorvete, refrigerante e bolacha de água e sal. Qual você quer primeiro?

Ele encarou meu rosto, completamente confuso por um momento.

– Você ligou para a minha *mãe*?

Desci até a convenção por algumas horas durante a tarde para que ele pudesse dormir um pouco. Ele tentava mostrar um exterior forte, mas eu podia ver de longe que só um pouco de sorvete já fazia seu estômago embrulhar. Além disso, naquela convenção em particular ele mal podia dar dois passos sem ser parado e paparicado. Mesmo sem estar doente ele não conseguiria se concentrar em qualquer coisa que valesse a pena.

Quando voltei para o quarto, ele estava esparramado no sofá em uma pose que não tinha nada de irresistível: sem camisa e com a mão dentro da cueca. Havia algo tão comum na maneira como ele estava sentado, entediado, olhando para a televisão. Fiquei grata pela lembrança de que aquele homem era, às vezes, apenas um homem. Apenas outra pessoa, andando pelo mundo, cuidando de suas coisas, sem passar cada segundo ateando fogo na vida dos outros.

E, no meio dessa epifania de que Bennett era apenas Bennett, fiquei com uma sensação louca de que havia a chance de ele estar se tornando o *meu* Apenas Bennett. E, por um instante, desejei isso mais do que qualquer outra coisa no mundo.

Uma mulher com cabelos impossivelmente brilhantes virou a cabeça e sorriu para nós na televisão. Eu desabei no sofá ao lado dele.

– O que você está assistindo?

– Comercial de xampu – ele respondeu, tirando a mão de dentro da cueca para me tocar. Comecei a fazer uma piada sobre a mão na cueca, mas parei no momento em que ele começou a massagear meus dedos. – Mas *O balconista* acabou de começar.

– Esse é um dos meus filmes favoritos.

– Eu sei. Você estava falando sobre esse filme na primeira vez em que te vi.

– Na verdade, eu estava falando sobre a sequência – esclareci, e depois parei. – Espera, você lembra disso?

– É claro que eu lembro. Você soava como uma adolescente falando, mas parecia uma modelo. Que homem não se lembraria disso?

– Eu daria tudo para saber o que você estava pensando naquela hora.

– Eu estava pensando "Estagiária altamente comível à frente. Recuar, soldado. *Recuar*".

Eu ri e me encostei em seu ombro.

– Deus, aquele primeiro encontro foi terrível.

Ele não disse nada, mas continuou passando o polegar em meus dedos, pressionando e acariciando. Nunca tinha recebido uma massagem na mão antes, e se ele tentasse começar sexo oral, eu talvez recusasse só para ele continuar com aquilo.

Uau, que grande mentira. Eu aceitaria aquela boca entre as minhas pernas a qualquer hora do dia...

– Como você quer que as coisas fiquem, Chloe? – ele perguntou, tirando minha mente daquele debate interno.

– O quê?

– Quando voltarmos para Chicago.

Encarei seu rosto, sentindo o sangue bombear com força pelas minhas veias.

– As coisas entre nós – ele acrescentou, com uma paciência forçada. – Você e eu. Chloe e Bennett. Gato e rato. Eu sei que isso não deve ser fácil para você.

– Bom, eu tenho certeza que não quero brigar o tempo todo – bati em seu ombro de brincadeira. – Apesar de até gostar um pouco dessa parte.

Bennett riu, mas não pareceu um som completamente feliz.

– Existe muito espaço depois de "não brigar o tempo todo". Como você quer ficar?

Juntos. Quero ser sua namorada. Alguém que vê o interior da sua casa e fica por lá de vez em quando. Comecei a responder, mas as palavras evaporaram em minha garganta.

– Acho que depende de saber se seria realista pensar que isso pode dar em alguma coisa.

Ele deixou minha mão cair e esfregou o rosto. O filme voltou do comercial e nós caímos naquele que deve ter sido o silêncio mais constrangedor da história do mundo.

Finalmente, ele pegou minha mão de volta e beijou a palma.

– Certo, garota. Eu consigo não brigar o tempo todo.

Fiquei olhando para seus dedos entrelaçados com os meus. Após o que pareceu uma eternidade, consegui dizer:

– Desculpe. Tudo isso ainda parece um pouco novo demais.

– Para mim também.

Caímos no silêncio novamente e continuamos a assistir ao filme, rindo nas mesmas cenas e lentamente mudando de posição até eu praticamente estar deitada em cima dele. Com o canto do olho, espiei o relógio na parede e mentalmente calculei as horas que nos restavam para continuar juntos em San Diego.

Quatorze.

Restavam quatorze horas naquela perfeita realidade em que eu podia ter o Bennett a qualquer hora que quisesse, e não precisava ser em segredo, nem por causa de um desejo incontrolável, nem usando a raiva como nossa única maneira de fazer as preliminares.

– Qual é o seu filme favorito? – ele perguntou, virando meu corpo e pairando sobre mim. Sua pele estava muito quente e eu queria tirar minha blusa, mas não queria que se ele movesse nem um centímetro, nem por um segundo.

– Eu gosto de comédias – comecei. – Gosto de *O Balconista*, mas também gosto do *Mong & Loide*, *Todo mundo quase morto*, *Chumbo grosso*, *Os sete suspeitos*, coisas desse tipo. Mas tenho que dizer que meu filme favorito de todos os tempos provavelmente é *Janela indiscreta*.

– Por causa do Jimmy Stewart ou da Grace Kelly? – ele perguntou, inclinando-se para beijar uma trilha de fogo em meu pescoço.

– Os dois, mas provavelmente mais por causa da Grace Kelly.

– Entendo. Você tem muito em comum com a Grace Kelly – sua mão subiu e ajeitou uma mecha de cabelo que havia se soltado do meu rabo de cavalo. – Ouvi falar que ela também tinha uma boca suja – ele acrescentou.

– Você adora minha boca suja.

– É verdade. Mas eu prefiro quando ela está cheia – ele disse, com o sorrisinho apropriado no rosto.

– Sabe, se você calasse a boca de vez em quando você seria quase perfeito.

– Mas então eu seria um rasgador de calcinhas *silencioso*, o que acho que é bem mais esquisito do que um chefão rasgador de calcinhas.

Eu me dissolvi em risadas enquanto ele fazia cócegas nas minhas costelas.

– Eu sei que você adora isso – ele grunhiu.

– Bennett – eu disse, tentando soar desinteressada –, o que você faz com elas?

Ele me lançou um olhar sombrio e provocante.

– Guardo num lugar seguro.

– Posso ver?

– Não.

– Por quê? – perguntei, apertando os olhos na sua direção.

– Porque você vai tentar pegá-las de volta.

– Por que eu iria querer de volta? Você rasgou todas!

Ele sorriu maliciosamente, mas não respondeu.

– Por que você faz isso, afinal de contas?

Ele me estudou por um momento, obviamente considerando uma resposta. Finalmente, se apoiou no cotovelo e colocou o rosto perto do meu.

– Pela mesma razão pela qual você gosta quando eu faço isso.

Então ele se levantou e me puxou para o quarto.

Dezessete

Eu tinha experiência com negociações, barganhas e blefes. E lá estava eu, na incomum posição de apostar tudo que tinha, mas em se tratando da Chloe, eu não me importava. Era tudo ou nada.

– Você está contente em voltar para casa? Você está fora faz quase três semanas.

Ela deu de ombros, tirando minha cueca sem cerimônia e envolvendo meu pau com a mão quente com uma familiaridade que me fez sentir pontadas no peito.

– Eu me diverti por aqui, sabe.

Eu não me apressei abrindo cada botão da blusa dela e beijei cada centímetro de pele que aparecia.

– Quanto tempo nós temos antes do voo?

– Treze horas – ela disse, sem olhar para o relógio. A resposta foi realmente rápida e, pela maneira como sua pele estava molhada quando deslizei dois dedos dentro de sua calcinha, ela não estava nem um pouco ansiosa para sair daquele quarto de hotel.

Fiz cócegas em suas coxas, provoquei sua língua com a minha boca e esfreguei meu pau em sua perna até sentir ela se arquear na minha direção. Suas pernas deslizaram por minha cintura e ela esticou a mão em meu peito enquanto eu entrava nela, determinado a fazê-la gozar quantas vezes eu pudesse antes do sol nascer.

Para mim, não havia nada no mundo além de sua pele macia e do ar quente de seus gemidos em meu pescoço. De novo e de novo eu me mexia em cima dela, calado em meu desejo, perdido dentro dela. Seus quadris dançavam com os meus, os seios apertavam o meu peito. Eu queria dizer a ela: *Isso que nós temos é a coisa mais incrível que já senti na vida. Você também sente?*

Mas eu não tinha palavras. Eu tinha apenas instinto, o sabor dela em minha língua e a memória de sua risada ecoando em minha cabeça. Eu queria manter esse som para sempre. Eu queria ser tudo para ela: seu amante, seu parceiro de briga, seu amigo. Naquela cama, eu poderia ser qualquer coisa.

– Eu não sei como fazer isso – ela disse num momento estranho, quase gozando e me apertando tão forte que pensei que deixaria marcas. Mas eu sabia do que ela estava falando, pois era doloroso satisfazer aquele desejo tão grande, mas não ter ideia do que iria acontecer depois. A maneira como eu a queria me fazia sentir saciado e faminto ao mesmo tempo, e meu cérebro não sabia como reagir. Então, em vez de responder ou dizer o que eu achava que deveríamos fazer, eu beijei seu pescoço, coloquei os dedos em sua cintura e disse:

– Eu também não, mas ainda não estou pronto para deixar acabar.

– É tão bom... – ela sussurrou contra minha garganta e eu gemi em uma agonia silenciosa, completamente incapaz de produzir alguma palavra em resposta.

Achei que iria uivar.

Eu a beijei.

Penetrei profundamente, pressionando-a contra o colchão.

Parecia infinito, aquele êxtase explosivo. Seu corpo se erguia para encontrar o meu, sua boca molhada, faminta, mordia e acariciava.

—

Acordei quando meu travesseiro foi puxado e a Chloe balbuciou alguma coisa incoerente sobre espinafre e cachorro-quente.

A mulher tinha um sono inquieto e agora estava falando enquanto dormia.

Passei minha mão gananciosa em sua bunda antes de rolar para o lado e olhar para o relógio. Já passava um pouco das cinco horas, e eu sabia que precisávamos levantar para conseguir pegar o avião às oito. Por mais que eu odiasse deixar nossa pequena toca dos pecados, lembrei que praticamente não trabalhara a semana toda e comecei a me sentir culpado sobre a carreira que eu essencialmente estava negligenciando. Na última década, minha carreira fora a minha vida e, embora eu me sentisse mais confortável com o efeito que a Chloe causava no meu equilíbrio, eu precisava retomar o foco. Era hora de voltar para casa, vestir o uniforme de chefão e começar a trabalhar.

O sol da manhã já invadia o quarto e cobria com uma luz opaca sua pele clara. Ela estava deitada de lado, de frente para mim, com os cabelos espalhados pelo travesseiro. Seu rosto estava praticamente inteiro no meu travesseiro.

Eu entendia sua hesitação para decidir como nossa relação funcionaria quando estivéssemos de volta à realidade. Aquela bolha em San Diego fora incrível, em parte porque não existiam todos aqueles pontos que complicaram nossa relação a princípio: seu emprego na Ryan Media, meu papel na empresa da família, sua bolsa de estudos, nossos temperamentos fortes. Embora eu quisesse forçar uma definição dessa coisa entre nós e estabelecer expectativas de acordo com as quais eu poderia agir, a atitude dela – com muito mais precaução – provavelmente era o melhor a fazer.

Os cobertores estavam no chão desde a noite anterior, então aproveitei a chance para observar seu corpo nu. Eu definitivamente poderia me acostumar a acordar com aquela mulher ao meu lado na cama.

Mas, infelizmente, não teríamos uma manhã daquela em nosso futuro imediato. Tentei acordá-la colocando a mão em seu ombro, depois a beijei no pescoço, até que finalmente dei um beliscão em sua bunda.

Ela deu um forte tapa no meu braço antes que eu pudesse puxá-lo de volta. E nem dava para dizer se ela estava acordada ou não.

– Idiota.

– Temos de levantar e ir embora. Precisamos estar no aeroporto em uma hora.

Chloe rolou para o lado e me encarou. Seu rosto estava cheio de marcas do travesseiro e os olhos estavam desfocados. Ela não se importou em cobrir o corpo como fizera no primeiro dia, mas também não estava sorrindo sem parar.

– Certo – ela disse. Sentou na cama, bebeu água e beijou meu ombro antes de se levantar.

Observei-a entrar no banheiro, mas ela não olhou para trás em nenhum momento. Eu não precisava exatamente de uma rapidinha pela manhã, mas não me importaria em ficar um pouco abraçado, talvez até conversar na cama por algum tempo.

Então provavelmente não deveria ter beliscado sua bunda.

Ela não saiu de lá, e depois de juntar minhas coisas eu bati na porta do banheiro.

– Vou para meu quarto para tomar um banho e fazer a mala.

Ela ficou em silêncio por alguns instantes.

– Certo.

– Você pode falar alguma coisa além de "certo"?

Ouvi sua risada do outro lado da porta.

– Acho que eu já disse "idiota" hoje.

Tive de sorrir.

Mas quando me aproximei da porta do quarto para ir embora, ela saiu do banheiro e foi direto para meus braços, envolvendo meu corpo e pressionando o rosto em meu pescoço. Ainda estava nua e, quando olhou para cima, seus olhos pareciam um pouco vermelhos.

– Desculpa – ela disse, beijando meu queixo antes de me puxar para um beijo mais longo e profundo. – Eu fico nervosa antes de voar.

Ela se virou e voltou para o banheiro antes que eu pudesse olhar em seus olhos para descobrir se estava falando a verdade ou não.

—

O quarto ao lado parecia arrumado demais, mesmo para um hotel de luxo. Não demorei para fazer a mala, tomar banho e me vestir. Mas algo me impedia de voltar para o quarto da Chloe tão cedo. Era como se ela precisasse de um tempo sozinha, para lidar com seja lá que batalha interna estivesse lutando. Dava para perceber que ela estava em conflito, mas qual lado escolheria no final? Será que decidiria tentar? Ou decidiria que não era possível equilibrar o trabalho e nós dois?

Quando a impaciência venceu o cavalheirismo, peguei minha mala, saí para o corredor e bati na porta de seu quarto.

Ela abriu, vestida como uma mulher de negócios safada, e levei uns oito anos para passar os olhos de suas pernas para os seios e depois finalmente para o rosto.

- Olá, linda.

Ela mostrou um sorriso um pouco forçado.

- Oi.

- Pronta para ir? - perguntei, começando a me aproximar para pegar sua mala. A manga do meu terno raspou em seu braço nu e, antes que eu pudesse entender o que estava acontecendo, ela agarrou minha gravata e me empurrou para a parede, beijando-me intensamente.

Eu congelei, surpreso.

- Ei, calma! - murmurei em seus lábios.

Com uma mão espalmada em meu peito, ela começou a tirar a gravata e gemeu em minha boca quando sentiu meu pau crescer encostado nela. Seus dedos ágeis jogaram a gravata no chão, mas então lembrei que tínhamos um voo para pegar.

- Chloe... - eu disse, tentando me afastar de seus beijos. - Linda, nós não temos tempo para isso.

- Eu não me importo - ela era toda lábios e dentes, sugando meu pescoço, com mãos famintas tirando meu cinto e agarrando meu pau.

Praguejei enquanto perdia o fôlego, completamente incapaz de resistir ao jeito como ela tomava minhas calças, puxava e arrancava minhas roupas.

- Merda, Chloe, você está totalmente *selvagem*.

Eu a girei e pressionei suas costas contra a parede, enterrei minha mão dentro de sua blusa e puxei com força o sutiã para o lado. Seu desejo era contagiante, e meus dedos se esbaldaram na maciez de seus mamilos, na firmeza dos seios que ela empurrava de volta contra minha mão. Desci o braço e subi a saia até a cintura, puxei a calcinha para baixo e a levantei do chão.

Eu precisava entrar nela imediatamente.

– Diga que você me quer – ela disse, pronunciando as palavras em meio à respiração entrecortada. Ela estava tremendo e seus olhos estavam fechados com força.

– Você não faz ideia. Eu quero tudo que você tem para me dar.

– Diga que podemos fazer isso – ela abaixou minhas calças até os joelhos e envolveu minha cintura com a perna, enterrando o salto do sapato na minha bunda. Quando meu pau deslizou dentro dela, eu cobri sua boca para abafar o som agudo que ela soltou. Parecia quase um gemido.

Quase um soluço.

Eu me afastei, examinando seu rosto. Lágrimas corriam de seus olhos.

– Chloe?

– Não pare – ela disse, soluçando e inclinando-se para beijar meu pescoço. Estava se escondendo. Com uma mão, ela tentou abrir espaço entre nossos corpos e alcançar meu pau. Parecia um tipo estranho de desespero. Já tínhamos transado com furor antes, já tínhamos transado com pressa, mas aquilo era algo completamente diferente.

– Pare – eu a abracei e a pressionei contra a parede. – Linda, o que você está fazendo?

Finalmente, ela abriu os olhos, focando meu colarinho. Abriu um botão, e então abriu outro.

– Só preciso sentir você mais uma vez.

– O que você quer dizer com "mais uma vez"?

Ela não olhou em meus olhos e não disse mais nada.

– Chloe, quando sairmos deste quarto, podemos deixar tudo aqui. Ou podemos levar tudo o que existe entre nós. Eu acredito que podemos descobrir um jeito... você acredita?

Ela assentiu e mordeu o lábio até embranquecer a carne. Quando soltou, uma cor vermelha tentadora voltou a aparecer.

– Eu quero acreditar.

– Eu já disse, eu quero mais do que isto. Eu quero *estar* com você. Quero ser seu amante – soltei um palavrão e agarrei meus próprios cabelos. – Estou me apaixonando por você, Chloe.

Ela se abaixou, rindo, com um alívio se espalhando por seu corpo. Quando voltou a se endireitar, ela me puxou para perto novamente e pressionou os lábios em meu rosto.

– Está falando sério?

– Totalmente sério. Quero ser o único cara que transa com você contra a janela, e também quero ser a primeira pessoa que você vê quando acorda de manhã, depois de ter roubado meu travesseiro. Também quero ser a pessoa que compra sorvete para *você* quando *você* passa mal. Temos só mais alguns meses antes de isso deixar de ser potencialmente complicado.

Então, com minha boca contra a dela e minhas mãos em seu rosto, eu acho que ela finalmente começou a entender.

– Prometa que você vai me levar para a cama quando voltarmos – ela disse.

– Eu prometo.

– Para a sua cama.

– Com certeza, minha cama. Minha cama é enorme, com uma cabeceira onde posso amarrar você e te dar vários tapas por você ser tão ridícula.

E, nesse momento, nós éramos completamente perfeitos.

No corredor, após um último beijo na palma de sua mão, soltei-a e a acompanhei até o saguão.

Dezoito

Bennett foi até o carro enquanto eu fazia o check-out na recepção. Dei uma última olhada no saguão ao redor, querendo gravar cada memória da viagem. Quando saí, vi Bennett de pé ao lado do manobrista. Meu coração batia acelerado. Eu ainda estava anestesiada. Eu entendia que ele tinha me dado muitas chances de dizer o que eu queria, mas eu estivera muito insegura sobre a possibilidade de ficarmos juntos. Aparentemente, ele era mais corajoso do que eu.

Estou me apaixonando por você.

Meu estômago se revirou deliciosamente.

O sr. Gugliotti avistou Bennett e se aproximou. Eles apertaram as mãos e trocaram amenidades. Eu quis andar até eles e me juntar à conversa como uma igual, mas fiquei com medo de não conseguir esconder o que estava acontecendo em meu coração, e de meus sentimentos por Bennett ficarem estampados em meu rosto.

O sr. Gugliotti olhou para mim, mas aparentemente não conseguiu me reconhecer fora de contexto. Ele voltou a olhar para Bennett, assentindo para algo que ele disse, e essa falta de reconhecimento me fez hesitar ainda mais. Eu ainda não era alguém para ser notada. Os papéis do check-out, a lista de afazeres de Bennett e sua pasta estavam na minha mão. Eu era apenas alguém na periferia: uma estagiária.

Mantendo-me longe, tentei aproveitar os últimos momentos da brisa que vinha do oceano. A voz grave de Bennett chegou aos meus ouvidos através dos poucos metros que nos separavam.

– Parece que você ofereceu algumas boas ideias. Estou contente que a Chloe teve a chance de participar desse exercício.

Assentindo, o sr. Gugliotti disse:

– A Chloe é esperta. Tudo correu bem.

– Tenho certeza que logo vamos poder fazer uma teleconferência para começar o processo de entrega do material.

Exercício? Começar? Não foi isso que eu tinha feito? Eu tinha entregue ao Gugliotti os contratos para ele assinar e enviar de volta pelo correio.

– Bom. Vou pedir para a Annie ligar e marcar as datas. Gostaria de ler os termos com você. Ainda não me senti à vontade para assiná-los.

– É claro.

Meu coração acelerou quando a espiral de pânico e humilhação se espalhou por minhas veias. Era como se a reunião que fiz tivesse sido um mero exercício para mim, e o verdadeiro trabalho aconteceria entre esses dois homens, de volta ao mundo real.

Essa conferência inteira foi apenas uma grande fantasia? Eu me senti ridícula ao lembrar os detalhes que tinha contado para o Bennett, de como estivera orgulhosa por ter cuidado desse trabalho enquanto ele estava doente.

– Henry mencionou que a Chloe recebeu uma bolsa da JT Miller. Isso é fantástico. Ela vai continuar na Ryan Media depois que terminar? – perguntou Gugliotti.

– Ainda não sei. Ela é uma ótima menina. Mas definitivamente precisa amadurecer um pouco.

Perdi meu fôlego repentinamente, como se meu ar tivesse sido aspirado todo para fora. Bennett tinha de estar brincando. Eu sabia, sem que Elliott precisasse me dizer (e ele disse, várias vezes), que eu poderia ter o emprego que quisesse quando terminasse meu MBA. Trabalhara na Ryan Media por vários anos, ralando muito para manter o emprego e conseguir meu diploma. Conhecia algumas das contas melhor do que as pessoas que as gerenciavam. Bennett sabia disso.

Gugliotti riu.

– Madura ou não, eu a contrataria num piscar de olhos. Ela foi muito bem na reunião, Bennett.

– É claro que sim. Quem você acha que a treinou? A reunião com você foi uma ótima oportunidade para dar a ela um pouco de experiência, então agradeço sua ajuda. Com certeza ela vai se dar bem no emprego que tiver. Quando estiver pronta.

Ele não soava como nenhum Bennett Ryan que eu conhecia. Não era o amante que estivera comigo poucos minutos antes, grato e orgulhoso de mim por tomar seu lugar quando fora preciso. E também não era o Cretino Irresistível, elogiando a contragosto. Aquele era alguém completamente diferente. Alguém que me chamava de "menina" e agia como se tivesse feito um favor *para mim.*

Senti meu rosto queimar de raiva e voltei para o saguão do hotel, sentindo de repente como se não houvesse oxigênio suficiente em nenhum lugar.

Amadurecer? Eu fora *bem* na reunião? Ele era meu *mentor*? Em *qual* universo?

Fiquei encarando os pés das pessoas que passavam na minha frente, entrando e saindo pela porta giratória. Por que eu sentia como se meu estômago tivesse desaparecido, deixando nada além de um buraco cheio de ácido?

Eu trabalhava no mundo dos negócios há tempo suficiente para saber como tudo funciona. As pessoas no topo não chegam lá compartilhando crédito. Eles chegam lá com grandes promessas, grandes afirmações e egos ainda maiores.

"Nos meus primeiros seis meses na Ryan Media, eu consegui uma conta de sessenta milhões de dólares."

"Eu gerenciei o portfólio de pele da L'Oréal, de cem milhões de dólares."

"Eu projetei a atual campanha da Nike."

"Eu transformei uma empresa do interior em uma grande empresa nacional."

Sempre senti que ele me elogiava contra sua vontade, e por isso eu gostava de provar que ele estava errado, gostava de exceder suas expectativas, quase que para irritá-lo. Mas agora que nós tínhamos admitido que nossos sentimentos se transformaram em algo mais, ele queria reescrever a história. Ele nunca fora um mentor para mim, nunca precisei dele. Bennett não me impulsionara para o sucesso – na verdade, até aquela viagem, ele sempre tinha atravancado meu caminho, agindo como um cretino para tentar me fazer pedir demissão.

Eu me apaixonara apesar de tudo isso, e agora ele estava me jogando debaixo de um ônibus apenas para se desculpar por perder uma reunião.

Meu coração se estilhaçou em mil pedaços.

– Chloe?

Levantei a cabeça e encarei sua expressão confusa.

– O carro está pronto. Achei que você ia me encontrar lá fora.

Pisquei, passei a mão no olho como se tivesse caído algo nele, e não como se estivesse prestes a chorar no saguão do hotel.

– Certo – eu me endireitei, peguei minhas coisas e olhei em seu rosto. – Eu esqueci.

De todas as mentiras que eu já contara para ele, aquela foi a pior, porque ele percebeu. E, pela maneira como suas sobrancelhas se juntaram e ele se aproximou, com olhos ansiosos e tentando entender, ele não fazia ideia de por que eu precisava mentir sobre algo como aquilo.

– Você está bem, linda?

Pisquei novamente. Eu tinha adorado quando ele me chamara assim vinte minutos antes, mas agora parecia errado.

– Apenas cansada.

De novo, ele sabia que eu estava mentindo, mas desta vez não insistiu. Colocou a mão nas minhas costas e me conduziu até o carro.

Dezenove

Eu sabia que as mulheres às vezes trocam de humor sem aviso. Eu até conhecia algumas que se perdiam em pensamentos imaginando trinta anos no futuro e ficavam bravas por alguma coisa que eu supostamente faria.

Mas não era isso que parecia estar acontecendo com a Chloe, e ela nunca foi esse tipo de mulher. Já tinha visto ela brava antes. Inferno, já tinha visto ela brava de todo jeito possível: irritada, irada, raivosa, quase violenta.

Mas nunca a vira machucada.

Ela se enterrou em documentos na curta viagem até o aeroporto. Depois pediu licença e se afastou para ligar para seu pai enquanto esperávamos no portão de embarque. No avião, ela adormeceu quase instantaneamente, ignorando minhas insinuações para nos encontrarmos no banheiro do avião para uma sessão de sexo nas alturas. Ela ficou acordada apenas tempo suficiente para recusar o almoço, mesmo não tendo comido nada desde o café da manhã. Quando acordou durante a aterrissagem, ficou encarando a janela em vez de olhar para mim.

– Você vai me dizer qual é o problema?

Ela não disse nada durante uma eternidade e meu coração começou a acelerar. Tentei pensar em todos os momentos em que eu poderia ter estragado tudo. Sexo com a Chloe na cama. Mais sexo com a Chloe. Orgasmos para a Chloe. Ela teve vários orgasmos, para ser honesto. Então achei que não era esse o problema. Eu tinha acordado, tomado banho, basicamente confessado meu amor. Saguão do hotel, Gugliotti, aeroporto.

Parei. A conversa com Gugliotti tinha me deixado um pouco mal. Eu não sabia por que tinha agido como um idiota possessivo, mas não podia negar que a Chloe causava isso em mim. Ela fora ótima na reunião, como eu sabia que seria, mas eu nunca deixaria ela dar um passo para trás na carreira, indo trabalhar com um cara como o Gugliotti depois que terminasse o MBA. Ele provavelmente a trataria como um pedaço de carne e ficaria olhando o dia todo para sua bunda.

– Eu ouvi o que você disse – sua voz soou tão quieta que eu demorei um pouco para entender que ela tinha falado algo, e demorei mais ainda para processar o *que* ela tinha dito. Meu estômago se revirou.

– O que eu disse *quando*?

Ela sorriu, virando o rosto para finalmente olhar para mim. E, que droga. Ela estava chorando.

– Para o Gugliotti.

– Eu pareci possessivo. Desculpe.

– Você pareceu possessivo... – ela murmurou, virando de novo para a janela. – Você me menosprezou... você me fez parecer ingênua! Você agiu como se a reunião fosse apenas um exercício de treinamento. Eu me sinto ridícula pela maneira como descrevi a reunião para você ontem, pensando que tinha sido algo importante.

Coloquei a mão em seu braço, rindo um pouco.

– Caras como o Gugliotti possuem egos frágeis. Ele precisa sentir que os executivos estão escutando o que ele diz. Você fez tudo que precisávamos. Mas ele acha que precisa receber o contrato oficial das minhas mãos.

– Mas isso é absurdo. E você perpetuou isso, me usando como um peão.

Eu pisquei, confuso. Eu fizera exatamente o que ela falou. Mas é assim que se joga o jogo, não é?

– Você é minha estagiária.

Uma risada ríspida escapou de seus lábios e ela se virou novamente para mim.

– Certo. Pois esse tempo todo você sempre se importou com o progresso da minha carreira.

– É claro que sim.

– E como você sabe que eu preciso amadurecer? Até ontem, você mal tinha olhado para meu trabalho.

– Isso não é nem um pouco verdade – balancei a cabeça, começando a ficar um pouco irritado. – Eu sei disso porque observo *tudo* que você faz. Não quero colocar pressão demais pedindo para você fazer mais do pode agora, e por isso estou mantendo o controle da conta do Gugliotti. Mas você fez um ótimo trabalho lá, e fiquei muito orgulhoso de você.

Ela fechou os olhos e deitou a cabeça no encosto do assento.

– Você me chamou de "*menina*".

– Chamei? – tentei lembrar da conversa e percebi que ela estava certa. – Acho que eu não queria que ele olhasse para você como uma mulher de negócios supergostosa que ele poderia contratar e depois tentar levar para a cama.

– Deus, Bennett. Você é tão idiota! Talvez ele quisesse me contratar porque eu trabalho bem!

– Eu peço desculpas. Estou agindo como um namorado possessivo.

– Essa coisa de namorado possessivo não é nova para mim. O problema é que você está agindo como se tivesse feito um favor para mim. Você está sendo condescendente. Acho que agora não é o melhor momento para entrarmos em mais dessa interação típica estagiária-chefe.

– Eu já disse que acho que você fez um trabalho incrível na reunião.

Ela me encarou e seu rosto começou a ficar vermelho.

– Você nunca teria dito isso antes. Você teria dito "Bom. Agora volte ao trabalho". E só. E com o Gugliotti você agiu como se eu fosse sua protegida. Antes, você teria fingido que nem me conhecia.

– A gente precisa mesmo discutir por que eu era um idiota antes? Você também não era exatamente a garota mais agradável do mundo. E por que lembrar disso *agora*?

– Eu não estou falando sobre como você era um idiota antes. Estou falando sobre como você está agindo *agora*. Você está tentando compensar. É exatamente por isso que não se deve transar com o seu chefe. Você era um bom chefe antes... deixava eu fazer as minhas coisas e você fazia as suas. Agora você se transformou no mentor sensível que me chama de "menina" depois de eu salvar a sua pele? Inacreditável.

– Chloe...

– Eu posso lidar com você sendo um grande estúpido, Bennett. Estou acostumada, até *espero* isso. É assim que nós funcionamos. Porque debaixo de todas as caras feias e batidas de porta, eu sabia que você me respeitava. Mas a maneira como você agiu hoje... coloca uma nova barreira que antes não existia – ela balançou a cabeça e voltou a olhar pela janela.

– Acho que você está exagerando.

– Talvez – ela disse, inclinando-se para pegar o celular na bolsa. – Mas trabalhei muito duro para chegar onde cheguei... será que estou arriscando tudo isso agora?

– Podemos ter as duas coisas, Chloe. Por mais alguns meses, podemos trabalhar juntos e ficar juntos. Isso que está acontecendo hoje? Isso faz parte do amadurecimento de uma relação.

– Não estou tão certa disso – ela disse, piscando e olhando para o nada. – Estou só tentando fazer a coisa certa, Bennett. Nunca questionei meu próprio valor antes, mesmo quando pensei que você podia estar questionando. E então, eu achei que você tinha enxergado quem eu realmente sou, mas depois você me menosprezou daquele jeito... – ela levantou a cabeça, mostrando a dor em seu olhar. – Acho que não quero começar a questionar a mim mesma agora. Depois de trabalhar tão duro assim.

O avião aterrissou com um forte solavanco, mas que não me abalou tanto quanto as palavras que ela disse. Eu já liderara discussões com os chefes de alguns dos maiores departamentos de finanças do mundo. Já tinha encarado executivos que pensavam que poderiam passar facilmente por cima de mim. Eu poderia discutir com aquela mulher até o fim dos dias e me sentir mais homem a cada palavra. Mas naquele momento eu não conseguia encontrar uma única palavra para dizer.

–

Dizer que eu não consegui dormir naquela noite seria um eufemismo. Eu não consegui nem deitar direito. Cada superfície plana parecia ter a marca da Chloe, apesar de ela nunca ter entrado na minha casa. Só o fato de termos conversado sobre isso - e eu ter planejado trazê-la ali em nossa primeira noite após a viagem - me fazia sentir sua presença em todo lugar.

Eu liguei para ela, mas não obtive resposta. Certo, eram três da manhã quando liguei, mas eu sabia que ela também não estava dormindo. Seu silêncio era agravado porque eu sabia que ela sentia o mesmo que eu. Eu sabia que ela estava nisso tão profundamente quanto eu. Mas ela devia pensar o contrário.

Parecia faltar uma eternidade para o amanhã chegar.

—

Cheguei ao trabalho às seis horas, com intenção de entrar antes que ela chegasse. Peguei café para nós dois e atualizei minha agenda para poupá-la desse trabalho. Enviei o contrato para Gugliotti por fax, dizendo que a versão que ele viu em San Diego era a final, e que o que a Chloe tinha apresentado estava valendo. Dei a ele dois dias para retornar as assinaturas.

E então, esperei.

Às oito horas, meu pai entrou no escritório, com Henry acompanhando-o logo atrás. Era comum ver meu pai de cara fechada, mas raramente era por minha causa. E Henry nunca parecia irritado.

Mas desta vez os dois pareciam querer me matar.

- O que você fez? - meu pai jogou uma folha de papel na minha mesa.

Meu sangue parecia ter se transformado em gelo.

- O que é isso?

- É a carta de demissão da Chloe. Ela entregou para a Sara hoje de manhã.

Passou-se um minuto inteiro antes que eu conseguisse falar. Nesse tempo, o único som veio do meu irmão, dizendo:

- Ben, cara. O que aconteceu?

– Eu estraguei tudo – eu disse, pressionando meus olhos com as mãos.

O rosto do meu pai voltou ao normal e ele se sentou – na mesma cadeira em que, nem um mês antes, a Chloe também sentara, abrira as pernas e começara a se tocar, enquanto eu tentava manter a compostura ao telefone.

Deus, como deixei a situação chegar a isso?

– Diga o que aconteceu – a voz do meu pai se tornou muito baixa: uma calmaria antes da tempestade.

Afrouxei minha gravata, pois sentia que estava sufocando com o peso do meu próprio peito.

A Chloe me deixou.

– Estamos juntos. Ou estávamos.

Henry gritou "Eu sabia!" e meu pai gritou "Você o *quê*?".

– Mas não antes de San Diego – eu disse, tentando acalmá-los. – Antes de San Diego nós estávamos apenas...

– Transando? – completou Henry, recebendo um olhar duro do meu pai.

– Sim. Estávamos apenas...

Uma pontada de dor parecia perfurar meu peito. *Sua expressão quando eu me inclinava para beijá-la. A maneira como eu tomava seu lábio entre os dentes. Sua risada em minha boca.*

– E, como vocês dois sabem, eu era um idiota. Mas ela retribuía na mesma moeda – eu disse. – E, em San Diego, aquilo se transformou em algo mais. *Merda* – estiquei o braço para pegar a carta, mas desisti. – Ela pediu mesmo demissão?

Meu pai assentiu, com uma expressão totalmente enigmática no rosto. Esse era seu superpoder: quanto mais emocional estivesse, menos emoções ele mostrava.

– É por causa disso que temos nossa política de fraternização, Ben – ele disse, atenuando a voz ao pronunciar meu nome. – Achei que você era mais esperto do que isso.

– Eu sei – esfreguei as mãos em meu rosto, fiz um gesto para Henry se sentar e então contei todos os detalhes de quando tive aquela intoxicação alimentar, da reunião com Gugliotti e de como a Chloe cuidara muito bem de tudo. Deixei claro que tínhamos basicamente decidido ficar juntos, antes de eu encontrar Gugliotti na frente do hotel.

– Você é um filho da puta tão estúpido – disse meu irmão quando terminei de falar. Eu só pude concordar.

Após um duro sermão e a promessa de que discutiríamos novamente todas as maneiras como eu estragara tudo, meu pai voltou ao seu escritório, para pedir que ela trabalhasse com ele até o fim do estágio.

Se a Chloe decidisse continuar na empresa após o estágio, ela poderia facilmente se tornar um dos membros mais importantes de nossa equipe de marketing. Mas a preocupação do meu pai não era apenas com a Ryan Media. Acontece que, se a Chloe fosse embora, ela teria menos de três meses para encontrar um novo estágio, aprender o trabalho e preparar um novo projeto para apresentar à banca examinadora. Por causa da influência da banca na faculdade de administração, a avaliação da empresa seria determinante para Chloe se graduar com honras e receber uma carta de recomendação do CEO da JT Miller.

Isso poderia alavancar ou destruir o começo de sua carreira.

Henry e eu ficamos sentados em completo silêncio. Ele me encarava e eu olhava para a janela. Quase podia sentir o quanto ele queria dar um chute no meu traseiro. Meu pai voltou ao meu escritório, pegou a carta de demissão e a dobrou três vezes. Eu ainda não tinha sido capaz de ler. Era uma carta digitada e, pela primeira vez desde que conhecera Chloe, eu queria ver aquela caligrafia ridícula dela ao invés de uma folha impressa e impessoal com fonte Times New Roman.

– Eu disse que esta empresa a valoriza muito, que esta família a ama e que nós queremos que ela fique – meu pai parou e seus olhos caíram sobre mim. – Ela disse que isso era mais uma razão para querer se tornar independente.

—

Chicago se tornou um universo alternativo, no qual Billy Sianis nunca amaldiçoara os Cubs, a Oprah nunca existira e a Chloe

Mills não trabalhava mais para a Ryan Media. Ela se demitira. Ela se afastara de um dos maiores projetos da Ryan Media. Ela se afastara de mim.

Tirei os arquivos da Papadakis de sua gaveta. O contrato fora preparado pelo departamento legal enquanto estávamos em San Diego, só era preciso assinar. A Chloe poderia passar os dois últimos meses de seu MBA aperfeiçoando sua apresentação para a banca examinadora. Em vez disso, ela começaria tudo de novo em outra empresa.

Como ela podia ter aguentado tudo que eu fiz antes, mas desistir *agora*? Era mesmo tão importante eu a tratar como uma igual com um homem como o Gugliotti? Ela sacrificaria tudo entre nós por causa *disso*?

Com um gemido, suspeitei que o motivo para eu fazer essas perguntas era também o motivo para ela me deixar. Pensei que seria possível manter nossa relação e nossas carreiras, mas isso era porque *eu* já tinha provado o meu valor. Acontece que ela ainda era a estagiária. Tudo que ela queria era a minha garantia de que sua carreira não sofreria por causa de nossa imprudência. Mas fiz exatamente o contrário.

Fiquei surpreso por o escritório não estar pegando fogo com a história do que eu tinha feito, mas parecia que apenas meu pai e Henry sabiam. A Chloe sempre guardou nosso segredo. Eu me perguntei se a Sara sabia e se ela ainda falava com a Chloe.

Logo tive uma resposta. Alguns dias após Chicago mudar, a Sara entrou na minha sala sem bater na porta.

– Essa situação é completamente idiota.

Levantei os olhos, baixei o contrato que estava lendo e encarei seu rosto tempo o bastante para ela estremecer. Então eu disse:

– Quero lembrar a você que *essa situação* não é da sua conta.

– Como amiga dela, é sim.

– Como funcionária da Ryan Media, e como funcionária do Henry, não, não é.

Ela me encarou por um momento e então assentiu.

- Eu sei. Eu nunca contaria a ninguém, se é isso que você está dizendo.

- É claro que é isso que estou dizendo. Mas também estou falando sobre seu comportamento. Não quero ver você invadindo minha sala sem bater.

Ela pareceu arrependida, mas não se abalou com meu olhar severo. Comecei a entender por que ela e a Chloe eram tão amigas: as duas tinham temperamento forte e eram ferozmente leais.

- Entendido.

- Posso perguntar por que você está aqui? Você falou com ela?

- Sim.

Esperei. Eu não queria pressioná-la para se tornar minha confidente, mas *Deus*, eu queria apertar aquele pescoço para arrancar cada detalhe que ela sabia.

- Ela recebeu uma oferta de emprego na Studio Marketing.

Soltei um suspiro tenso. Era uma empresa decente, mesmo que pequena. Uma empresa que estava crescendo e que tinha alguns bons executivos juniores, mas verdadeiros filhos da puta no topo.

- Com quem ela está trabalhando?

- Um cara chamado Julian.

Fechei os olhos para esconder minha reação. Troy Julian fazia parte do nosso conselho: era um egocêntrico com fama de ir atrás de garotas jovens. A Chloe sabia disso. No que então ela estava pensando?

Pense, seu idiota.

Ela provavelmente estava pensando que Julian teria os recursos para lhe dar um projeto substancial, que ela poderia apresentar em três meses.

- Qual é o projeto dela?

A Sara andou até a porta e a fechou.

- Comida de cachorro da Sanders.

Dei um soco na mesa. A fúria tomou conta da minha mente e fechei os olhos para me controlar e não descontar na assistente do meu irmão.

- Essa é uma conta *muito* pequena.

- Ela é só uma estudante de MBA, sr. Ryan. É *claro* que é uma conta pequena. Apenas alguém apaixonado deixaria ela trabalhar num contrato milionário de dez anos - sem olhar de volta para mim, ela se virou e foi embora.

—

A Chloe não atendia o celular ou o telefone de casa, nem respondia qualquer e-mail meu. Ela não me ligou, não passou no escritório e nem deu nenhuma indicação de que queria falar comigo. Mas, quando seu peito dói tanto que você nem consegue dormir, você acaba fazendo coisas como procurar o endereço da sua estagiária, dirigir até lá às cinco da manhã de um sábado e esperar ela sair.

E, quando ela não apareceu após quase um dia inteiro, eu convenci o porteiro do prédio dizendo que era seu primo e que estava preocupado com sua saúde. Ele me acompanhou até o apartamento e ficou atrás de mim enquanto eu batia na porta.

Meu coração estava quase saindo pela boca. Ouvi alguém se mexendo lá dentro, se aproximando da porta. Eu podia praticamente sentir seu corpo a centímetros do meu, separados apenas pela madeira. Pude ver uma sombra se movendo através do olho mágico. E então, o silêncio.

- Chloe.

Ela não abriu a porta. Mas também não se afastou.

- Linda, por favor, abra a porta. Preciso conversar com você.

Após o que pareceu uma hora, ela disse:

- Não posso, Bennett.

Encostei minha testa na porta e pousei as duas mãos na madeira. Ter superpoderes seria útil ali. Mãos de fogo, sublimação, ou até mesmo a habilidade de encontrar a coisa certa para dizer. Mas agora, isso parecia impossível.

- Desculpe.

Silêncio.

– Chloe... Deus. Eu já entendi, certo? Brigue comigo por ser um tipo novo de idiota. Diga para eu ir me foder. Faça isso do jeito que quiser... só não desapareça.

Silêncio. Ela ainda estava ali. Eu podia sentir.

– Sinto sua falta. Merda, eu sinto muito a sua falta. Sinto *demais*.

– Bennett, só... agora não, certo? Não posso fazer isso agora.

Ela estava chorando? Eu odiava não saber.

– Ei, amigo – o porteiro definitivamente soava como se aquele fosse o último lugar em que ele queria estar, e dava para perceber que estava irritado por eu ter mentido. – Não era por isso que você queria subir. Ela parece bem. Vamos embora.

Fui para casa e comecei a beber uísque. Por duas semanas, fiquei jogando sinuca em um boteco e ignorei minha família. Disse que estava doente e só saí da cama ocasionalmente para pegar uma tigela de cereal, encher meu copo ou usar o banheiro, onde olhava para meu reflexo e mostrava o dedo do meio para mim mesmo. Eu estava na pior e, como nunca experimentara nada assim antes, não fazia ideia de como sair dessa.

Minha mãe apareceu com algumas compras de supermercado e as deixou na minha porta.

Meu pai enviou mensagens diárias com atualizações do trabalho.

A Mina trouxe mais uísque.

Finalmente, Henry apareceu com a única cópia das chaves da minha casa, derramou um balde de água fria na minha cabeça e então me deu um pouco de comida chinesa. Acabei comendo quando ele ameaçou colar fotos da Chloe nas paredes da minha casa se eu não saísse logo dessa e voltasse ao trabalho.

Durante as semanas seguintes, a Sara começou a suspeitar que eu estava ficando maluco e que precisava de uma atualização semanal. Ela manteve tudo em nível profissional, contando como a Chloe estava se saindo no novo emprego com Julian. Seu projeto caminhava bem. O pessoal da Sanders a adorava. Ela mostrara a campanha para os executivos e recebera o aval deles. Nada disso me surpreendeu. A Chloe era de longe melhor do que qualquer pessoa que trabalhava para eles.

Ocasionalmente, Sara deixava escapar algo a mais. "Ela voltou a frequentar a academia", "Ela parece melhor", "Ela cortou o cabelo um pouco mais curto e ficou muito bonito", "Saímos com o pessoal no sábado à noite. Acho que ela se divertiu, mas foi embora cedo".

Porque estava com alguém?, eu me perguntei. Então, afastei esse pensamento. Eu não poderia nem imaginar sair com outra pessoa. O que tivemos fora algo muito forte, e eu tinha quase certeza que ela também não estava saindo com mais ninguém.

As atualizações nunca eram suficientes. Por que a Sara não tirava umas fotos escondida com o telefone? Eu tinha esperança de esbarrar na Chloe em uma loja ou na rua. Entrei na La Perla algumas vezes. Mas não a vi durante dois meses.

Um mês passa voando quando você está se apaixonando pela mulher com quem está transando. Dois meses se tornam uma eternidade quando a mulher que você ama te deixa para trás.

Então, quando o dia da apresentação da Chloe se aproximou e a Sara disse que ela estava preparada e lidando com o Julian com mãos de ferro, mas que ao mesmo tempo parecia "triste e menos como ela mesma", eu finalmente tomei coragem.

Sentei à minha mesa, abri o PowerPoint e o arquivo da Papadakis. Ao meu lado, o telefone tocou. Considerei não atender, pois queria me concentrar apenas naquilo.

Mas era um número desconhecido, e uma grande parte do meu cérebro queria pensar que poderia ser a Chloe.

– Aqui é o Bennett Ryan.

A risada de uma mulher ecoou do outro lado da linha.

– Lindo, você é mesmo um Cretino Irresistível.

Vinte

O diretor Cheng e os outros membros da banca examinadora entraram em fila na sala, cumprimentando-me amigavelmente e tomando seus assentos. Chequei minhas anotações, chequei pela terceira vez a conexão entre meu laptop e o projetor, e esperei pelos últimos retardatários que entravam na sala de conferência. As pessoas enchiam copos de água gelada. Colegas conversavam em voz baixa. Algumas risadas ecoavam em meio ao silêncio.

Colegas.

Nunca me senti tão isolada. O sr. Julian nem se incomodou em aparecer para dar apoio à minha apresentação. Grande surpresa.

A sala parecia uma outra sala de conferência, em um prédio que ficava a dezessete quarteirões dali. Eu estivera do lado de fora da Ryan Media Tower mais cedo naquela manhã, silenciosamente agradecendo a todos lá dentro por me transformarem na mulher que sou. E então comecei a andar, contando os quarteirões e tentando ignorar a dor em meu peito, sabendo que Bennett não estaria comigo hoje, calado, ajeitando as abotoaduras, olhos penetrando a calmaria em meu exterior.

Eu estava com saudade do meu projeto. Estava com saudade dos meus colegas de trabalho. Estava com saudade dos padrões exigentes e impiedosos do Bennett. Mas, principalmente, estava com saudade do homem que ele se tornara para mim. Eu odiava sentir que tinha de escolher entre um Bennett e outro e, no fim, não ficar com nenhum.

Uma assistente bateu na porta e colocou a cabeça para dentro. Ela disse para o sr. Cheng:

– Tenho alguns papéis para a Chloe assinar primeiro. Voltaremos num segundo.

Sem questionar, eu a segui para fora da sala, balançando minhas mãos para acalmar os nervos. *Você consegue fazer isso, Chloe.* Vinte míseros slides detalhando uma campanha de marketing medíocre para uma empresa local de comida de cachorro. Moleza.

Eu só teria de passar por isso e depois poderia dar o fora de Chicago e começar de novo em algum lugar longe dali. Pela primeira vez desde que me mudara, Chicago estava me parecendo um lugar completamente estranho.

Mesmo assim, eu ainda esperava que a ideia de ir embora fosse a decisão certa.

Em vez de parar na mesa da assistente, nós andamos pelo corredor até outra sala de conferência. Ela abriu a porta e fez um gesto para que eu entrasse na frente. Mas quando entrei, em vez de me seguir, ela fechou a porta atrás de mim, deixando-me sozinha.

Ou nem tanto.

Ela me deixou com Bennett.

Senti meu estômago se evaporar e meu peito se afundar em um espaço vazio. Ele estava de pé junto a uma parede com janelas do chão ao teto, do outro lado da sala, vestindo um terno azul-marinho e a gravata roxa que eu lhe dera no Natal. Estava segurando uma pasta grossa e seus olhos pareciam sombrios e enigmáticos.

– Oi – sua voz falhou naquela única sílaba.

Engoli em seco, desviando os olhos e implorando para minhas emoções continuarem reprimidas. Ficar longe de Bennett vinha sendo um inferno. Muitas vezes ao dia, eu fantasiava sobre voltar para a Ryan Media, ou vê-lo entrando no meu novo cubículo, ou encontrá-lo à minha porta com uma sacola da La Perla pendurada em seu longo e provocante dedo.

Mas eu não esperava encontrá-lo ali, e, depois de tanto tempo sem vê-lo, mesmo aquela mísera sílaba quase me quebrou. Eu sentia falta de sua voz, de seu sorriso malicioso, de seus lábios e suas mãos. Sentia falta da maneira como ele me observava, da maneira como ele esperava por mim, da maneira como eu podia sentir que ele estava se apaixonando.

Bennett estava ali. E parecia estar muito mal.

Ele emagrecera e, embora estivesse bem vestido e com a barba feita, suas roupas pareciam frouxas. Parecia que não dormia há semanas. Eu sabia como era isso. Havia círculos negros debaixo de seus olhos e nem sinal do sorriso característico. No lugar, havia uma boca fixa numa linha reta. O fogo que eu achava fazer parte de sua expressão tinha simplesmente se extinguido.

– O que você está fazendo aqui?

Ele levantou a mão e passou pelos cabelos, arruinando completamente o penteado patético que tentara fazer para a ocasião. Meu coração bateu mais forte com a visão dos fios bagunçados que eram tão familiares.

– Estou aqui para dizer que você é uma idiota por deixar a Ryan Media.

Meu queixo caiu com o tom de sua voz e uma familiar onda de adrenalina aqueceu minhas veias.

– Fui uma idiota sobre muitas coisas. Obrigada por vir. Foi um encontro muito divertido – eu me virei para ir embora.

– Espere – ele disse, com a voz grave e exigente. Senti velhos instintos e parei, virando novamente. Ele se aproximou um pouco. – Nós dois fomos idiotas, Chloe.

– Nisso nós concordamos. Você está certo em dizer que trabalhou duro para me ensinar. Aprendi a ser uma idiota com o maior idiota de todos. Se aprendi algo de bom, foi seu pai quem ensinou.

Essa última frase pareceu acertá-lo onde doía – ele estremeceu e deu um passo para trás. Eu sentira um milhão de emoções nos últimos meses: muita raiva, um pouco de arrependimento, culpa frequente e até um pouco de orgulho presunçoso, mas percebi que o que disse não era justo e imediatamente me arrependi. Ele *tinha* me ensinado muita coisa, mesmo que às vezes involuntariamente, e por causa disso eu tinha uma dívida com ele.

Mas de pé ali naquela grande sala, com o silêncio crescendo e nos envolvendo como uma praga, eu percebi algo que ignorara completamente até então: foi *ele* quem me deu a chance de trabalhar nos projetos mais importantes. Foi *ele* quem me levou para todas as reuniões. Foi *ele* quem me fez escrever os relatórios essenciais, fazer os telefonemas difíceis e organizar a entrega dos documentos mais sensíveis.

Ele agira como meu mentor – e isso importava muito para ele.

Engoli em seco.

– Eu não quis dizer isso.

– Eu sei. Posso ver em seu rosto – ele passou a mão na boca. – Mas isso é verdade, em parte. Eu não mereço crédito por você ser tão boa no que faz. Acho que gostaria de ter um pouco de crédito mesmo assim, já que sou um egocêntrico. Mas também porque acho você realmente inspiradora.

O nó na minha garganta começou a se espalhar, impedindo minha habilidade de respirar e pressionando meu estômago. Alcancei uma cadeira próxima e repeti:

– Por que você está aqui, Bennett?

– Porque se você estragar essa apresentação, vou pessoalmente garantir que nunca trabalhe para uma grande empresa novamente.

Isso não era o que eu esperava ouvir e minha raiva voltou com toda a força.

– Eu não vou estragar isso, seu cretino. Estou preparada.

– Não é sobre *essa* apresentação que estou falando. Eu tenho seus slides e o material da Papadakis aqui – ele mostrou um pen-drive e uma pasta. – E, se você não fizer uma ótima apresentação para a banca, eu vou acabar com você.

Não havia sorriso malicioso, nem jogo de palavras. Mas, por trás de sua ameaça, algo mais começou a ecoar.

Nós. Isso era nós.

– Isso que você trouxe não é meu – fiz um gesto para o pen-drive. – Eu não preparei os slides da Papadakis. Saí da empresa antes de deixá-los em ordem.

Ele balançou a cabeça como se eu fosse completamente idiota.

– Os contratos foram preparados para serem assinados quando você pediu demissão. Eu preparei esses slides usando todo o *seu* trabalho. É isso que você vai apresentar hoje, não uma campanha qualquer para uma droga de comida de cachorro.

Foi humilhante ele jogar aquilo na minha cara, então dei alguns passos para frente.

– Vá se ferrar, Bennett. Trabalhei duro para você e trabalhei duro para o Julian. Vou trabalhar duro em qualquer empresa, seja vendendo comida de cachorro ou organizando campanhas milionárias. Você não vai chegar aqui pensando que pode me dizer como cuidar da minha carreira. Você não me controla.

Ele se aproximou.

– Eu não quero controlar você.

– Mentira.

– Quero ajudar você.

– Não preciso da sua ajuda.

– Sim, Chloe, você precisa. Aceite. Aqui está o seu trabalho – ele estava próximo o bastante para me tocar. Então deu mais um passo à frente. Perto o bastante para eu sentir o calor de seu corpo e o perfume combinado de sua pele e de seu sabonete de ervas. – Por favor. Você mereceu isso. E vai impressionar a banca muito mais.

Um mês atrás, eu queria apresentar aquela conta mais do que qualquer coisa. Aquilo fizera parte da minha vida durante meses. Era minha. Comecei a sentir lágrimas se formando no canto dos meus olhos.

– Eu não quero ficar atrelada a você.

– Isto não é um favor. Estou apenas retribuindo. Estou admitindo que estraguei tudo. Estou dizendo que você tem uma das melhores mentes para os negócios que já conheci – seus olhos relaxaram e sua mão arrumou uma mecha do meu cabelo em meu ombro. – Você não vai ficar atrelada a mim. A não ser que queira isso... de um modo completamente diferente.

– Acho que nunca poderia trabalhar para você novamente – eu disse, forçando as palavras através do nó em minha garganta. Eu estava usando todas as minhas forças para não esticar o braço e tocá-lo.

– Não foi isso que eu quis dizer. Estou dizendo que estraguei tudo como seu chefe – ele engoliu nervosamente e respirou fundo. – E realmente estraguei tudo como amante. Preciso que você aceite estes slides. E preciso que me aceite de volta.

Encarei seu rosto.

– Preciso voltar para a sala de conferência.

– Não, não precisa. Eles estão ocupados – Bennett olhou no relógio. – Cerca de um minuto atrás, eu pedi para o Henry ligar para o Cheng com alguma distração para me dar tempo de te dizer duas coisas: primeiro, que você é uma idiota, e segundo, que eu quero outra chance com você.

Um sorriso começou a se abrir no meu rosto e tive de morder os lábios para evitar mostrar minha surpresa. Os olhos de Bennett queimavam vitoriosos.

– Eu agradeço pelo que você está fazendo – eu disse com cuidado. – Trabalhei muito nessa conta e realmente sinto como se fosse minha. Se você não se importa, eu gostaria que a banca examinadora visse os detalhes da Papadakis que você trouxe. Mas, mesmo assim, vou apresentar a conta da Sanders.

Ele considerou minha proposta, com os olhos passando por meu rosto. Um músculo de seu queixo tremeu, um sinal claro de impaciência.

– Certo. Apresente para mim agora. Tente me convencer que você não está cometendo suicídio.

Endireitando meu corpo, eu disse:

– A campanha é baseada no programa *Top Chef.* Mas cada episódio, ou anúncio, irá mostrar um ingrediente diferente e terá um desafio para criar um prato de alta gastronomia para animais de estimação.

Os olhos de Bennett ficaram estreitos, mas ele sorriu com sinceridade.

– É uma ideia inteligente, Chloe.

Fiquei orgulhosa com sua honestidade e saboreei o momento.

– Nem tanto. Essa é a piada. Os ingredientes da Sanders são básicos: boa carne. Grãos simples. Os cachorros não se importam se a comida é chique. Eles querem carne. Com osso. Que seja gostosa. Meu pai dava ração gourmet todos os dias para seus cachorros, com arroz integral e erva de trigo. Não estou brincando. E, no aniversário deles, ele dava de presente um osso barato cheio de carne. É o dono que se importa com a comida ser gourmet. Não os cachorros.

O sorriso dele aumentou.

– É uma forma de tirar sarro de nós mesmos por mimar nossos animais e incentivar aquele nosso lado que os trata como parte da família. A Sanders é uma ração com gosto de osso cheio de carne, que você pode usar para paparicar seu cachorro todos os dias. Os "juízes" vão sempre escolher a receita da Sanders.

– Você conseguiu.

– Fazer uma campanha? Esse era o objetivo.

– Sim, mas isso eu sabia que você conseguiria fazer. Quero dizer a maneira como você a apresentou para mim. Você me convenceu.

Eu ri, reconhecendo um elogio do Bennett quando via um.

– Obrigada.

– Me aceite de volta, Chloe. Diga agora mesmo que você vai me aceitar.

Soltei uma risada mais alta e esfreguei as mãos no rosto.

– Sempre um chefe tão cretino.

– Você vai fingir que não sente minha falta? Você também parece acabada, sabia? A Julia me ligou na noite passada, enquanto eu organizava os slides...

Meu queixo caiu.

– A Julia ligou para você?

– ... e me disse que você estava na pior e que eu precisava me recompor e ir atrás de você. Eu disse que já estava fazendo isso. Eu faria isso de qualquer maneira, mas a ligação dela facilitou que eu viesse aqui para implorar.

– Você não sabe como implorar por nada – eu disse, sorrindo abertamente desta vez.

Bennett lambeu os lábios, baixando os olhos para a minha boca.

– Provavelmente não. Quer me ensinar?

– Você pode tentar. Quero ver você se ajoelhar.

– Com todo respeito, vou ter que pedir para você ir se ferrar, srta. Mills.

– Apenas se você implorar.

Seus olhos se arregalaram e, antes que ele pudesse dizer alguma coisa, peguei a pasta da Papadakis de sua mão e fui embora.

Entrei na sala de conferência com Bennett logo atrás de mim. O burburinho cessou imediatamente.

Entreguei a pasta para o diretor Cheng e ele folheou os documentos da Papadakis. Então, sorriu.

– Como você conseguiu terminar dois projetos?

Balbuciei algumas sílabas, completamente despreparada para aquela pergunta.

– Ela é eficiente – disse Bennett, andando ao meu redor e tomando um assento na mesa. – Quando terminamos a conta da Papadakis, nós sugerimos que ela aceitasse um curto estágio em outra empresa até terminar seu MBA. Afinal de contas, esperamos que ela continue na Ryan Media no futuro imediato.

Quase não consegui esconder minha surpresa. *Que diabos ele está falando?*

– Fantástico! – disse um homem velho do outro lado da mesa. – Trabalhando com a Papadakis?

Bennett assentiu.

– Sim, junto com meu pai. Ele precisa de alguém para administrar essa conta. A Chloe é a escolha mais óbvia, se ela aceitar.

Tive de engolir milhares de reações diferentes. A primeira foi irritação, por ele trazer isso à tona na frente da banca examinadora. Mas no meio disso também havia gratidão, excitação, orgulho. Bennett teria muito a ouvir depois de tudo isso.

– Bom, então vamos começar – disse Cheng, encostando-se na cadeira.

Peguei meu apontador laser e andei até a frente da sala, sentindo como se o chão fosse feito de gelatina. Sentado perto da mesa dos diretores, Bennett limpou sua garganta, chamando minha atenção.

Eu teria de perguntar sobre isso depois. Pois eu tinha quase certeza que, um pouco antes de eu começar a falar, ele mexera os lábios dizendo “eu te amo”.

Cretino sorrateiro.

Eles disseram que minha apresentação era digna de entrar no folheto, no site e no boletim informativo da empresa.

Pediram que eu assinasse alguns papéis, posasse para fotos e apertasse muitas mãos.

Até me ofereceram um emprego na JT Miller.

– Ela já tem emprego – disse Bennett, puxando-me para o lado. Ele me encarou, sem voz, enquanto todos finalmente saíam da sala.

– Então, sobre isso... – eu disse, tentando parecer brava. Eu ainda estava nas alturas por causa da apresentação, da discussão, do dia inteiro. Ter Bennett próximo o bastante para beijá-lo também não era nada mal.

– Por favor, não diga não. Eu meio que estraguei a surpresa do meu pai. Ele vai te ligar hoje à noite.

– Ele vai mesmo me oferecer o trabalho?

– Você vai aceitar?

Dei de ombros, sentindo que era hora de jogar um pouco de charme.

– Quem sabe? Agora eu quero apenas celebrar.

– Você foi fantástica hoje – ele se inclinou e beijou meu rosto.

– Obrigada. Foi o máximo de diversão que tive em semanas.

– E os documentos que eu arrumei estavam bons também, não é?

Eu revirei os olhos.

– Sim, mas você cometeu um erro crucial.

Seu rosto se fechou.

– O quê?

– Você admitiu que sabe usar o PowerPoint.

Com uma risada, ele tirou meu laptop das minhas mãos e o colocou na cadeira atrás dele, aproximando-se com um sorriso sombrio.

– Eu costumava fazer slides para o meu chefe. Já fui estagiário também, sabe.

Minha pele se arrepiou toda.

– Seu chefe gritava com você?

– Às vezes – ele correu um dedo ao longo do meu braço.

– Criticava a sua caligrafia?

– Constantemente – ele se inclinou e beijou o canto da minha boca.

– O seu chefe beijava você?

– Meu pai gostava mais de apertar a mão, sabe.

Eu ri, deslizando as mãos dentro de seu terno para poder abraçá-lo por inteiro.

– Bom, eu não sou mais sua estagiária.

– Não, você é minha colega.

Eu gemi, adorando o som daquela palavra.

– E minha amante?

– Sim – minha voz tremeu ao dizer essa única sílaba, e de repente entendi completamente a expressão "se afogar em alívio". Eu tinha certeza que Bennett podia sentir meu coração batendo loucamente contra seu peito.

Ele mordeu minha orelha.

– Vou ter que arrumar novas desculpas para te levar até a sala de conferência e transar com você contra a janela.

Um calor percorreu minhas veias, esquentando meu sangue.

– Mas não precisa de desculpas para me levar para sua casa.

Bennett beijou meu rosto e pressionou um único beijo macio em meus lábios.

– Chloe?

– Sim, Bennett?

– Este flerte que fazemos é muito bom e tal, mas estou falando sério quando digo que você não pode me deixar de novo. Isso quase acabou comigo.

Meu peito pareceu expulsar todo o ar dos meus pulmões com aquele pensamento.

– Acho que eu não conseguiria. Também não quero mais ficar longe de você.

– Mas você precisa me dar uma chance para consertar as coisas que eu estraguei. Você sabe, às vezes eu sou um idiota.

– Às vezes?

Ele sussurrou, quase rugindo:

– E gosto de rasgar lingerie.

Tirei uma mecha de cabelo de sua testa.

– E de guardar depois. Não se esqueça desse hábito esquisito de guardar as calcinhas depois.

– Mas eu te amo – ele disse, encarando-me com olhos arregalados. – E praticamente virei amigo das vendedoras da La Perla. Passei muito tempo na loja choramingando enquanto você estava longe. E também tenho certeza de que sou a melhor transa que você já teve. Então, espero que tudo isso compense meu lado idiota.

– Feito – eu o puxei para mais perto. – Venha aqui – deslizei minha boca contra a dele, mordendo seu lábio. Agarrando as lapelas do seu terno, eu o virei e o pressionei contra a janela, ficando na ponta dos pés para me aproximar ainda mais, o máximo possível.

– Já está se tornando mais exigente agora que é uma profissional?

– Cala a boca e me beija – eu ri em sua boca.

– Sim, chefe.

Agradecimentos

Nossa primeira declaração de amor tem de ser para Holly Root, nossa agente, nossa *cheerleader*, nossa adorável ninja e a maior fodona do pedaço. Se lembra de quando vestimos nossas calças de gente grande e contamos todos os nossos segredos? Você aceitou nosso porquinho com o mesmo entusiasmo que o resto. Obrigada por ser tudo de bom que alguém pode ser. Você é um ser humano incrível.

Gritinhos de fãs para Adam Wilson, nosso editor na Gallery, por entender imediatamente nosso livro, por entender *quem somos* e pelas anotações de rodapé que nos fizeram rir durante dias (literalmente). E também ficamos contentes em saber que pelo menos um homem leu nossa história. Nós prometemos que nunca vamos usar a palavra "vulva".

Para Dawn, por sua inabalável amizade e entusiasmo quando sugerimos transformar isto em algo novo. Agradecemos a Rachel, por ler cuidadosamente o texto original. Moi, você é uma amiga incrível e a melhor chefe de pesquisa que este projeto poderia ter. E, embora um agradecimento gigante e sincero para todas as fãs que leram o texto original na internet nunca seja suficiente, é o melhor que podemos fazer neste espaço. Tenham certeza de que a contribuição de vocês nesta história é muito maior do que nosso simples agradecimento. Seu amor por estes personagens, mesmo após três anos, manteve o projeto muito vivo. Esperamos que vocês tenham gostado do texto retrabalhado tanto quanto gostaram do original. Que todas vocês tenham suas La Perla rasgadas algum dia.

Às leitoras prévias do projeto: Martha, Erin, Kellie, Anne, Myra e Gretchen: retrabalhar o texto com vocês foi uma grande diversão, e adoramos cada comentário, gritinho, edição e contribuição. Sua animação nos fez continuar mesmo quando suspeitamos que estávamos loucas por fazer isto, e principalmente quando tivemos certeza que estávamos loucas. Obrigada por terem o tempo de ler cada palavra, inclusive aquelas safadas, que fizemos vocês lerem centenas de vezes.

Mas, talvez acima de tudo, queremos agradecer o apoio de nossas famílias. SisterShoes, Cutest, Ninja, Bear, Blondie e Dr. Mister Shoes – vocês nos deram mais do que encorajamento; vocês nos deram seu *tempo* e nos amaram mesmo no ápice de nossas mais bobas obsessões. Obrigada por serem o ponto alto de cada dia e a razão pela qual embarcamos nesta jornada.

Este livro foi composto nas fontes Adobe Garamond Pro,
ChopinScript, AgencyFB e Neutraface Text,
e impresso em papel *Norbrite* 66,6 g/m^2 na Imprensa da Fé.